リワールド・フロンティア2

Reworld Frontier

最弱にして最強の支援術式《エンハンサー》使い

国広仙戯
Sengi Kunihiro

TOブックス

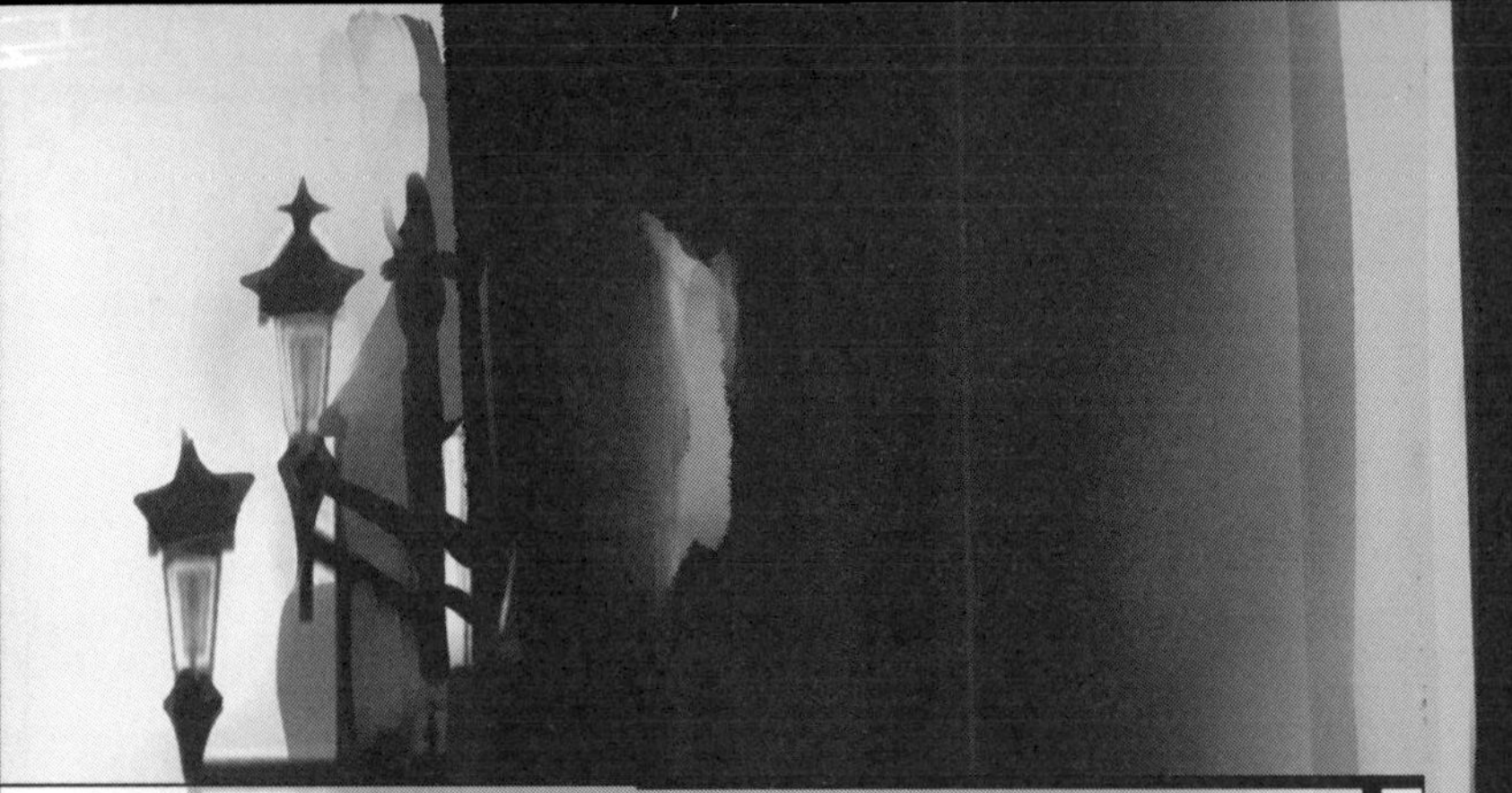

Reworld Frontier

Contents

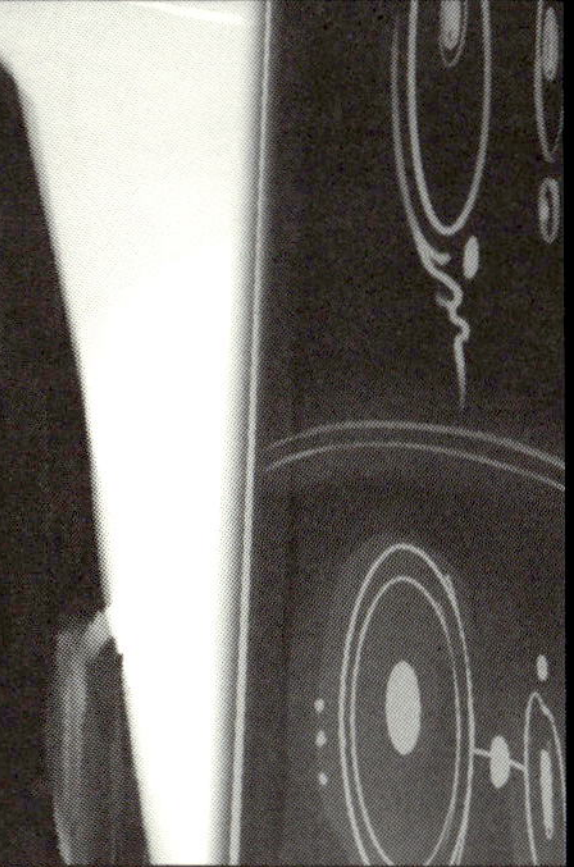

Illust.東西

Design.AFTERGLOW

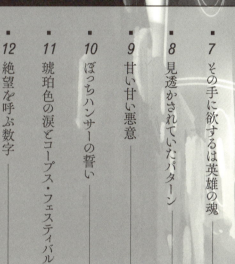

Reworld Frontier
Character
BVJ《ブルリッシュ・ヴァイオレット・ジョーカーズ》
ラグディスハルト
本作の主人公で通称ラト。敬遠されがちな支援術式を得意とする。性格は気弱で根っからのお人好し。ぼっちだったが、ハヌと〝親友〟になりコンビを組む。
ハヌムーン・ヴァイキリル
通称ハヌ。極東出身の現人神。言霊を用いた術式を用いる。世間知らずだが聡明な少女。ラトと〝親友〟になりコンビを組む。

カレルレン・オルステッド
通称カレル。ナイツの副団長で異名は〝氷槍〟。冷静沈着なハイランクランサーで幼馴染のヴィリーを補佐している。
ヴィクトリア・ファン・フレデリクス
通称ヴィリー。ナイツの団長にして〝剣嬢〟の異名を持つ。負けず嫌いで誇り高い騎士。ラトの実力に目をつけて、ナイツに勧誘する。
蒼き紅炎の騎士団《ノーブル・プロミネンス・ナイツ》

1　BVJ《ブルリッシュ・ヴァイオレット・ジョーカーズ》はクラスタを目指す

この世界には〝天蓋《てんがい》〟がある。


〝天蓋〟。

それは人類をこの惑星《わくせい》に閉じ込めている、全天を覆《おお》い尽《つ》くす不可視《ふかし》の檻《おり》。

〝天蓋〟がどういった経緯《けいい》で、またどのような目的で存在するのか。詳細《しょうさい》な情報は『終末戦争《しゅうまつせんそう》』の最中《さなか》に失われてしまい、その正体は杳《よう》として知れない。

ただそれは、宇宙へ飛び出そうとするもの、宇宙から飛来《ひらい》するもの全てを拒《こば》む。

人類が一度は崩壊《ほうかい》した文明を立て直し、世界を再生し、再び空の果てを目指そうとも。

外の世界に憧《あこが》れ、未知を求めようとも。

〝天蓋〟は絶対に許さない。

常に成層圏《せいそうけん》の上層に位置し、世界を断絶《だんぜつ》する。

唯一の突破口は、浮遊島《ふゆうとう》フロートライズから月面まで延びていると云《い》われる、一条の軌道《きどう》エレベーター。

そのかつての名もまた『終末戦争』の折《おり》に失われ、かの塔《とう》は今、人々からこう呼ばれている。

〝ルナティック・バベル〟——と。

高きから低きへ流れるにつれ、漆黒《しっこく》から濃紺《のうこん》、群青《ぐんじょう》へとグラデーションしていく空の色。

そんな暁《あかつき》の空を背景に、長大《ちょうだい》な塔が天地《てんち》を貫《つらぬ》いている。

飛行機の窓に映る〝世界唯一の軌道エレベーター《ルナティック・バベル》〟の威容《いよう》を眺《なが》めながら、少女は琥珀色《こはくいろ》の瞳《ひとみ》をわずかに細《ほそ》めた。

彼女が乗っている飛行機はまさに、窓に映るその塔の足元——浮遊島へ向けて飛行中だった。

浮遊都市フロートライズは常に空中を移動しているため、飛行機はまず高高度《こうこうど》へと上昇し、あらためて島を目指して下降するという航路《こうろ》をとる。少女を乗せた飛行機は今がその頂点、成層圏の中程まで上昇してきたところだった。これより、天の神が下界へ垂らした糸のようなルナティック・バベルの先端に向けて、ゆっくりと降下していくのである。

この時、ルナティック・バベル本体に近付きすぎてはいけない。かの塔には強力な対空セキュリティ機構が備え付けられており、不用意に近付くと警告もなく撃墜《げきつい》されてしまうのだ。

つまり、飛行機で行ける限界高度まで上昇し、そこからルナティック・バベルの高層へ潜入する——という近道が出来ないようになっている。

〝天蓋〟といい対空セキュリティといい、これらを用意した者は——あるいは『者達』は——余程、人類をこの惑星から出したくないらしい。

だがそんな遺跡の構造も、少女にとってはまるで興味の惹《ひ》かれない瑣事《さじ》であった。

彼女が意識を向けるのは、ただ一人の少年のみ。

「――〝勇者ベオウルフ〟……」

その異名《いみょう》を、舌《した》の上で転がすように囁《ささや》く。

少女の左手側にある窓、その向こうに見えるルナティック・バベルにかぶさるように、〝SEAL《シール》〟のARムービーが流れている。少女だけにしか見えないその映像は、ほんの一週間前、長大な軌道エレベーター内で実際に行われた激闘《げきとう》の記録であった。

第二〇〇層のセキュリティルームを守護していたゲートキーパー――現場の『放送局』が付けたコードネームは、その名も高き『ヘラクレス』。超古代の英雄と同じ名を与えられた怪物の強さは、術力制限フィールドという劣悪《れつあく》な環境を抜きにしても破格《はかく》のものだった。力《パワー》、速度《スピード》、耐久力《タフネス》。全てに於《お》いてこれまで発見されたゲートキーパー級《クラス》の中でもトップクラスの性能を持ち、なおかつ、

「……古代の術式《アプリ》を使用できる……」

怪物中の怪物だった。

そんな規格外のゲートキーパーを、しかし、たった一人で倒した少年がいる。

漆黒の髪に、黒曜石《こくようせき》のような瞳。黒尽《くろづ》くめの上下に、ダークパープルの戦闘ジャケットという一風変わった出で立ち。握《にぎ》る得物《えもの》は、これまた黒光りする巨大な両手剣。

今、少女の眺める映像の中で、その少年が信じられないほどの高速戦闘を繰《く》り広げている。

彼の名前はわからない。ただ、近《ちか》しい関係にあると思われる少女〝小竜姫《しょうりゅうき》〟――もっともこちらの本名も不明なのだが――からは、『ラト』と呼ばれていることだけはわかっていた。

また、俄《にわか》には信じがたい話だが、ヘラクレスを倒して〝ベオウルフ〟という異名を得るまで、彼には〝ぼっちハンサー〟なる蔑称《べっしょう》が付けられていたという。

こうして映像を見ていると、とてもそうは思えない。

少女にはわからなかった。どうして彼ほどの逸材《いつざい》が、それまで悪し様に貶《おとし》められていたのか。そして、これが本当にエンハンサーの戦いなのだろうか――と。

支援術式《サポートアプリ》を主《メイン》に扱うエクスプローラー――所謂《いわゆる》エンハンサーというタイプがどういった存在で、どのような遇《ぐう》され方をしているのか、少女はよく知っている。

エンハンサーとは所詮、術力が弱く、武器の扱いに長けることも出来ない人間が、最終的に行き着く成れの果て。消去法の先にある妥協案《だきょうあん》。才能もないのにエクスプローラーに固執《こしつ》する、未練がましい生き物――それ故、周囲からは冷遇《れいぐう》され、距離を置かれるはぐれ者。

それが少女の抱いていたエンハンサーの印象だった。

だが映像の少年からは、そのような卑小《わいしょう》な印象は全く感じられない。それどころか、こんな戦い方をするエクスプローラーがいるなど夢にも思わなかった。

術式の複数同時制御。

竜と巨人を倒したベオウルフ――そんな勇者の名を贈《おく》られた少年が行ったことを簡単に言えば、そんな文字列になる。

ただ、その数が尋常《じんじょう》ではない。同時に二つの術式を起動・制御・発動することについては、少ないながらも記録がある。『ダブルタスク』と呼び称《しょう》される貴重な才能だ。

しかし、ベオウルフが同時に扱う術式の数は、文字通りの桁違いだった。どう見ても十個以上の術式を同時に起動し、制御し、発動させている。それも額《ひたい》や肩、胸や背中に両腕や両足、体のあちこちを起点として術式を起動しているのだ。ダブルタスクどころの話ではない。これはもはやマルチタスクとでも呼ぶべき異常な能力だった。とても人間業とは思えない。

今もARムービーの中で、少年が手に持った巨大な剣を起点として、雷撃《らいげき》の術式〈ボルトステーク〉十個を同時に起動させている。動く速度が速すぎるため映像はスローモーションで流れているが、確かに剣の刃に沿って十個のアイコンが並んでいるのが見て取れた。

そして、放たれる雷神のごとき一撃。直撃を受けたヘラクレスの脚《あし》はものの見事に粉砕《ふんさい》される。もちろん、直後にはヘラクレスの持つ超再生能力で脚は元通りに戻るのだが、それにしても低級攻撃術式である〈ボルトステーク〉だけでこれほどの威力を叩き出すとは。こうして目にしてもまだ信じられない。

「〝怪物《ジ・モンスター》〟……」

ベオウルフと同じく、彼に贈られたもう一つの異名を畏怖《いふ》を込めて呟《つぶや》く。

この正体不明の少年に対する興味は尽きない。が、それ以上に少女が惹かれるのは——

とうとう戦いが終わりへと差し掛かった。

六本腕の異形に変化《へんげ》したヘラクレスが、多種多様な武器を以《もっ》て少年を叩き潰そうとする。

しかし少年はそれら全てを弾《はじ》き返し、おそらく剣術式《ソードアプリ》〈ドリルブレイク〉と思われる術式を発動。猛烈《もうれつ》に回転する螺旋《らせん》の先端《せんたん》が、ヘラクレスの腹部へと突き刺《さ》さり火花を散らす。だがヘラクレスの装甲《そうこう》も堅固《けんご》だった。流星《りゅうせい》そのものをぶつけるような攻撃に対し、巨人はビクともしない。

すると少年は、またもや突飛《とっぴ》な行動に出た。

なんと、剣術式の重ね掛けである。

通常は単発で使用する術式を、そのまま上乗せしたのだ。重ね掛けすることによって〈ドリルブレイク〉の回転数――つまり威力が上昇。少年は畳《たた》み掛けるように〈ドリルブレイク〉を連続で発動させ――ついにはヘラクレスの腹部に風穴を通した。

起点をずらすことなく剣術式を重ね掛けする精密さにも驚愕《きょうがく》だが、それ以上に目を剥《む》くのは次の行動だ。

かつて英雄セイジェクシエル率いる『閃裂輝光兵団《センレツキコウヘイダン》』が、ルナティック・バベル一〇〇層のゲートキーパー〝アイギス〟を撃破するために編《あ》み出したという攻撃術式、〈フレイボム〉。

少年はそれを、次の瞬間、数え切れないほど大量に同時起動させたのだ。

その姿はさながら、夜空に輝《かがや》く星々がごとく。

全身の至《いた》るところにディープパープルのアイコンが生まれ、照準を決める光線が次々とヘラクレスへの腹の穴へと伸びていく。それが幾十にも重なり、横向きの円錐《えんすい》になった瞬間、
起爆。

超新星爆発《スーパーノヴァ》もかくやという爆裂に、刹那《せつな》、映像が真っ白に染まった。

凝縮《ぎょうしゅく》に凝縮を重ねた威力が炸裂《さくれつ》した後、しばらくして映像に色が戻ってくる。直撃を受けたヘラクレスは粉微塵《こなみじん》に吹き飛び、もはや跡形も残っていなかった。

が、恐るべきことに、その核であるコンポーネントだけは砕け散ることなく、残存していた。あれほどの重複〈フレイボム〉を受けながらなお、ゲートキーパーは活動停止《シャットダウン》しただけだったのだ。

「……すごい……」

我知らず畏敬《いけい》の念が声となって、唇《くちびる》からこぼれ落ちた。

一方、少年は自ら起こした超絶的な爆発に巻き込まれ、戦場であるセキュリティルームの端まで吹き飛ばされていた。

床に仰向けで倒れている姿が、カメラにズームアップされていく――ちょうどその時だった。

ARムービーではない、その向こうにある現実の窓。そこに映るルナティック・バベルの足元で、ちかっ、と何かが光った気がした。

「……？」

偶然目に入った光景に思わず目をしばたたかせた少女は、ARムービーを他所に窓へ張り付く。

ルナティック・バベルは純白の塔であるため、点滅した光はよく判別できた。目に焼き付いた光の色は、限りなく桃色に近い紫――そう、スミレ色。

小さく光ったように見えたが、よく考えれば、ルナティック・バベルと飛行機の間には大きな距離がある。小さく見えても、実際にはかなり大きな輝きだったのではなかろうか。

もう一度光らないものだろうか、と凝視する少女の視線の先で、出し抜けにルナティック・バベルの壁の一部が破裂した。

「――ッ!?」

音のない爆発に息を呑《の》む。

一瞬、我が目を疑った。ルナティック・バベルを構成する金属は、それこそヘラクレスの装甲と同じぐらい堅牢だと聞いている。それが爆発で吹き飛ぶなんて——

ぱっ、とまたスミレ色の光が瞬《またた》いた。

一拍《いっぱく》遅れて、また同じ場所が爆発。無数の破片が水飛沫《みずしぶき》のように弾け飛んだ。

と同時、少女の視界が激しくブレる。

「！」

否《いな》、少女だけではない。乗っている飛行機そのものがガタガタと震《ふる》えだしたのだ。

他の乗客らの間からも戸惑いの声が上がる。

その直後だった。突如、乱気流に巻き込まれたかのごとく機体が大きく上下に揺れたのは。

四方八方から悲鳴が上がった。

少女はというと、怖すぎて悲鳴も出なかった、というのが正直なところである。全身を強張《こわば》らせ、シートの手摺《てすり》を掴《つか》んだまま、ただ恐怖に慄《おのの》くことしか出来なかった。

地震のような揺れは、幸いなことに大事には至らなかった。しばらくすると振動は徐々に収まり、やがて飛行機は安定飛行へと戻る。

間もなく、乗客の〝ＳＥＡＬ〟に機内アナウンスが流れた。

『大変ご迷惑をおかけしております。機長です。先程、天使の悪戯《いたずら》と思しき気流の乱れがございましたが、飛行の安全性には全く影響ございません。お座りの間は座席ベルトをしっかりとお締《し》めいただき――』

機長の穏《おだ》やかな声によって、乗客らの間に安堵《あんど》した空気が流れ出す。

少女もまた、ほっと胸を撫《な》で下ろした。息を吐き、そういえば、と再び窓に目を向ける。

浮遊島から月へと聳《そび》えるルナティック・バベル。スミレ色の光と爆発が発生したはずの箇所は、しかし不思議なことに、もうどこだったのかがわからなくなっていた。

「……？」

少女は首を傾《かし》げる。どうして、あんなにも派手で大きな穴が開いていたはずなのに――？

彼女には知る由《よし》もない。

ルナティック・バベルの構造材がヘラクレスの装甲と同じく、自己再生機能を持っていることを。

スミレ色の光が、とある少女の術式のアイコンであったことも。

そして飛行機の機長もまた、知らなかった。

先程の乱気流は決して天使の悪戯などではなく。

『現人神《あらひとがみ》』の仕業であったことを。

■

時は少し遡《さかのぼ》り――

「――いたよ、ハヌっ！」

ＳＢ《セキュリティ・ボット》のポップを視認した瞬間、僕は腰の脇差《わきざし》〝白帝銀虎《びゃくていぎんこ》〟――略して白虎《びゃっこ》を抜き放った。

鋭《するど》く声を掛けるのは、左隣を歩いていた女の子――僕のコンビでもあるハヌこと、ハヌムーン・ヴァイキリルにである。

「うむ」

ハヌはいつものように鷹揚《おうよう》に――ともすれば緊張感の欠片もない様子で――頷《うなず》くと、僕と繋いでいた手を離した。

僕は白虎の切っ先を敵に向けつつ足を進め、小さな彼女の前へ出る。

『ＵＵＫＫＫＫＹＹＹＹＹＹＹＹ！』

僕達の前に現れたのは、クロードモンキーというＳＢの群れだった。

数はざっと見て二十前後。この五三階層に現れるＳＢの中では、ちょっと面倒な方だ。

灰色の体毛を持つクロードモンキーの特徴は、名前の通り、両手の五指から長く伸びた鋭利な爪《クロー》。猿《さる》特有の俊敏《しゅんびん》さでこちらを攪乱《かくらん》し、隙に乗じて襲いかかってくるのが基本パターンだ。

『ＵＫＫＫＫＹＹＹＹＫＫＫＫＫＹＹ！』

二十体以上のクロードモンキーがその場でピョンピョン跳ね始めた。

奴らは両眼を大きく見開き、歯を剥いて威嚇《いかく》するような強面《こわもて》を向けてくる。毎度のことながらその表情や仕草《しぐさ》には、とても作り物《プログラム》とは思えない生々しさがあった。

クロードモンキーは確かに、ちょっと面倒な相手ではある。

そう、面倒な相手ではあるが――これはこれでちょうどいい、と僕は思った。

こう見えても僕は、このルナティック・バベルの一三〇層までに出てくるＳＢなら割と余裕で戦えたりする。残念なことにメインウェポンである〝黒帝鋼玄《こくていこうげん》〟——略して黒玄《こくげん》は粉々になって修理待ちだけど、ここ五三階層に出てくる程度のＳＢであれば、この手にある白虎だけでも充分なのだ。

それに今日は、ＳＢを倒してコンポーネントを収集するよりも大事な目的がある。

「じゃあハヌ、打ち合わせ通りに行くよ。大丈夫？」

背中越しに声をかけると、くふ、と笑う気配が返ってきた。

「うむ、苦しゅうない。おぬしは心配性じゃのう、ラト」

「いや、心配というか……」

どっちかというと、僕自身の安全について危惧《きぐ》しているというか。

今日の主目的は、僕とハヌの連携《れんけい》訓練。より具体的に言えば、ハヌの汎用《はんよう》術式を使う練習である。

基本的にハヌが扱う術式は特殊なもので、言霊による詠唱が必要不可欠だという。

その分、威力については申し分がないというか、別の意味で注文をつけたくなる程なのだけど、逆に言えば、発動が遅すぎていざという時に役に立たなかったりもする。

なので、ハヌの〝ＳＥＡＬ〟に汎用攻撃術式をインストールして、それを即時発動できるよう練習することにしたのだ。でなければ、僕が前衛に出て、後衛で詠唱をするハヌを守りながら戦うという、ワンパターンな戦法しか出来なくなる。これからもコンビを続けていく上で、それは結構致命的なことだった。

というわけで、今回インストールしたのは低級攻撃術式の一つ〈エアリッパー〉。ハヌが『極東』では風を司《つかさど》る現人神だったことを踏まえての、流体操作系の術式である。

「安心せよ。風の扱いなら任せておくがよい」

いつもの外套《がいとう》姿のハヌは、やっぱりいつも通りに自信満々だった。

――本当に大丈夫なのかなぁ……不安だなぁ……

内心で冷や汗をかきつつ、僕は事前にハヌと打ち合わせした内容を反芻《はんすう》する。


「オッホン……それではルナティック・バベルに入る前に、今日の基本的な作戦を説明します」

「うむ。よきにはからえ」

「ここのSBは基本的に群れで出てくるから、まずは僕が敵陣へ突っ込んで、適当に分断します」

「ふむふむ」

「SBの数が多すぎる時は僕が適当に数を減らします。で、手頃な数になったSBがこれまたいい感じに散らばったら、ハヌの出番です」

「任せよ」

「その時、僕は一度ハヌの後ろに回ります。これは念のため。で、僕の退避が完了したのを確認したら――どうぞ、やっちゃってください」

「うむ。……ところで先程から気になっておったのじゃが、何故そのような言葉遣いをしておるのじゃ？」

「え？　いや、えっと……雰囲気《ふんいき》？　何となく？」

「……ならばよいのじゃが。正直、そのような言葉遣いは好《す》かぬ」

「――あっ、そうか。ご、ごめん、ごめんね、ハヌ」

「んむ……わかればよい」


いつか僕が彼女の手を振り払った時、無理に丁寧《ていねい》な口調で話したことがあった。多分、ハヌはその時のことを思い出してしまうのだろう。

自分のしでかした不始末はどこまでも付いてくるものなんだなぁ――なんて考えながら、風切り音と共に迫るクロードモンキーの爪を躱《かわ》す。

「――っ！」

頭のすぐ右側を、鋭利な刃物みたいな五本の爪が唸《うな》りを上げてかすめ過ぎた。直後、大ぶりな攻撃だったため、クロードモンキーがどうしようもなく隙を見せる。

流石にそれを見逃すほど、僕も甘くない。

「づぁっ！」

気合を込めて白虎を一閃《いっせん》。丸見えになった背中を逆袈裟《ぎゃくけさ》に切り裂く。

『UKKKKKKYYYYYY!?』

空中にあったままクロードモンキーの体が硬直《こうちょく》。そのまま活動停止シーケンスへ移行するのを見届けると、僕は次の標的に意識を切り替える。

とりあえず二十体というのは多すぎなので、半分の十体ぐらいまで減らそうと思う。その頃には

ＳＢも適度に散開して、密集していないだろうし。

「〈ボルトステーク〉〈ボルトステーク〉〈ボルトステーク〉〈ボルトステーク〉〈ボルトステーク〉」

〝ＳＥＡＬ〟の出力スロットに攻撃術式を装填《そうてん》。体の表面を紫紺《しこん》のフォトン・ブラッドが流れ、幾何学模様の輝紋《きもん》が活性化するのを感じる。

『ＵＵＫＫＫＫＫＹＹＹＹＹＹＹＹ‼』

三体のクロードモンキーが壁や床を蹴《け》って同時に躍《おど》りかかってきた。

左手の五指に五つの雷杭《ボルトステーク》のアイコンを浮かべ、僕はそいつらを迎撃する。

「――せっ！」

左手を横に振って〈ボルトステーク〉を一斉発射。ろくに照準もせずに撃ったけど、当たらなくとも牽制《けんせい》には充分だ。青白く輝く光の矢が五本、残光を曳《ひ》いて宙を走る。

『ＵＫＹＹＹ⁉』『ＵＫＫＫＫＫＹＹＹＹ⁉』

三体中二体に〈ボルトステーク〉が命中した。急所は外したみたいだけど、雷撃のショックで体が痺《しび》れ、無様に床に落ちる。

『ＵＵＫＫＫＫＹＹＹＹＹＹＹ！』

残った一匹が敵討ちだと言わんばかりに爪を向けてくるが、所詮は猿の手、リーチではこちらに分がありすぎる。こっちの頭へと伸ばしてくる両手の隙間、そこに白虎の切っ先を突っ込み、カウンターで顔を貫いてやった。

『ＵＫＹＹ⁉』

「――シッ！」

そのまま白虎を下へ払って、クロードモンキーを床に叩き落とす。活動停止なんて確認するまでもない。さらに疾駆《しっく》して、痺れて倒れている二体にも斬撃を見舞い、止《とど》めを刺す。

「〈フレイボム〉〈フレイボム〉〈フレイボム〉――！」

そこからも、同じような要領で四方八方から襲いかかってくるSBを蹴散らして、瞬く間に残り十体にまで数を減らしてやった。

「――いくよハヌ！　準備はいい⁉」

予想通り、いい感じに通路のあちこちにクロードモンキー達が散らばっている。これなら一体ずつ〈エアリッパー〉で狙えば、十回ぐらい動く標的を攻撃する練習になるはずだ。

「いつでもよいぞ！」

頼もしい声が返ってきたので、僕は踵《きびす》を返してハヌの下へと戻った。

外套を頭からすっぽり被ったハヌは、既に両の掌《てのひら》を前へ出して、いつでも〈エアリッパー〉を発動できる準備をしていた。僕はそんな彼女の背後に回り、

「いい？　ハヌ、慎重《しんちょう》にね、慎重に一匹だけに意識を向けて、そっとだよ、そーっと術力を――」

「ええい気が散るではないか！　静かにしておれ！」

「。」

怒られてしまった。ハヌの怒声に傷付きつつ、僕ってやっぱりうざい奴なのかなぁ……としょんぼりしながら口を噤《つぐ》んだ――その瞬間だった。

「〈エアリッパー〉！」

ハヌがいきなり術式を発動させた。

前へ突き出したハヌの両手、そこからスミレ色の輝きが弾け――

あ、やばい。

生じたアイコンの光が、あっという間に床や壁へ吸い込まれて消えていく。

そのまま爆発的に膨張していいいく。

僕は咄嗟《とっさ》に支援術式〈プロテクション〉×10を発動。続けざま防御術式〈スキュータム〉×10を装填。

ハヌの頭を越えて腕を伸ばし、彼女ごと守れるよう術式シールドを展開させるよう準備して――

風が爆発した。

とんでもない術力を込められた〈エアリッパー〉は、その名前から到底かけ離れた形となって発動した。まるで戦艦の主砲だった。通路を埋めつくしてもなお足りないほど巨大な固体空気が高速で撃ち出され、何もかもを破壊しながら突き進んだ。

僕は直ちに〈スキュータム〉×10を発動。十枚重ねの術式シールドが僕とハヌの前に現れる。直後、嵐のような風に巻き込まれたルナティック・バベルの破片が殺到《さっとう》して、〈スキュータム〉を狂《くる》ったように乱打し始めた。

全ては一瞬の出来事だった。

塔の壁や床、天井まで破壊しながら飛んだ〈エアリッパー〉は、そのままどでかい風穴を空けて虚空へと消えていった。

練習場所を壁際の区画にしておいて本当によかったと思う。あと、念のため僕がハヌの背後に回る手筈《てはず》にしておいたことも。

もはや、見える範囲にクロードモンキーの姿は影も形も残っていなかった。

「……およ？」

風が止《や》んだ後になってようやく、ハヌの口からそんな間抜けな声が零《こぼ》れ落ちた。どうやら本人的にも想定外の結果だったらしい。

「――お、およじゃないよ⁉　強すぎるよハヌ！　言ったよね？　僕ちゃんと言ったよね？　だからそーっとって言ったのに！」

「むぅ……」

解《げ》せぬ、とばかりに小首を傾げるハヌ。

と、その時。

『ＵＫＹ？』

と電子音が聞こえてきて、ハヌと揃ってそちらに目を向ける。

するとそこには、僕達がいる通路から右脇へ入る分かれ道があり、その壁の陰《かげ》から、運よく難を逃れたのであろうクロードモンキーが一体、顔を出していた。

「今度は上手くやる。見ておれ」

ずい、とハヌが〈スキュータム〉の庇護《ひご》から抜け出して、生き残った猿に両手を向ける。

あんなムキになった声で「今度は上手くやる」などと言われて「はいそうですか」なんて了承出来るわけもなく。

「ちょ、ハヌ、待っ――」

僕の制止は間に合わなかった。


「〈エアリッパー〉!」


結果がどうなったかなんて、もはや言うまでもない。

ウネウネと蠢《うごめ》いて再生を始めた壁や床を尻目に、僕はハヌの手を掴んでその場から逃げ出した。

最初から人気が少ないであろう五三層、そして壁際の区画を選定しておいたことが幸いして、誰にも見咎《みとが》められることもなく僕達は逃走することに成功した。

そして、その後のハヌとの会話で判明した驚愕の事実を、ここでお知らせしよう。

ハヌの二つ名〝小竜姫〟の由来の一部でもある、彼女のオリジナル術式〈天龍現臨《てんりゅうげんりん》・塵界招《じんかいしょう》〉。

この術式の起動には約二分ほどの詠唱が必要だと聞いていたのだけれど、実を言うと――

「あれか？　ふむ……実を言うとの、あれの詠唱の大半は手加減のための詠唱じゃ。そうでもなければ、こんな塔などとっくに吹き飛ばしておるわ」

僕の「海竜の時はちゃんと手加減できたのに、どうして」という言葉に対する返答がこれだった。

ハヌ曰《いわ》く、天龍を現臨させるだけなら十秒もあれば充分。それ以外の時間は、立体化アイコンを編み上げ、術式の威力をその内部に限定するための準備に過ぎない――とのこと。

その話を聞いた僕は、両手で顔を覆《おお》って天を仰《あお》いだ。

「……それを早く言って欲しかったよ……」

詰《つ》まるところハヌの「ちょっと」は、世間一般で言う「ちょっと」とは遠くかけ離れすぎていたのである。水道でたとえるなら、いくらレバーを慎重に動かしたところで、蛇口《じゃぐち》が大きければ一度に出る水の量はどうしたって多くなる。ハヌの術力にも同じことが言えたのだ。

確かに想定していた通り、術式は素早く発動出来たし、威力だってあるに越したことはない。だけど――あれじゃ威力が強すぎて、味方まで巻き込みかねないし、実際あんなのに巻き込まれたら即死してしまう。怖すぎて使えたものじゃなかった。

残念無念。ハヌに汎用術式を使ってもらおう作戦、大失敗である。ふりだしに戻って、一から考え直しだった。

「——えっと、じゃあハヌ、気を取り直して次はアレを試してみよっか。昨日買ったオーブ型の……ハヌ？」

気が付くと、ハヌは俯いたまま固まっていた。僕の声にも全く反応しない。

「ハ、ハヌ？」

外套を被っているため、どんな顔をしているのかわからない。まさか、立ったまま寝ちゃってるなんてことは……

「どうしたの？　大丈夫？」

近付いて膝《ひざ》を突き、回りに人がいないことを確認してから、外套のフードを摘《つ》まんでずらす。

ハヌは寝てなどいなかった。ただ顔がびっくりするぐらい真っ青で、今にも死んでしまいそうなほど絶え絶えの呼吸をしていただけで——えっ⁉

「——ハヌ⁉　ど、どうしたの⁉」

「………………」

ハヌは何か言おうとして唇を開いて、でも結局、何も言わないまま閉じた。焦点の合わない金目銀目が何もない足元の床をゆらゆらと見つめていて、ちっちゃな口が「はぁ……はぁ……」と薄い吐息を繰り返す。

この症状には心当たりがあった。もし予想が当たっているなら、これはいきなり死ぬようなものではないけれど——でも、信じられない、だって、こんな急に——

「——ッ⁉　ハヌ！」

限界に達したのだろう。ハヌの体がぐらりと傾《かし》いで、その場に崩《くず》れ落ちた。慌《あわ》てて手を伸ばして小さな身体を抱き留める。

僕の腕の中で、ハヌは糸の切れた操り人形みたいにくったりとしていた。綺麗な銀髪が、汗で顔に張り付いている。完全に意識を失っているようだった。

気を失ったその顔を見ただけで、胸が破けそうなほど痛んだ。

「……ま、待っててハヌ、今すぐ病院に連れて行ってあげるからね！」

僕は軽い体をしっかりと抱きかかえると、自分とハヌに支援術式〈ストレングス〉、〈ラピッド〉、〈プロテクション〉を重ね掛けし、さらに〈シリーウォーク〉を発動させた。

考えるのは後だ。

今はとにかく、ハヌを病院へ！

僕はハヌを抱いたまま疾風迅雷《しっぷうじんらい》の勢いで塔を飛び出し、比喩《ひゆ》でも誇張《こちょう》でもなく空を駆《か》け上がり、病院への最短距離をぶっ飛ばした。

●2 使役術式が得意なんですが〈以下略〉

結果として、僕の予想は当たっていた。

貧血《ひんけつ》である。

何のことはない。考えてみれば僕とハヌの〝SEAL〟はスイッチで相互接続されていたのだから、ステイタス要求のコマンドさえ送ればバイタルの戻り値ですぐわかったはずなのだ。もっと落ち着いて行動するべきだった。そうすれば病院に猛《もう》スピードで駆け込み、ロビーで「助けて下さい！」と大声で叫ぶなどという大恥をかかずに済んだのだから。

「話を聞くに、フォトン・ブラッドの過剰使用《イグゾースト》が原因でしょう。こんな小さな子に無理をさせてはいけませんんよ」

ハヌを診《み》てくれた先生は、そう言って造血剤を注射してくれた。

「少し寝かせていれば、いずれ目を覚ますでしょう。今日はもう術式を使わせてはいけませんよ。それでは、お大事に」

「あ、ありがとうございました……」

治療を終えて立ち去っていく先生に頭を下げ、僕はベッド脇の椅子に腰を下ろす。

共同部屋の隅《すみ》のベッドに寝かされたハヌは、さっきまでのひどい顔色が嘘《うそ》だったように、安らかな寝息を立てていた。汗で額に張り付いた前髪を、そっと手で綺麗にしてあげる。

たった二回だ。

今日、彼女が術式を使用したのは〈エアリッパー〉二回だけだったはずだ。

なのにお医者さんは、この貧血を『フォトン・ブラッドの過剰使用』が原因だと診断した。

やっぱり、ちょっと信じられない。

あの時、ハヌは手加減もしていたはずだ。それはもちろん、彼女なりに、ではあるけれど。

僕が使う支援術式と違って、攻撃術式は籠める術力の調整が利く。二回とも全力全開で術力を籠めたのならともかく、手加減しながら発動させた〈エアリッパー〉二回でフォトン・ブラッドが枯渇《イグゾースト》するなんて、絶対に変だ。

先生は『今日はもう術式を使わせてはいけませんよ』と言っていたけれど、思い返してみれば、ハヌが一日に一回以上術式を使ったことがあっただろうか？　いや、少なくとも僕が知る限りでは、ない。

とすると、ハヌのフォトン・ブラッドは最初から使用可能量が少なかったということだろうか？

でも、そうならそうと、ハヌならちゃんと言ってくれそうな気もする。

なら、そもそも汎用術式がハヌの〝ＳＥＡＬ〟に合わなかった？　うーん……どうなんだろう。

確かにハヌの使う術式は見たことも聞いたこともないものだし、言霊を扱うあたり、相当歴史が古いのは確かだ。もしハヌの〝ＳＥＡＬ〟がその系統だけに特化したものだったとしたら、他の術式が使えない可能性も、なくはない。

海竜を一撃で屠《ほふ》った〈天龍現臨・塵界招〉――威力といい、立体型アイコンという形状といい、手加減してアレなのだ。全力で放った時の破壊力は想像もつかない。その点に鑑《かんが》みれば、それ以外の術式と相性が悪いのも合点がいくけれど――

「……ん……」

ピクン、と眠っているハヌの眉《まゆ》が動いて、僅《わず》かに身じろぎした。

「……ハヌ？」

耳元に顔を近付け、小声で呼び掛ける。ハヌの瞼《まぶた》がふるふると震え、ゆっくりと開かれていく。

「……？　なんじゃ……わらわは、なにゆえ……らと……？」

枕元の僕に気付いて、でもまだ頭がふわふわしているらしきハヌが、うっすらと開いた金目銀目で見つめてくる。

「えーと……おはよう、かな？　大丈夫？　起きられる？」

「んー……」

むずがる幼子のように、ハヌは目と口をむにゅむにゅと動かして唸った。

「……らと……ちこう、よれ……」

まだ眠そうな声でそんなことを言うハヌ。寝ぼけているのだろうか。とりあえず言われた通りにもう少し顔を近づけてみると、

「……むー……」

いきなりブランケットの中から、にゅっ、とハヌの両腕が飛び出して、僕の首にまとわりついた。

「――へ?」

そのままハヌに抱き寄せられる形で、僕は枕の隣に顔を突っ込んでしまう。端からすれば、僕がハヌに覆い被さって密着しているようにも見える状態だ。

「ぶはっ――ハ、ハヌ!?　どどどどうしたの!?」

流石に大声は出せないので、小声で、けれども必死に叫んだ。するとハヌは、僕の耳元でむにゃむにゃと呪文を唱えるように、こんなことを言う。

「……おきれぬ……らとが……おこして、た、も、れ……」

「……あー……」

わかっちゃった。僕わかっちゃったよ。完全に寝ぼけてますね、これ。

そういえば寝起きの時って、まだ頭が完全に動いていないから本能的にスキンシップを求めるとか何とか、聞いたことがある。まぁ、要するにどんなにガードの堅い人でも『甘えん坊さん』が顔を出すってことなんだけど――まぁ、そういうことなら仕方ない。

「――うん、じゃあ、起こすよ?　よいしょ、っと」

「ん、む……」

ハヌの背中に腕を回し、上体を起こしてあげる。ハヌは軽いから、こんなのは何でもない。

ところが、抱き起こしたところでハヌの動き出す気配が全くない。僕の肩に顎《あご》を乗せたまま、脱力状態が続いている。

「ほらハヌ、起きて？　先生が、今日はもう術式を使っちゃ駄目だって言ってたから、おうち帰ろう？　部屋まで送っていくからさ」

「……んー……」

気のない生返事である。仕方がないので、しばらく背中をポンポンと優しく叩きながら、ハヌの目が醒《さ》めるのを待った。それから大体三十秒ほど経った頃だろうか。

「……これはどういうことじゃ、ラト？」

先刻とは打って変わって、やけに明瞭な声でハヌが言った。

「え？　どういうこと、って？」

「……何故、妾《わらわ》とラトはこのような体勢になっておるのか、と聞いておる」

「何故って……ハヌからこの体勢に持って行ったんだよ？」

「……そんなはずはない」

「ええっ⁉」

恐るべきことに断言されてしまった。そんな理不尽な、と思った時、ふと頬《ほほ》にあたるハヌの肌が熱を持っていることに気付いた。体勢上、顔が見えないから想像するしかないけど——多分、目が醒《さ》めて急に恥ずかしくなっちゃったんだろうなぁ、と予想する。

「あ、あー……それはともかく、喉は渇いてない？　僕、何か飲み物買ってくるよ」

「……うむ、よきにはからえ……」

ストレートに指摘するのは愚策だ、逆ギレして爆発してしまうかもしれない——そう思った僕は適当に話をでっち上げると、ハヌから体を離してそそくさとその場を離れた。

病室を出て行く直前、ちら、とハヌの方を一瞥《いちべつ》すると、彼女はブランケットを頭から被ってベッドの上で丸い塊になっていた。


ああ言った手前、本当に飲み物——ハヌのグレープジュースと僕のアイスコーヒー——を購入して戻ってくると、ハヌはすっかり澄まし顔を作り直してベッドの上に座っていた。

何事もなかったかのように飲み物を受け取るハヌに、僕も何事もなかったかのようにこの病院へ来た顛末を話した。もちろん、ハヌのフォトン・ブラッドについて聞くのも忘れない。

「——いや、このようなことは初めてじゃ。妾はその気になれば、天龍も天輪聖王《てんりんじょうおう》も天照大神《てんしょうだいじん》も同時に現臨させることが出来る。〝氣《き》〟が足りぬなどということはあるまい」

「う、うんうん？」

テンリンジョウオウとかテンショウダイジンって何だろう？　と思いながら僕は頷く。〝氣〟っていうのは多分フォトン・ブラッドのことだとは思うけれど、そのあたりはまた後で聞いておこう。

「……ということは、やっぱり普通の術式がハヌの体質に合わなかった、ってことなのかな？」

「ふむ。詠唱の必要がない術を使ったのは初めてじゃったからのう。思うたより加減も難しかった」

結論から言うと、どうやらハヌにも貧血に至った原因はよくわからないらしい。僕とハヌは揃って首を傾げる。

「氣息《きそく》を練っておらんかったからかのう……？　確かにやたらと〝氣〟を持って行かれる感覚はあったのじゃが」

ここまでの話で、やはりハヌの〝SEAL〟と僕達のそれとは、そもそものフォーマットが違うのかもしれない、という結論に至った。フォーマットが違えば、そこに乗る術式だって勝手が変わる。普通の人間と現人神と呼ばれる存在とでは、〝SEAL〟の質そのものが異なっているのだ、きっと。詳しいことは専門家に調査をお願いしたらわかるのかもしれないけれど、ハヌは身分を隠しているし、それは難しいだろう。だから、

「——とりあえず、もう〈エアリッパー〉は使わない方がいいかな。ハヌの戦い方については他にも色々考えてるし、また明日試してみようか」

「うむ」

ハヌも素直に頷いてくれて、とりあえずこの件はこれで終息となった。

明日からの方針を決めた僕とハヌは、ジュースとコーヒーを飲み干すと、すぐに病院を辞した。

ちなみにだけど、診療代は僕が払った。当然、海竜の時の報酬を使ったのである。

今日は人目を避《さ》けるため早朝からルナティック・バベルに入っていたので、病院から外へ出ると、太陽はまだ空の頂点に達する前だった。そろそろお昼時という頃合いである。

とはいえ、ハヌは『今日一日は安静にするように』と言われている。なので僕は中央区にあるハ

ヌのマンションまで彼女を背負っていくことにした。

もっとも、当のハヌは不服そうだったけれども。

「むぅ……もう大丈夫じゃと言うておるのに……」

僕の背中でぶーたれるハヌに、僕は少し強い口調で言う。

「駄目だよ、倒れちゃったんだから。今日はゆっくりしないと」

「もう回復した。妾は戦える」

喉元過ぎれば何とやら。ハヌはさっきまでの体調不良を忘れたように主張する。

普段ならハヌのこういう我儘《わがまま》に押し切られてしまう僕だけど、ことが彼女の健康に関わるとなると絶対に譲ることは出来ない。僕は前を向いたまま首を横に振り、その意見を却下する。

「だーめっ。だめったらだめ。いくらハヌが戦えるって言っても、一緒にいる僕が心配でまともに戦えないよ。だから今日はもうお休みです。部屋でゆっくりしなくちゃ駄目なんです。わかった?」

突き放すような言い方をすると、ハヌが露骨に唇《くちびる》を尖《とが》らせる気配がした。

「むぅぅ……ならば妾一人でも――」

「そんなことしたら本気で怒るよ?」

思わず早口で即答してしまってから、しまった、と気付いた。というか、僕自身が吃驚《びっくり》した。らしくもなく、冷たい言い方をしてしまった自分に。

「……!」

ハヌが驚いたように息を呑んで、口を噤《つぐ》んだ。

その途端、一気に襲いかかってくる気まずい雰囲気。

会話がぶつ切れになって、僕の足音だけがやけに大きく響き始めた。

僕は、ずっとソロでエクスプロールをしてきた人間だ。だから、一人で遺跡に潜《もぐ》ることがどれだけ危険かをよく知っている。少なくとも、そんじょそこらのエクスプローラーより知っているつもりだ。実際、ついこの間も両腕を喪《うしな》って死にかけたばかりなのだから。

それだけに、ハヌにそんな危ないことをして欲しくない——その一心が声に出てしまったのだと思う。だけど、やっぱり……今の言い方はまずかった。強く言い過ぎだったと思う。ちゃんと謝らないと——

「…………あ、あの、ハヌ、」

「——すまぬ、ラト……」

「え？」

僕の両肩に載っている手が、きゅっ、と握る力を強めた。

こつん、と後頭部にハヌの額が当たる感触。

「……嘘じゃ。妾が悪かった……じゃから、そんなに怒らないで欲しいのじゃ……」

今にも泣き出しそうな、弱々しい声だった。いや、もう既に目尻に涙が溜まっているのかもしれない。話す言葉に、小さく鼻をすする音が混じっていた。

やっぱり言い過ぎだったのだ。僕は大いに慌て、

「——ご、ごめん、ごめんね、お、怒ってないよ、僕ぜんぜん怒ってないよ！　ごめんね、違うん

だ、僕はハヌが心配で、別にハヌのことが嫌いになったとか、嫌になったとかじゃなくてっ」

「うむ……」

「あ、危ないからっ、一人で遺跡に行くのは危ないから、そのっ……お、怒るって言ったのは言葉の綾《あや》でっ、本当は怒らないしっ、心配だしっ、絶対助けに行くしっ、」

「……うむ……」

ハヌの相槌《あいづち》がもう完全に涙声で。それにつられて、なんだか僕の方まで泣けてきてしまって。

「ご、ごめんね……！　僕が悪いんだ、怒るなんて言っちゃったから……ぼ、僕も嘘だよ、怒ったりなんかしないよ、ごめんね、ごめんねハヌ……！」

「な……こ、こりゃ、何故ラトが泣いておるんじゃ、おかしいじゃろっ」

涙に濡《ぬ》れ始めた僕の声に、背中のハヌがじたばたと動く。小さな掌《てのひら》が、たんたんたん、と僕の両肩を連続で叩いた。

「だって、だって……！　ハヌが泣くから……！」

「わ、妾は泣いてなどおらぬっ。おらぬぞっ……」

そんなことを言った直後に、ぐすっ、と鼻をすするものだから、説得力なんて皆無だった。

もうどっちもグダグダである。

どうしてこうなったのか、自分達でもよくわからない。

気まずい沈黙が、僕達二人の間に降り立つ。

「………………本当にごめんね、ハヌ……」

「…………妾もすまんかった、ラト……」

結局、何故だか僕とハヌはお互いにぐすぐすと慰め合いながら、帰途につくことになった。

端から見たらものすごく情けない姿だったと思う。

周りの人達もまさか、こんな二人がそれぞれ〝ベオウルフ〟だの〝小竜姫〟だのといったご大層な名前で呼ばれていようとは、夢にも思うまい。

いくら名を上げたところで、所詮、僕達はまだまだ子供。本物の英雄なんて、全然遠かった。

もしかしてご先祖のセイジェクシエル様も、本当はこんな風に、情けない姿を晒《さら》していたりしてたんだろうか――?

そんなことを考えながら僕は空を見上げて、すん、と鼻を鳴らしたのだった。

ハヌを部屋まで送っていった後――彼女は今日一日ちゃんと静養《せいよう》することを約束してくれた――、僕は一人『カモシカの美脚亭《びきゃくてい》』へと足を向けていた。

ハヌにあんなことを言ってしまった手前、僕も一人でルナティック・バベルに入るわけにはいかない。それは明確な裏切り行為だ。

しかし、だからといってやることがないわけでもない。

何かというと――クラスタのメンバー集めである。

なに寝言を言っているんだ、と思うかもしれないが、ちょっと聞いて欲しい。これには訳がある。

確かに先日、僕はあの〝剣嬢《けんじょう》ヴィリー〟と〝氷槍《ひょうそう》カレルレン〟から直々にスカウトを受けた。しかも『蒼き紅炎の騎士団《ノーブル・プロミネンス・ナイツ》』の第三席という、とんでもなく破格の条件で。

順当に行けば、僕もハヌも、今頃はトップ集団の一角である『ＮＰＫ』の幹部として空前絶後の大出世を果たしていたはずである。

順当に行けば――そう、あくまで順当に行っていればの話だ。

順当に行くはずもなかったのだ。だって、ハヌはああいう性格だし、ヴィリーさんも意外と負けず嫌いだし、カレルさんは冷徹犀利《れいてつさいり》だし。

水と油が混じり合うはずもなかったのだ。

今は詳細を割愛《かつあい》するけれども、とにもかくにも僕達二人が『ＮＰＫ』に入団するという話は完全にお流れになってしまった。

例の『スーパーノヴァ』を率いていたダインの件も片付き、晴れてトップエクスプローラーの仲間入りかと思った、その矢先の出来事だった。

突然の除名宣告。

悲しいかな、僕の〝ぼっち〟は終わらない。

今でもなお、僕は仲間外れの〝ぼっちハンサー〟だった。

とはいえ、そんな僕にも、ハヌという友達が出来た。ありがたいことに〝ぼっち〟は〝ぼっち〟でも、今の僕達は二人ぼっちだった。

故に、へこたれている場合ではない。ヴィリーさん達のナイツに入れなくなったからには、自分達の力でパーティーを結成し、クラスタ設立を目指すしかないのだ。

というわけで、とにもかくにも人集めである。

日中はカフェ、夜はバーを兼ねる『カモシカの美脚亭』の扉を押し開き、足を踏み入れる。

時間的には、無所属のエクスプローラー達が集まって即席パーティーを作る時間帯はとうに終わっている。だから店内は空いているものと思っていたのだけど、意外とテーブルは埋まっていた。

そうか、考えてみればもう昼前だ。食事目的の人達が来ているのだ。

僕はなんとなく音を立てないよう、そーっとカウンターに忍び寄り、近くにいたウェイトレスさんに声をかけた。

「あ、あの……」

「あ、はーい！　いらっしゃいませ！　なんですかにゃ？」

振り返ったのはここの看板娘、アキーナさんだった。

両手で猫の真似をして愛想を振りまくその姿は、殺伐《さつばつ》としがちな男性エクスプローラーの『心の癒し』とまで呼ばれ、噂によると振った男の数は優に百を超えているとかいないとか。

肩の上で切り揃えた明るい赤髪がサラサラと揺れ、本当に猫みたいな水色の瞳がコケティッシュな視線を放つ。

「あ、あのっ……！」

他人との接触を苦手とするところ人後に落ちない僕である。ましてやこんな美人と話をするのだ。緊張しないわけにはいかなかった。お茶の注文ぐらいなら、すんなりと出来るのだけど——

「あ、あの僕、き、昨日、ぼ、募集依頼をお願いしたブルリッ――」

「あ、はいですにゃ。『BVJ』のラグディスハルト様ですにゃ？　少々お待ちください」

皆まで言うことなくこちらの意図を察してくれたアキーナさんは、ぺこりと頭を下げ、ツバメのような軽やかさで身を翻し、店の奥へと消えていった。ところで、接客基本用語の時だけつかないあの『にゃ』って、やっぱりキャラ付けってやつなんだろうか……？　いや、似合っているとは思うので別にいいのだけれど。あと何気に僕の名前がすんなり出てくるあたり、アキーナさんがここの看板娘なのは可愛さだけが理由じゃないんだな、とぼんやり思う。

さて、僕がここに来た用件はというと。

実は昨日、人集めの一環としてこの『カモシカの美脚亭』に、『メンバー募集のおしらせ』を出してもらえるようお願いしてあったのだ。

例えばお客さんの〝SEAL〟にメンバー募集のARメッセージが表示されるよう、店内放送のCMに混ぜてもらったり。また、店内の壁に設置してある物理ICからARポスターが表示されるよう設定してもらったり。もちろん他にも同じ依頼を出しているクラスタもいるから、ランダム表示に混ぜてもらう形になったのだけど。

もし希望者がいれば、お店の人に言ってもらい、後日こちらからコンタクトをとるという手筈になっている。今日はその希望者がいるかどうかの確認に来たのだ。まぁ十中八九、希望者なんていないと思うけれども。

とりあえずカウンター席の一つに腰掛けてアキーナさんを待っていると、何だか周囲から注がれる妙な視線に気付いた。

ひそひそといくつもの声が聞こえてくる。

「おい、あそこの」「おう、あの黒髪のか？」「間違いねぇ、〝ベオウルフ〟だ」「ふーん、意外と小さいわね」「妙だな。弱そうだぞ」「あいつ本当に強いのか？　この間のゲートキーパー戦、何かトリックが……」「いや、ああ見えて実はすごいらしい」「俺も聞いた。肉を生で食って、血を啜《すす》るらしいな」「水分は酒でしかとらないって友達が言ってた」「俺が聞いた話だと、すげえ女好きの絶倫《ぜつりん》だと。で、美女をわんさか囲ってハーレムを作ってるんだとよ」「え、待てよ、なら小竜姫はなんなんだ？」「ロリもいけるってことなんじゃね？」「いや、実は娘って説も……」「妹じゃなくて⁉」「俺が聞いたのは、あんな細っこくても素手でＳＢを活動停止させて、力尽くでコンポーネントを抉り出すって」「うお、まさに〝怪物《モンスター》〟じゃねぇか」「けど前はみんな、あいつのこと〝ぼっちハンサー〟とか呼んでなかったか？」「だから、ヤバすぎて誰も近付かなかったんだろ？　それ故の〝ぼっち〟だったわけで」「うちが聞いた話だとゲイで『ＮＰＫ』のカレルレン様と恋人同士だって！　やばい！　あにショタ萌えー！」「しかしあの強さ……実は別の世界から転生してきた奴なんじゃないか？」「は？　なんだそれ？」「知らないのかよ、大昔に流行ったストーリーラインのテンプレート」「ああ、一度死んで別の世界に転生すると、何故かすげー強くなっているっていうアレ？」「そうソレ」「疑問なんだが、生まれ変わることと強くなることがどう直結するんだ？」「知らんよ。お前さんは王子様のキスで目覚めるお姫様に理屈を求めるのか？」「〝ベオウルフ〟って、実は男装した女の子って噂、本当なのかなあ？　ぐふふ」


いや、あの。

待って？

待って、待って。

ちょっと待って？

ごめんなさい、本当にちょっと待ってください。

どうしよう。意味がわからない。

なんでこんなことになっているのか。全然さっぱり理解できない。

予想外の想定外。

人の口に戸は立てられないとか、根も葉もない噂とか、そんなレベルじゃない。

全くありもしない話が完全に一人歩き――否、暴走していた。

僕はカウンターに座ったまま、背を丸めてガチガチに固まり、全身の毛穴という毛穴から冷や汗を垂れ流す。

強そうとか弱そうとか、そういう話ならまだいい。なんだ、生肉食べて血を啜るって。それどころかハーレムでロリって。ゲイで恋人って。いやもう、この時点で明らかに矛盾《むじゅん》しているじゃないか。そしてそれ以外の噂については、もはや突っ込む気力さえ湧《わ》いてこない。

なんて恐ろしい。

トップ集団のエクスプローラーはみんな、こんな風に適当な流言飛語《りゅうげんひご》を広められているんだろうか。あのヴィリーさんやカレルさんも例には漏《も》れず。

こんなの風評被害もいいところだ。この調子では、僕達のメンバー募集に申し込む人なんて絶対いないに決まっている。

居心地も悪いし、変な人に絡まれても怖いし、ここは早いところアキーナさんから希望者ゼロの報告を聞いて、即座に退散した方がいいかもしれない。というか、許されるなら今すぐそうしたい。

それから数十秒――体感的には何分にも感じられた――が経ち、戦々恐々と待ちわびていた僕の前にようやくアキーナさんが戻ってきて、ぺこりと頭を下げた。

「大変お待たせしました。残念ながら『BVJ』様への加入希望者は、一名様だけですにゃ」

よし、残念でした。すぐにお礼を言って帰ろう！

「あっはいゼロですね！　ごめんなさいありがとうございます僕はこれで――って、えっ⁉」

腰を浮かせて早口で言っている途中で、会話の齟齬《そご》に気付いた。

ゼロだなんて、アキーナさんは一言も言っていない。

「……えっ、あの……い、一名？　いらっしゃる？」

「？　そうですにゃ、一名いらっしゃいますにゃよ？」

僕のおかしな反応に、アキーナさんが不思議そうに小首を傾げる。

まるで想定していなかった展開に頭がフリーズしてしまった。さっさと逃げ帰ることしか考えていなかったので、そうでなかった時にどうすればいいのか、さっぱりわからなかったのである。

「あっ……えっと、あの……」

　僕がしどろもどろとしていると、アキーナさんは、にっこり、と素敵な営業スマイルを浮かべた。

「そのお客様はちょうど店内にいらっしゃいますにゃ。ご案内いたしますので、どうぞですにゃ」

　右掌を店の奥へ向けて、僕を誘導する。

「あ、は、はい……」

　ことここに至って断れるはずもなく、僕は素直にその背中に従った。

　アキーナさんが案内する先には階段があり、先に昇りながら彼女は説明してくれる。

「メンバー加入希望のお客様は、二階の個室にいらっしゃいますにゃ。規定通りに手続きの流れを説明したのですけれど、どうしてもここで待つと言って聞かなかったのですにゃ」

「はぁ……」

　頷きながら、それはまた珍妙な御仁だな、と思う。自分で募集をかけておいて何だけど、さっきのような噂が流れている中、僕達『ＢＶＪ』への加入を希望するのは大した度胸の持ち主と褒めるべきか。それとも正気を疑ってかかるべきか。何にせよ嫌がらせ目的の悪戯でないことを、切に祈るばかりである。

「こちらですにゃ」

『カモシカの美脚亭』の二階は個室フロアだ。長く伸びる廊下の両側に、いくつもの扉が一定間隔で並んでいる。アキーナさんはその中の一つの前で立ち止まり、こちらを振り返った。

「この部屋ですにゃ。よろしければ、そのまま面接などやっちゃってどうぞですにゃ。それでは失礼いたします」

丁寧にお辞儀をすると、アキーナさんは一階へと戻っていった。律動的な歩調で去って行く背中が見えなくなってから、僕は件《くだん》の扉を控えめにノックする。

『――どうぞ』

中から声が返ってきた。扉に阻まれて籠もってはいるけれど、間違いなく女性の声だと思う。

一気に動悸《どうき》が激しくなった。

まさか女の人だったとは。どうしよう、こんなことならハヌと一緒に来ればよかった。

「し、失礼、します……！」

ノックした手前、入らないわけにもいかない。

僕は上擦《うわず》った声を出し、緊張で汗ばみ始めた手でノブを回す。

開いた扉の向こうは、六人も入ればいっぱいになる小さな個室だった。

建前としてはカフェでもありバーでもあるこの店の、美味《おい》しい料理と飲み物と静かな空間を提供するための専用個室。だけどエクスプローラーが多く集まるようになってからは、ミーティングや面接をするための『密室』にもなっているという。

果たして部屋中央にあるテーブルの向こうに座っていたのは、声から予想出来た通り、うら若き女性だった。いや、女性というか――女の子？

「はじめまして」

涼やかな琥珀色の瞳と目が合った瞬間、その下にある小さな唇から、抑揚の薄い声がするりと滑り出た。

「――――」

しばし魅入られた。

まず目についたのは、少し緑がかったアッシュグレイの髪。上品な光沢を持ち、豊かに波打っている。髪質はふんわりとしていて、量も多く、長い。お尻の辺りまで伸びているようだ。

背丈は、僕より五～十セントルほど高いぐらいだろうか。身に着けているのは、藍色を主とした淑《しと》やかなツーピース。髪の色と相俟って、とても似合っている。また、それを纏う全身が描く流線は――その、こんなことを言うとハヌに『やはりラトは大きい胸が好きなんじゃろ！』と怒られてしまいそうだけど――肉感的というか、グラマラスというか、そんな感じで。

こちらを見つめる琥珀色の双眸《そうぼう》は落ち着いていて、そこだけならとても大人びて見えるけれども。よくよく見ると顔の造りは幼く、おそらく僕と同じか、もしくは一つか二つしか違わない程度の年頃で。

総じて一言で言うなら、幸薄《さちうす》げな美少女――それが僕の抱いた第一印象だった。

「――お目にかかれて光栄です。勇者ベオウルフ」

ぼけっとしていると、不意にテーブル席に腰掛けていた少女が立ち上がり、僕に向かってカーテシー――スカートの裾をつまんでお辞儀をする挨拶――をした。育ちのよい人なのだろう。礼儀正しく頭を下げ、その姿勢を綺麗に保持したまま彼女は自己紹介に入る。

「私はロルトリンゼと申します。どうかお見知りおきを」

「あ、えと……」

一方のこちらは礼儀礼節について多少の知識はあれど、実践経験は皆無の庶民である。

どう返答してよいものかわからず、とりあえず後ろ手にドアを閉め、言葉を探しながら、

「ぼ、僕はその……ラグ、あっ、じゃなくて『ＢＶＪ』の、ラグディスハルト、です。こ、この度はク、クラスタメンバーの募集にお申し込みいただき、えっと、あ、ありがとうございますっ」

たどたどしく自己紹介を返した。我ながらなんて下手くそな話し方だろうか。〝勇者ベオウルフ〟が聞いて呆れてしまう。

――と、ロルトリンゼさんがカーテシーを終えた状態のまま固まっていることに気付いた。そうか、こういう時はこちらから着席を勧めないといけないのだった。

「あ、す、すみません、どうか楽にして、座ってください」

「はい。ありがとうございます」

ロルトリンゼさんはにっこりと笑って――ということもなく、それどころか表情筋をピクリともさせることなく姿勢を戻し、再び席に着いた。

――なんだろう、この感じ……人形めいているというか、機械的と言うか……？

胸に生じた小さな違和感をとりあえずは無視して、僕はロルトリンゼさんの対面に腰を下ろした。

「…………」

「…………」

しん、と静まり返る。な、なんだろう、この空気。とってもやりにくい。

ひとまず僕は〝ＳＥＡＬ〟のメモ機能を起動させ、書き取りをする体勢をとる。

「で、では、えっと……お名前は、ロルトリンゼさん、でしたよね？　えっと、姓《ファミリーネーム》の方は……？」

「ロゼ、とお呼びください」

「あ、はい」

するりと放たれた抑揚の薄い声は奇妙に鋭く、思わず反射的に返事をしてしまった。質問を潰される形になってしまったけど、改めて聞き直すのも何だか気まずい。後でネイバーになることがあれば、彼女の姓はその時にでも確認させてもらおう、と思い直す。

僕はロルトリンゼさん改め、ロゼさんにいくつか質問を投げかけていった。

「えっと……そ、それでは、今回は僕達『ＢＶＪ』のメンバー募集に、加入を希望しているということでよろしかったでしょうか？」

「はい」

「そ、そうですか……えと、失礼ですが、ご年齢は……？」

「十八です」

思ったとおりだ。僕より二つ年上である。

「で、では、ご出身はどち」

「パンゲルニアの西にあるリザルクという街です。ちょうど近くに〝ドラゴン・フォレスト〟がありますす」

「な、なるほど。では、こちらへ来たのはいつ」

「今朝です」

語調は抑え目で、声もけして大きくはないのだけれど、何故かスピーディに話が進む。むしろ僕の質問にかぶせ気味で返答してくるので、どうにも気圧されてしまう始末だ。

だというのに、僕が試しに舌を止めてみると、

「…………」

「…………」

途端に音が消えて室内が静寂《せいじゃく》に満たされる。

――うん、この空気、やっぱりやりにくい……

「……えー、その、当然ながら僕達はエクスプロールをするわけですが……えと、もちろん安全には気をつけますけど、もしもの場合もあるわけでして、そのあたりは」

「問題ありません」

ぴしゃり、と無表情で断じるロゼさん。こちらを真っ直ぐ見返す琥珀色の瞳からは、しかし何がしかの感情を読み取ることは出来ない。

つまり、何を考えているのかわからなくて、ちょっと怖いです。

僕は思っていることが顔に出ないようにしつつ、気を取り直して、おほん、と咳払い。

「――で、では、ロゼさんのエクスプローラーとしてのタイプを教えていただけますか？」

「タイプ、ですか」

「は、はい。似たタイプでもいいんですが……」

エクスプローラーのスタイルは、当たり前のことだが十人十色だ。戦い方や動き方には各々の個性が出るし、誰もが皆、画一的なスタイルをとるわけでもない。

例えば僕なら、いわゆる〝エンハンサー〟タイプとして周囲から認識されている。ついたあだ名が〝ぼっちハンサー〟だったことからもそれは明らかだ。だけど、僕個人としてはエンハンサーであると同時に剣士――〝フェンサー〟でもあるつもりなのだ。また少ないながらも攻撃術式だって使えるので、厳密に言えば、世間が言うところの〝エンハンサー〟とは一線を画《かく》していたりする。そう、勝手に言葉を造ってしまうならば、〝エンフェンサー〟と言ったところだろうか。

これがハヌなら、彼女は純然たる〝ウィザード〟タイプと呼べるだろう。ハヌの戦闘スタイルは、術式を中心とした遠隔攻撃系。別名〝エーテルストライカー〟とも呼ばれるスタイルだから。

さらに言うとヴィリーさんなら、剣と炎系術式の双方に秀でた〝フェンサー〟と〝エレメンター〟の複合タイプ。カレルさんなら、得物や二つ名から察するに〝ランサー〟タイプ、もしくはボックスコング戦での役割だけで言うなら〝コマンダー〟タイプとも言えるだろう。

他にも〝ヒーラー〟、〝エンチャンター〟、〝ガーディアン〟など多くのタイプがあるのだけど、それはともかく。問題は、ロゼさんが何をメインとしているか。もし彼女の得意とするところが僕やハヌと合わないタイプだったとしたら、お断りも視野に入れないといけないのだ。

見た感じでは、ハヌと同じウィザードかエレメンターあたりかと思うのだけど――

ロゼさんの答えは、やはり簡潔《かんけつ》だった。

「私は〝ハンドラー〟です」

「――。」

予想の斜め上の、そのまた斜め上を行く名詞に、僕はしばし硬直した。

この僕の前に鎮座する御仁は今、その機械のごとく変化に乏《とぼ》しい顔で、とても凄まじい単語を言い放ったのである。

「……す、すみません、あの、ハンドラーというと――」

「はい、あのハンドラーです」

僕の言葉を先読みして、遮断《しゃだん》するようにロゼさんは言う。その刹那、まるで宝石のごとく無感情だった琥珀の双瞳に、強い想念の炎が揺らめいた気がした。

抑揚の薄い口調で、しかしロゼさんは早口でまくし立てるように言葉を続ける。

「まさしく『仲間にしたくないタイプ』で一、二を争うあのハンドラーです。遺跡で回収されたコンポーネントの一部を修復してSBを元の状態まで回復させ使役するあのハンドラーです。完璧に元通りに復元させてしまうため多くのSBを同時に使役すると敵味方が入り混じって見分けがつかなくなってしまい戦闘を混乱させることで有名なあのハンドラーです。そのせいでパーティーに加えるのを多くのエクスプローラーが嫌がり挙句には『ソロでエクスプロールすればいいと思うタイプ』でも一、二を争うあのハンドラーです」

ずらずらずらずらと、ハンドラーがどんなタイプでどういう理由で敬遠されているのかを淀みなく並べ立てるロゼさん。

もはや言わずもがなだが、つまりはそういうことである。

〝ハンドラー〟の別名は、〝SBテイマー〟。その名の通り、SBを使役して戦わせる戦闘スタイルが特徴のエクスプローラーである。

そして、下手をすれば〝エンハンサー〟よりも忌避《きひ》されている希有《けう》な存在。その理由は、先程ロゼさんが口にした通り。それ故ハンドラーの絶対人口は少ない——そもそもSBを使役するために必要な条件などが多くて面倒くさい——ので、僕も実際に会うのは初めてなのだけど。

まさか、よりにもよってそのハンドラーが、僕達のメンバー募集に申し込みをしてくるだなんて。

否、考えてみれば、これはある意味必然だったのかもしれない。世間に流れている噂を考えれば、まともな人ほど僕らに近付いてこようとはしないはずだから。

「ですが、ご安心ください。私の術式は特別製です。他のハンドラーのように敵味方が入り交じって混乱するようなことはありません」

逆接続詞をつけ、自信満々に——と言っても声の抑揚が相変わらず薄いのでわかりにくいのだけど——ロゼさんは断言する。

「え……と、それはどういう」

「私のテイムしたSBは他にはない特徴を持ちます。そのため、遺跡にポップするSBと見間違えることはありません」

「と、特徴といいますと」

「必ずやお役に立ちます。私を『BVJ』に入れてください」

僕の質問は完全に無視される形で、いきなり核心へと踏み込まれた。

どうしよう。

メンバー加入の是非を決定する権利なら、一応僕が持っているはずである。ハヌが言ったのだ。新メンバーの人選はラトに任せる、と。だけど、かといって僕が勝手にロゼさんの加入を決めたとして、ハヌがそれを快く受け入れてくれるだろうか？　いや、考えるまでもない。多分、否、間違いなくハヌは怒る。『親友である妾に一言の相談もなく決めるとは！』みたいに。

だから、ここはいったん保留にさせてもらわなければ。

「あ、あの、申し訳ないんですが、ここはちょ」

「どうしても駄目でしょうか」

「あ、いや、そうじゃなくて、ちょっとだけ待っ」

「お願いします。どうしても勇者ベオウルフ、あなたの傍にいたいんです」

「いえ、で、ですから、少し落ち着い」

「どんな形でも構いません」

ロゼさんがいきなり、テーブルの上に置いていた僕の両手をとった。

柔らかくて温かい感触に、どきりとする。ハヌともヴィリーさんとも違う、しっとりした手触り。

両手を寄り合わされ、しっかと握り締められる。ロゼさんはテーブルの上に身を乗り出し、顔をずいと近付けてくる。

「お願いです」

真っ正面から視線がかち合った。透明感のある黄褐色《おうかっしょく》の瞳には、先程まで一切混じることがなかった感情――焦燥感が滲《にじ》んでいた。

必死。初めて表情らしきものを浮かべたロゼさんの唇から、とんでもない言葉が飛び出した。

「何でしたら愛人でも構いません。よくわかりませんが何度か男性から声をかけられたこともあります。体にはそこそこ自信があります。私は処女です。あなた色に染めてください」

正真正銘、僕の頭の中は真っ白に染まった。

本気で、心底、彼女の言っている言葉が理解できなかったのだ。

「――？」

と首を傾げ、曖昧な表情でロゼさんを見つめ返すことしか出来ない。

そんな僕に対し、真剣そのもののロゼさんは強い視線でこちらの目を貫くと、むしろ囁くような
掠《かす》れ声でこう言い放った。

「私を、買って下さい」

●3　勘違いの焦点

少女が放った渾身の一言を、しかし少年は微風《そよかぜ》か何かのように受け止めているようだった。

「？」

キョトン。そんな音が聞こえてきそうなほど純朴な顔をしていた少年だったが、しかし何度か瞬きをする程度の間が空くと、表情を驚きのそれへと変化させていった。

ようやくこちらの意図が理解できたらしい。漆黒の目を見開き、色素の薄い唇を半開きにしてわなわなと震わせながら、見る見る間に頬を紅く染めていく。否、終いには耳の先から首の根元までもが、茹《ゆ》でタコのごとく真っ赤に変色してしまった。

「――な、な、な……!?」

思いも寄らぬ言葉を聞いてしまった。そんな風に狼狽する少年に、少女――ロゼは攻めの姿勢を崩さなかった。一気に畳み掛ける。

「どのような形でも構いません。私と契約を結んでください。この命以外のものなら何でも差し出します。お願いします。どうか――」

「ま、待って!?　待ってください!?」

とうとう耐え切れなくなったのか。少年の口から悲鳴にも似た大声が飛び出した。

「ご、ごごごごめんなさい！　ま、待ってくださいほんとごめんなさい！　ちちちち違うんです僕はそういったことが目的でメンバーを募集したわけじゃなくて⁉　お、お体は大事にしてくださいね⁉　安静に⁉　安静にっ⁉」

おそらく、自分でも何を言っているのか理解していないに違いない。混乱の極みに達した少年はわけのわからないことを喚《わめ》きながら、ロゼから逃れようと身体を後ろに引いた。

しかし、その程度で逃げられるほどロゼの食いつきは甘くない。少女はさらにテーブルの上へと身を乗り出し、逃げる少年を追いかける。

「わかりました。ではまずネイバーになりましょう。安静に」

「あ、へっ⁉　あ、安静に⁉」

「はい。安静にネイバーになりましょう。そうしましょう」

まるで会話が噛み合っていないが、意思の疎通には成功したらしい。繋がっている手を通じて、ロゼと少年の〝SEAL〟間でネイバー情報が交換される。といっても彼は反射的にそうしただけで、意識してロゼとネイバーになりたかったわけではないだろうが。

ロゼはすぐさま受信した情報を確認する。少年の名は『ラグディスハルト』。どうやら先程名乗った名前は偽名ではなかったようだ。姓はなく、単独名。そして姓と名を一緒にしたかのように長い。なるほど、だから〝ラト〟なのか、と納得する。

年齢は十六。性別はもちろん男。連絡用の個別アドレスは二つ。それ以外の情報は入力なし。どうやらエクスプローラーらしく、最低限の情報しか設定していないようだ。

「……ラグディスハルト様。私も〝ラト様〟とお呼びしてもよろしいでしょうか？」

「へっ⁉ や、いや！ ご、ごめんなさい！ そ、その名前はハヌ専用でっ、あのその、なんていうか――」

「わかりました。それでは〝ラグ様〟はいかがでしょう？」

「ええっ⁉ い、いいです、け、けど⁉ あの、でも『様』はちょっとその――」

「では〝ラグさん〟で。お察しするに『ハヌさん』とは〝小竜姫〟のことですね？ 彼女がラグさんの恋人ですか？ 私は一向に構いません。良くも悪くも私が求めているのは契約ですから、別段、体だけの関係というのも」

「――しっ、志望動機！ 志望動機は何ですか⁉」

堪りかねたように少年――ラグが叫び、ロゼの言葉を無理矢理遮《さえぎ》った。顔を強張らせ、必死な目でこちらを見つめてくる様子から、なんとか会話の主導権を握ろうとしていることがわかる。

「…………」

それもよかろう、とロゼは冷静に計算する。ラグは気付いていないのだろうが、全ての主導権は最初から彼が握っているのだ。ここで質問を無視してゴリ押ししたところで、益はない。

何事も引き際が肝心だ。

「……志望動機ですか」

乗り出していた身をやや引き、声のトーンを落とした。すると、それだけでラグは露骨にほっとした顔をする。

「は、はい、僕達のクラスタへ入りたいと思った、その理由をですね……」

「ラグさん、あなたがいるから――では理由になりませんか？」

言った途端、ビクンッ！　と少年の両肩が跳ね、頬が再び羞恥の朱に染まった。

「な、なりませんっ！　え、あれ？――い、いや！　なりませんよ⁉　って、ていうか！　だ、大体どうして僕なんですか⁉　い、言っちゃあ何ですけど、僕よりすごい人はたくさんいますし、うちみたいな曰く付きなんかより、ずっと大きくて立派なクラスタだって――！」

「しかしそこでは、私はきっと受け入れてはもらえないでしょう」

「……！」

ロゼとしては端的に事実を告げたつもりだったのだが、ラグには何かしら感じ入るところがあったらしい。はっと表情を変え、息を呑む。

しかし、それはあまりにも、あまりにも赤条条《せきじょうじょう》な隙であった。

「――ラグさん。あなたなら――いえ、あなただからこそ、わかっていただけるかと思います。私達ハンドラーは、あなたのようなエンハンサーと同じく普通の方々からは忌避されます。まともなクラスタに所属することはまず出来ません」

実を言うとロゼは演技が得意ではない。顔にも声にも情感を込めることが下手くそで、むしろ普段から会話相手にこちらの思惑を誤解されることも多い。しかしだからこそ、本音を話す時には、それをそのまま真っ直ぐ伝えることが出来る。

愚直な少女は、少年と真っ正面から視線を合わせ、心から言う。

「私は――いえ、私こそが曰く付きです。その曰く付きを受け入れてくれる場所は、やはり曰く付きしかありません」

少年の黒い双眸が、憐憫《れんびん》の光に揺れる。思った通りである。

ロゼとラグの境遇は似ている。彼は『勇者ベオウルフ』という異名をつけられるほどの実力を持ちながら、最近になるまで周囲に認められることなく不遇に甘んじてきた。なればこそ、ラグはロゼの境遇に同情せざるを得ないはず。ロゼはただ、そこに付け入ればいいのだ。

「ここで断られたら、私はまた一人ぼっちです。他に当てはありません。どうかお願いします。私を、仲間に入れてもらえないでしょうか」

「……ロゼさん……」

ようやく喉から這い出てきた少年の声は、わずかに震えていた。漆黒の瞳に浮かぶのは迷い。感情的にはこちらを受け入れつつも、何かが阻害して決めあぐねているのだろうか、と分析する。

彼を迷わせているものは何か？　ロゼは考える。

エクスプローラーが新メンバーを迎えるに際し、重視する点は、やはり戦力ではないだろうか。『探検《エクスプロール》』とは言うが、実際にはそのほとんどが遺跡でSBを狩り、コンポーネントを回収するのがメインの荒事だ。当然、力は強ければ強いほどいい。

ラグは今、判断に迷っている。つまり彼は、ロゼの戦闘力に疑念を抱いているのではなかろうか。

ピン、ときた。そうだ、きっとそうに違いない。というより、それ以外に考えられない。

よろしい、結論は出た。ロゼは頷きを一つ。身を起こしながら両手で掴んでいるラグの腕を引き上げ、もろともに立ち上がる。

「なるほど、そうですか。わかりました。それでは実際に御覧に入れましょう」

「――へ？　え、あの……？」

いきなり椅子から立ち上げさせられたラグは、わけがわからずに呆然としている。しかし、こうと思い込んでしまったロゼはもう止まらない。

「いいえ、皆まで言う必要はありません。証明してみせましょう、私の実力を」

「ええっ⁉　いやあの何の話ですか突然⁉　と、というかですね、僕ほんとにちょっと待っていただきたいんですが――」

「行きましょう、ラグさん」

「ちょおおおお⁉　あのあのあのあの⁉　あのですね⁉　ですからね⁉　一度保留させてもらってですね⁉　ハ、ハヌと相談してお返事を――！」

なおも何かを言い募ろうとする少年の腕を引いて、ロゼは個室を出る。こちらに遠慮しているのか、ラグの抵抗は思った以上に弱い。強く抗わないということは、口で言うほど問題がないということだ。ロゼはそう判断すると、より一層強く少年の手を握り、彼を引《ひ》き摺《ず》るようにして『カモシカの美脚亭』を後にした。

もちろん、勇者ベオウルフが二階の個室スペースからぎゃあぎゃあと騒ぎ立てながら降りてきて、見知らぬ美少女に手を引かれて連れて行かれる様を、昼食に来ていた大勢の客と店員とが揃って目撃していたのだった。

■

どうしてこんなことになってしまったのか。

流されやすい自分の性格――いや、糊塗《こと》するのはやめよう。これは性格じゃなくて、明確な『弱さ』だ。押しに弱い。それが僕の駄目なところである。

――大切な友達と相談して決めますので、一日だけ待って下さい。

はっきりそう言えばよかったのだ。それだけでこうなることは避けられたはずなのだ。

なのに。

たったそれだけが言い出せず、結局ロゼさんに流されるがまま、こんなところまで来てしまった。

ルナティックバベル、第一八八層。

最前線中の最前線とまではいかないが、しかし数年前まではこの辺りが最前線だったわけで。今朝、僕とハヌが訓練に選んだ五三層に比べたら、はるかに強力なSBがポップする危険領域である。

とはいえ、実のところ、そのあたりはどうでもよかったりする。

それよりも僕の脳裏を占めるのは、ハヌのこと。あんな風に『一人で遺跡に行ってはいけない』という話をした後だというのに、僕はこうしてルナティック・バベルに来てしまった。

バレたらメチャクチャ怒られる。

間違いなく、泣き顔で本気ビンタされる。

「いい感じに人気が少ないですね」

後悔のあまり言葉を発する気力すら湧かない僕の隣で、エレベーターから歩み出たロゼさんが無感情に周囲を見回した。首を振るたび、豊かなアッシュグレイの長髪からやけに甘い匂いが振りまかれる。だけど今の僕には、そんな年上の女性の香りにドギマギする余裕なんて微塵もなかった。

「……そうですね……」

溜息を堪え、か細い相槌を打つ。

ロゼさんは見かけによらず強引な人だった。彼女の境遇には共感する点が多々あるのだけど、こうして他人を巻き込んで行動できるあたり、僕とは種類の違う人間なのだなと思う。

それが羨ましくもあり、同時に、自分はきっとこうはなれないだろうな、と諦めの感情が湧く。

「ラグさん、このエレベーターの周辺ではSBが現れないと聞いています。奥へ向かいましょう」

そう言って僕の返事も聞かず——ちゃんとついてくるって確信しているのだろうけど——ロゼさんは先行する。

彼女の出で立ちは、当然ながら出会った時のものから変わっている。ルナティック・バベルへ入る直前、ギンヌンガガップ・プロトコルを使って戦闘装備に着替えたのだ。

ハンドラーがよく使用するという噂の薄手のスーツアーマーの色は、先程と同じ藍色。その上に身につける形になっているバトルドレス——戦闘ジャケットとスカートには、所々に濃紺の強化装甲が追加されている。

何より目を惹くのは、両腕に巻き付く蒼銀の鎖《くさり》だ。戦闘ジャケットの背中に空いた六つの穴、その内二つから鎖が伸び出て、両肩から手首にかけてぐるぐると巻き付き、そこから更に分銅のついた先端がだらりと垂れ下がっている。

はて、これはどういうことだろう？　ハンドラーの基本的な戦法は、使役するSBを前衛に出しての後方型と聞いているのだが——ロゼさんは例外なのだろうか？　僕の持つ知識では、ハンドラーのメイン武器は近接系でも長柄武器《ロングポールウェポン》、遠距離系では銃やビット、もしくは攻撃術式が基本なのだけど。

〝鎖〟が武器というのは、あまり聞いたことがない。いや、そもそもあれは武器なのだろうか？

僕は首を傾げながらロゼさんの背中を追いつつ、同時に心の中でハヌへの言い訳を考えていた。

——確か問題の焦点は『一人で遺跡に行ってはいけない』ということであって、この状況はロゼさんと二人で来ているのだから、別に問題ないのでは？　どうして一人が駄目なのかというと、それは危ないからで。二人以上で安全マージンを多めにとってエクスプロールすることは、別に悪いことではないはずで——

「…………」

うん、無理がある。絶対に納得してくれない。ハヌが『そうじゃの』と言ってくれるイメージが全然湧かない。むしろ『この場合の一人と二人というのは妾とラトのことであって他の者はまったく関係ないわこのばかものがぁぁぁぁっ！』って怒鳴られる想像しか思い浮かばなかった。

やっぱり殴られちゃうしかないか——なんて考えていた僕に、前方のロゼさんから声がかかった。

「出ましたね」

いつの間にか落ちていた視線を上げると、立ち止まったロゼさんの背中が視界に入った。僕も慌てて足を止め、立ち位置を右にずらし、彼女の肩越しに通路の奥を見やる。

すると、大型と言ってもいいSBが三体、そこには具現化していた。

ペリュトン。鳥の胴体と翼《つばさ》に、鹿の頭と前脚を持った歪な怪鳥。全長三メルトル弱はある巨体を彩るのは、青から碧《みどり》へと変化する美しい体毛のグラデーション。額から生えた鉄色の角は、実に獰猛な形状をしている。

『GGGRRRRRYYYYYY!!』

前方に一体、後方に二体が並び、小さな鏃《やじり》型陣形を形成しているペリュトン共が一斉に翼を拡げ、雄叫びを放った。狭くないはずの通路を、巨大な存在感が埋めつくす。

「――――!」

甲高い電子音に圧され、僕は条件反射で腰の脇差し〝白帝銀虎〟を抜き放った。内心、メイン武器である長巻〝黒帝鋼玄〟がまだ使えない状態であることをちょっとだけ悔やむ。白虎ではペリュトンに勝てない――とまでは言わないが、面倒なのは確実だ。

しかし、僕が身も心も戦闘態勢に入った瞬間、

「ラグさんはそこで見ていて下さい。ここは、私の実力を披露する場面ですから」

「――あっ……」

ロゼさんの言葉で、いきなり水をぶっかけられたように戦意が萎《な》えてしまった。そうだった。僕が戦ったら、ここまで来た意味がないではないか。けれど――

「だ、大丈夫なんですか?」

失礼かもとは思ったけれど、聞かずにはいられなかった。ペリュトンの脅威度は、マンティコアのそれに勝るとも劣らない。僕だって支援術式を使わないと勝てないのに、女性が一人で戦うなんて、本当に大丈夫なのだろうか。

僕の質問に、ロゼさんは振り返りもせず答える。

「ご心配なく。こう見えてソロは慣れておりますので」

僕と同じだ、なんてちょっと共感した。あまりいいことではないのはわかっているのだけど。

「ハンドラーの戦いには、いくつかのパターンがあります」

一歩前へ進み出たロゼさんが、これから戦うというのに淡々と語り始めた。どうやらハンドラーについて解説しながら戦ってくれるらしい。

ロゼさんとペリュトンとの彼我の距離は約十メルトル。結構離れているようにも見えるが、SBがその気になれば一瞬でゼロになる間合いだ。

「まずはこのように――」

ロゼさんが右掌を上に向けたまま前方へ差し出すと、そこに青白い光の球体が出現した。エクスプローラーなら見間違えることはない、情報具現化コンポーネントである。ギンヌンガガップ・プロトコルでストレージから取り出したのだ。

「〈リサイクル〉」

続けて術式《アプリ》の起動音声《コール》が発せられた。ロゼさんの衣服に覆われていない肌の部分――僕からは彼女の横顔と右手しか見えないけど――に〝SEAL〟の幾何学模様が浮かび上がる。

そこを駆け巡るフォトン・ブラッドの放つ輝きは、孔雀石色《くじゃくいしいろ》――マラカイトグリーン。瑞々《みずみず》しい森の色にも似た光が直径三十セントル程のアイコンを描き、掌のコンポーネントに作用する。直後、これまで見たこともない変化が起こった。

それは、術式の名称そのままの〝再生《リサイクル》〟だった。

術式を受けたコンポーネントが青白い輝きを一際強く放ち、弾かれたように宙を飛んでロゼさんとペリュトンとの中間地点に落下する。青白い光の塊は落下しながら粘土のようにうねり、膨張《ぼうちょう》し、変形し――一体のＳＢへと変化した。

『――ＰＰＰＰＰＲＲＲＹＹＹＹＹ！』

たっ、と四本の足で純白の床に降り立ち咆吼を上げたのは、赤い体毛を持つ魔犬――レッドハウンド。このルナティック・バベルの低層によく出没する、下級ＳＢだった。

「――――」

初めて見た。

これがハンドラーが得意とする、使役術式《ハンドルアプリ》。強制的に活動停止《シャットダウン》されたが故にデータが破損したコンポーネントを、再びＳＢとして実体化させる術式。

「と、入手したコンポーネントに仮想カーネルを与え、ＳＢとして再生させる――これがリサイクルです。ただし、元々のアルゴリズムに介入して、単純なコマンドを入力することしかできないという難点がありますが」

流れるような口調で説明を続けながら、ロゼさんは右の人差し指で一体のペリュトンを指し示し、

「アタック」

短くそう言った。

『PPPPRRRRRRRYYYYY！』

コマンドを受けたレッドハウンドが雄叫びを上げ、ペリュトンへ向けて突撃を開始する。

とはいえ、第三層にポップするレッドハウンドと、この一八八層のペリュトンとでは格が違いすぎる。というか、普通に考えて敵うわけがない。

案の定、レッドハウンドは一蹴《いっしゅう》された。

『GGGRRRRRRR！』

『PRRYYY――⁉』

普通の犬と同程度の大きさのレッドハウンドが足元まで近寄ってきた瞬間、ペリュトンは鹿の脚――といっても太さは段違い――で蹴り飛ばした。玩具《おもちゃ》か何かように吹っ飛んだレッドハウンドは壁に激突し、跳ね返る頃には、再び活動停止してコンポーネントへと戻っている。

「――今のはあくまでパフォーマンスです。手持ちで一番弱いものを使用しましたので、この結果は想定内です」

小さな球体へと回帰し、空中を滑って戻ってきたレッドハウンドのコンポーネントを〝SEAL〟に回収しながら、ロゼさんは語る。その言葉には言い訳の匂いは全くなく、ただ事実を淡々と述べているだけのようだった。

『GGRRRRR……！』

一方ペリュトンの方は、今のレッドハウンドの敵対行為で完全に火が入ったらしい。甲高い間抜けな唸り声を上げ、三対の視線がロゼさんを睥睨《へいげい》する。

「さて、次なのですが……少々手荒になります。巻き込まれないよう気をつけて下さい」

言うが早いか、ロゼさんの両腕が俊敏に翻《ひるがえ》った。シャラリと蒼銀の鎖が音を立て、宙を躍る。

『GGGRRRRRRYYYYYYYY！』

同時、ペリュトンが激発した。三体が揃って翼を拡げ、羽の内部で大気を圧縮。次の瞬間、一気に解放された風が爆発し、奴らは頭の角を突き出しながら弾丸のように飛び出した。

巨体がそれぞれ通路の空間を埋めつくし、こちらを押し潰さんと迫り来る。

「まずは邪魔者を遠ざけます」

玲瓏《れいろう》と響く声に、鎖の鳴らす涼やかな音。ロゼさんの両腕に巻き付いている蒼銀の鎖が、彼女の動きに合わせて、まるで生きているかのようにその身を伸ばし、跳ね上がった。

氷が軋《きし》むような美しい調べを奏で、鎖が伸長する。空中で円を描き、しなり、奔《はし》る。

両手首がスナップ。

鎖が大気を裂き、複雑な軌跡を残して宙空を貫く。その姿はさながら稲妻《いなずま》のようだ。

『GRRRR!?』『GGGRRRYYYYY!?』

高速で放たれた鞭にも似た双撃を受けたのは、左右後方にいたペリュトン二体だった。突き出していた脳天に鎖の直撃を受け、それぞれハエ叩きでも喰らったかのように床へ叩き付けられる。それどころか、墜ちた勢いのまま後方へと転がっていった。かなり強烈なカウンターだったらしい。

「次いで捕縛です」

ロゼさんがさらりと囁くと、二体のペリュトンをはたき落とした銀鎖が床で跳ね返るように翻《ひるがえ》り、うなり、分銅のついた二つの先端が残る怪鳥を背後から追いかける。

二本の蒼銀の鎖は螺旋を描きながらペリュトンに追い縋り、瞬く間に巨体を取り囲むようにしながら追い越した。

刹那、ロゼさんの両手が鎖を掴《つか》み、紐を結ぶような動きで勢いよく引き寄せる。

途端、二重螺旋を描いてペリュトンを囲っていた鎖が締め上げられ、奴は広げていた翼ごと雁字《がんじ》搦《がら》めに縛り上げられた。

『GGRRRYY――!?』

ロゼさんの宣言通り、捕縛の完了である。

が、捕縛されてもペリュトンの体にかかる慣性が消失するわけもなく。むしろ制御の利かない塊となってこちらへ飛んでくるわけで。

「う、うわっ!?」

僕は慌てて身を沈め、頭を下げた。しかしコントロールする自信があるのか、ロゼさんの背中は身じろぎもしない。

果たして、その頭上ギリギリを、鎖で縛られたペリュトンの巨体が猛スピードで通過した。

「続いて、ある程度のダメージを与えます」

料理の工程でも説明するみたいに言うと、ロゼさんは振り返りつつ、両腕を左右に、くいっ、くいっ、とスナップさせた。真っ直ぐ僕達の頭上を通り越していったペリュトンの軌道に力が加えられ――

勢いそのまま右の壁に激突する。

『GRY⁉』

悲鳴と思しき電子音を吐き出すペリュトン。だが奴にとっては不幸なことに、衝撃は一度では終わらなかった。壁にぶつかった時の反動をうまく利用しているのか、まるでボールが跳ね回るように、ペリュトンは床にも天井にも連続で叩き付けられた。ズダダダダダン！　と凄まじくも残酷な音が響く。

そんな光景を前に、

「まだ足りませんね」

無慈悲にもロゼさんはそう断定した。

彼女の両腕が頭上に掲げられると、激突の衝撃でまだ空中にあったペリュトンの巨体が、ガクン、とこちらへ引き寄せられた。

「わっ、わわっ！」

間違いなく僕にぶつかるコースだったので、慌ててその場から飛び退く。

そして見た。

ロゼさんの露出している素肌、そこに浮かび上がっているマラカイトグリーンの〝SEAL〟が激しく励起《れいき》する様を。

かつて人類は、物理法則の枷に縛られていた。それを打破したのが遺伝子に刻まれた〝ＳＥＡＬ〟であり、そこに流れるフォトン・ブラッドだ。術式を見てもわかるとおり、僕達人類は世界を変える力——現実を改変する力を手に入れた。その力が発揮されるのは、何も術式を発動させた時だけではない。人体の一部である〝ＳＥＡＬ〟とフォトン・ブラッドは、自らが宿る肉体すらも物理法則から解き放ったのだ。

もはや、筋力を決定付けるのは筋肉の質や量だけではない。筋力を強化する——その意志の強さに〝ＳＥＡＬ〟が共鳴したとき、人の肉体は容易にその限界を超える。例えば剣嬢ヴィリーが巨大なゲートキーパー・ボックスコングと真正面から打ち合えたように。僕の使う支援術式が五百倍や千倍といった、馬鹿げた強化係数を実現させるように。

そして今、ロゼさんが腰の横で構えた右拳を、引き寄せ戻ってくるペリュトンに叩き込もうとしているように。

「——破っ！」

珍しくロゼさんの唇から裂帛《れっぱく》の気合が放たれた。全身の〝ＳＥＡＬ〟からマラカイトグリーンの鮮烈な輝きを放ち、ロゼさんは左足を前へ。半身を開き、綺麗なフォームで腰の入った右拳を打ち出す。その最大攻撃力が発揮される座標にペリュトンの腹部が飛び込んでくるのは、まさにドンピシャのタイミングだった。

ズドン、と砲声にも似た重苦しい低音が響き、ロゼさんとペリュトンを中心に放射状の風が吹いた。ふわり、とアッシュグレイの髪が浮かび上がる。

果たして、体格差を考えればあり得ない光景がそこには生まれていた。鎖で雁字搦めになったキメラ型ＳＢ、その剥き出しの腹に右拳を突き刺しているハンドラーの少女、という光景が。

『――ＧＲ……ＲＲ……』

カウンターとなる形で腹に拳をぶち込まれたペリュトンが、断末魔の呻きを漏らす。そこへ、

「〈カーネルジャック〉」

すかさずロゼさんの術式起動音声。ペリュトンの腹に突き刺さった右腕から、一メルトル程度のアイコンが生まれる。マラカイトグリーンの光は蒼銀の鎖にも伝播し、一瞬、捕らわれのペリュトンの全身までもを淡く包み込んだ。

術式の輝きが収まると、ペリュトンを絡め取っていた鎖がスルスルと解《ほど》け始める。

「これでこのＳＢのコアカーネルを支配《ジャック》しました。今からこの子は私の下僕です」

ペリュトンの腹から右腕を抜き、鎖を回収したロゼさんはしれっとそんなことを言った。確かに拘束を解かれても、ペリュトンは暴れようとしない。

「この使役術式の難点は、対象の耐久力がある程度下がっていないと実行できないところです。いきなりカーネルをジャックしようとしても抵抗されますし、ジャックに失敗した場合は術式が無駄になりますから」

と、何やら平然とした顔で説明してくれているのだけど、このルナティック・バベルの最前線付近にポップするペリュトンを、素手と鎖だけでそこまで追い込むことがどれだけ難しいか。

怪力という一言で済ませていいレベルではなかった。

「リサイクルとジャック。この二つがハンドラーの基本です。ここまでは、ハンドラーを名乗る人間なら誰にでも出来ることです」

「……は、はぁ……」

多分だけど、誰にでもは無理なんじゃないかと思う。いや、ハンドラーとしての技術云々の話ではなく。

「つまり、ここからが私の真骨頂です。他のハンドラーとは違うところをご覧に入れましょう」

そう宣言すると、ロゼさんはアッシュグレイの髪を振って、残る二体のペリュトンに向き直った。

視線を転じると、通路の向こうで先程叩き落とされたペリュトン二体が起き上がり、体勢を立て直そうとしている。

ロゼさんは右掌を掲げ、術式の起動音声を口にした。

「〈リインフォース〉」

緑青色の輝きがアイコンを形作り、弾けて消える。

術式による変化は、ロゼさんにではなく、彼女にジャックされたペリュトンに起こった。

『グルルルルルルルルルルルルルルルルルァッ！』

SBのものとは思えない低音の唸り声。

次の瞬間、ロゼさんの術式〈リインフォース〉の効果を受けたペリュトンの全身に、マラカイトグリーンの光が宿った。それは幾つかの塊に分かれ、あるいは集中し、まるで鎧のようにペリュトンの異形を覆っていく。

「これが他のハンドラーとは違い、私のテイムするSBが見分けられる理由――〝機甲化《リインフォース》〟です」

完成した姿は、さながら鎧を着せられた騎馬のようだった。ロゼさんのフォトン・ブラッドの光がペリュトンの要所要所を覆い強化された威容は、確かに他と見間違えることはないだろう。

『グルァアアアアアアアアアアアアアアアアアアアッッ!!』

機甲化――それが完了したペリュトンが力強い咆吼を上げた。大きな翼が勢いよく広がり、強い風を巻き起こす。

一目見ただけで分かった。先程ロゼさん自身から与えられたダメージすら回復し、武装したペリュトン――ややこしいのでこれを『機甲ペリュトン』と呼ぼう――の全身から、充溢した力が迸《ほとばし》っているのが。

「……すごい……!」

思わず称賛の声が漏れた。これならロゼさんが『カモシカの美脚亭』で言った「必ずやお役に立ちます」という台詞も、そこに籠められた自信もわかる気がする。

「アタック」

猛《たけ》る機甲ペリュトンとは打って変わって、ロゼさんの唇から静かなコマンドが発せられた。

再び鹿の口から雄叫びが上がり、広げた翼で風が爆発する。砲弾のごとき勢いで飛び出した機甲ペリュトンは、つい先刻まで仲間だったはずの二体に猛然と襲いかかった。

機甲ペリュトンの力は圧倒的だった。

まず最初の突撃で右の一体を巨大な角で貫き、引き裂いた。そいつが断末魔の叫びを上げる間もなく水風船のように弾け飛び、青白いフォトン・ブラッドを撒き散らして活動停止する中、間髪入れず両翼の先端についた刃で残る一体に斬りかかる。空気抵抗を受けないよう寝かされた翼が左右連続で走り、マラカイトグリーンの光が『×』の軌跡を空間に刻み込んだ。

『GGGGRRRRRYYYYYY――!?』

喉元から胸部を深く切り裂かれた敵ペリュトンは、まるで裏切り者の攻撃に抗議するような叫びを上げ――活動停止。

ペリュトン二体はコンポーネントに回帰すると、宙を滑ってロゼさんの方へ飛んで行き、彼女の〝SEAL〟へと吸収される。どうやらハンドラーの使役するSBが他のSBを倒した場合、コンポーネントの所有権はマスターに帰結するようだった。

戦いを終えたロゼさんが、くるりと僕の方へ向き直る。

「いかがでしたでしょうか。もちろんこれだけではなく、私には他にも手札があります。必ず、ベオウルフ――いいえ、ラグさん。あなたのお役に立ってみせます」

自信満々――ということもなく、相も変わらず淡々と無表情でロゼさんは言う。が、よく見ると琥珀色の瞳には、わずかながら期待の光が瞬いているように見えた。

「あ、えと……」

僕は答えに窮した。

別段、ロゼさんをクラスタに入れること自体は、僕は嫌ではないのだ。というか、さっきからそう言っているつもりなのだ。念のため、ハヌに確認をとってから返事をさせて欲しい――と。

とはいえ、その意志がロゼさんに届いてないのだとしたら、上手く伝えられていない僕が悪いのだろう。

そうだ。もっとちゃんと勇気を出して、はっきり言うべきなのだ。そうでなければ、わざわざこんなところまで来て実力をアピールしてくれたロゼさんに失礼ではないか。

僕は意を決すると深く息を吸い、頭を下げた。どうあっても聞いてもらえるよう大きな声を出す。

「ご、ごめんなさい！　ちょっとだけ待って下さい！　僕の友達、ハヌと相談してお返事しますから一日、一日だけ待って下さい！　お願いします！」

「………………」

返事はすぐには来なかった。僕は腰を折って頭を下げたまましばらく待ったのだけど、ロゼさんは何も言ってくれない。流石に三十秒も過ぎるとおかしいと思って、面を上げる。すると、そこには海のように真っ青になったロゼさんの顔があった。

「……えっ⁉」

思わず驚きが声になって出た。ふらり、とロゼさんの体が揺れ、一歩後ろに下がる。

「そんな……断られるなんて……ここまで言っても……駄目だなんて……どうしたら……」

呆然とした口調で呟く彼女に、僕は不吉な予感を得た。もしかしなくても、僕の言った『ごめんなさい』の部分だけしか聞いてないいんじゃないか、この人――⁉

「あ、あのですね⁉　違いますよ⁉　ちょっとだけ、ちょっとだけ待ってもらえたら――き、きっとハヌも賛成してくれると思いますから！」

一生懸命言葉を尽くすけど、ロゼさんの表情は一向に和らがない。もしかしたら耳に入ってないのかもしれない。

ロゼさんはさらに二歩、三歩と後ずさり、最後には通路の壁に背中をもたれさせた。

余程ショックを受けたのだろう。目は虚ろに、視線はあらぬ方向へ向けられている。

——も、もうちょっと人の話を聞いてくれないものかなぁ⁉　いや僕が言うのも何だけどっ！

『——グルルルルRRRRRRRYYYYY‼』

その時だった。戦いを終えて大人しくしていた機甲ペリュトンが、いきなり動き出したのは。しかも、咆吼のトーンが徐々に元の甲高い電子音に戻るおまけ付きで。

「——！」

背筋に悪寒が走り、全身が一気に緊張する。何が起こったのかは理解できなかったけど、危険な状況だってことだけは直感していた。

反射的に右手の白虎を強く握り、身構える。

これはただの勘だけど、おそらく茫然自失《ぼうぜんじしつ》に陥ったロゼさんの制御が弱まり、機甲ペリュトンのジャックが解けてしまったのではないだろうか。それも、使役術式は解けただろうに、何故か機甲化は変わらずそのままで。

この状況では、考え得る最悪のパターンだった。

『GGGGRRRRRRYY‼』

操られた挙げ句、その手で仲間を殺させられた恨みだろうか。機甲ペリュトンの敵意はまっすぐロゼさんへと叩き付けられた。

『ＧＲＹＹ！』

機甲ペリュトンが武装したまま巨大な翼を拡げ、鹿の脚で床を蹴った。爆発的な突進力。普通のペリュトンを一撃で粉砕した角の突撃が、ロゼさんを狙う。

一方のロゼさんは下僕の反逆に気付いていない。まったくの虚脱状態で、無防備なままだ。

「――危ないっ！」

気付いた瞬間、僕は無我夢中で動いていた。

支援術式〈ストレングス〉〈ラピッド〉〈プロテクション〉をそれぞれ五つずつ同時発動。僕の全身から星屑《ほしくず》のごとく十五個のアイコンが飛び散る。切羽詰まっていたからだろう。強化した肉体と、それを操作する心の摺り合わせ《チューニング》は無意識に行っていた。僕はごく自然に、強化係数三十二倍の肉体を操る。

疾風のような速度で、空中を突進する機甲ペリュトンとロゼさんとの間に割り込んだ。さっきから握りっぱなしだった白虎を右手に構え、左手を機甲ペリュトンの角へ向けて突き出し、〈スキュータム〉を五枚重ねで展開。薄くディープパープルに輝く術式シールドを束ねて、機甲ペリュトンの突撃を真っ向から受け止めた。

骨の芯まで響く強い衝撃。

「くっ――――ッ！」

歯を食いしばり耐えると、〈スキュータム〉が一枚だけ砕け散った。が、そこで機甲ペリュトンの突進の威力は完全に死ぬ。慣性を全て殺された奴は、無防備なまま空中に浮かぶただの的と化す。

僕はすぐさま〈スキュータム〉を解除して奴の懐へ飛び込むと、右手の白虎を振りかぶり剣術式を発動させた。

「〈ズィースラッシュ〉!」

右手の甲に紫紺のアイコンが浮かび、弾けた。

僕の右腕、そしてその手に握る白虎が術式のフォローを受けて半自動的に動く。

白刃が目にも止まらぬ速度で三度閃き、術式の名前の通り『Z』の軌跡を描いた。

最後に右手が大きく後ろへ引き絞られ、弓矢よろしく突きを穿《うが》つ。彗星《すいせい》のごとく尾を引いて奔った刺突が、斬撃の描いた『Z』字のど真ん中をグサリと貫いた。

『GGRRRRR――!?』

僕の身体能力と共に強化された白虎の刃は、ロゼさんの〈リインフォース〉で形成された鎧をもまとめて切り裂いていた。

首元、胸、腹に斬撃《スラッシュ》を受け、締めに体の中心にストローク符合としてのスラッシュを刻まれた機甲ペリュトンは、今際の声もそこそこに活動停止シーケンスへと移行していく。

徐々に薄くなって消えていく機甲ペリュトンの姿を見届けると、僕は支援術式プロセスを一斉に解除。肩の荷を下ろしたように、どっと脱力した。

「ふぅ……」

安堵の息を吐いてから、背後のロゼさんを振り返る。どんな顔をしていいのかわからないまま、僕は曖昧な笑顔でこう聞いた。

「あ、あの……大丈夫、ですか？」

■

――ごめんなさい。

その一言が頭の中で反響して、目の前が真っ暗になった。

ここまで自分の実力を誇示したのに、よもや、即答で断られるとは思ってもみなかったのだ。

ひどいショックだった。

予定していたこと、想定していたこと全てが水泡に帰したと思い、頭の中が空っぽになってしまった。ジャックしたペリュトンの手綱を手放してしまったことにすら、気付かないほど。

「――危ないっ！」

その鋭い声で正気を取り戻した時にはもう、決着はついていた。

深い紫色の光がいくつも弾けたと思ったら、自分のテイムしたＳＢが『Ｚ』字に刻まれ、活動停止に叩き込まれていた。

ほんの一瞬だった。

「――――」

さっき受けた衝撃が、別の驚きで吹き飛んでいた。

目の前には、いつの間にか少年――ラグの背中があった。

ぼけっとしていたとはいえ、一体どうやって彼がそこに立ったのか、まるで分からなかった。

速いなんてものではない。先程の紫色の光は支援術式のアイコンだったのだろうか。あの輝きの量、いったいどれだけの数を同時に制御したというのか。しかも、それによる副作用をものともせず、自分が使役術式〈リインフォース〉で強化したペリュトンを瞬殺したというのか。あのヘラクレス戦を映像で見ておきながら、そしてこうして直に目にしていながら、にわかには信じられなかった。

――怪物。

その文字列が脳裏をよぎる。これはまさしく怪物の所行だ。勇者ベオウルフなどという異名は、むしろ彼には生温いのではないだろうか――

「あ、あの……大丈夫、ですか？」

ラグが振り返り、そう聞いてきた。何とも言えない、微妙な苦笑いを浮かべて。

「…………」

こちらが目を見張って硬直していると、彼は何を思ったか、

「え、えと、あの……そ、そうだ！　ちょ、ちょっと待って下さいね？」

そう言って空中に両手の指を走らせ、どうやら自身の〝ＳＥＡＬ〟を操作し始めた。

少しして、ロゼの〝ＳＥＡＬ〟にネイバーメッセージの受信があった。

発信者の名前は、ラグディスハルトとある。

「……？」

目の前にいるのに何故、わざわざダイレクトメッセージを？　と視線で問うと、少年はまたも曖昧な笑みを浮かべてこう言った。

「あ、あの……ぶ、文章ならわかりやすいと思いまして……」

どういう意味かわからなかったが、とりあえずメッセージを見ればわかるかもしれない。そう思い、ロゼは〝ＳＥＡＬ〟を操作して受け取ったメッセージを開いた。

『明日、返事をします。一日だけ待ってください。多分、大丈夫です。僕がハヌを説得します。明日から一緒にエクスプロールしましょう』


思わず二度読みしてしまった。

内容を理解した瞬間、ロゼは何かの歯車がずれていたことに気付いた。先程の「ごめんなさい」は、自分の思う「ごめんなさい」ではなかったのだ。勘違いだったのだ――と。

そう悟った途端、ロゼは急に恥ずかしくなってきた。

しかし、それをおくびにも出さず、彼女は努めて冷静な声を作ってこう言った。

「……わかりました。よろしくお願いします」

表情も歪まないよう、顔の色も赤くならないよう、最大限の配慮をした。幸い、それらの努力は正しく報われた。

だが、目が泳ぐのだけはどうしようも出来なかったのだった。

●幕間：回想1　ある男の末路と、まさかの除名宣告

少々時を遡った話をしよう。

僕が〝その男〟の末路について詳細を知ったのは、病院で目を覚ました日の夜のことだった。

というか、せっかく昏睡《こんすい》から覚醒して退院したというのに、玄関を出たところで再び失神してしまったのはご存じの通りで。改めて病院に担ぎ込まれた僕――気絶した原因がハヌにキスされたからだとは、流石に恥ずかしすぎてお医者さんには言えなかったけれど――が今度こそ目を覚ました時にはもう、時計は夕刻を示していた。

ベッド脇の椅子でこっくりこっくりと船を漕《こ》いでいたハヌと一緒に病院を辞してから、僕はヴィリーさんにダイレクトメッセージを送信した。目を覚まして退院した旨と、心配をかけてしまった謝罪と、お見舞いに来てくれたお礼を兼ねて。

するとすぐに返事がきて、末文に『よかったら小竜姫も一緒に食事でも』というありがたい申し出が添え付けられていた。ちょうど夕飯時であり、僕自身も二日以上何も口にしていなかったので、これは願ってもないお誘いだった。

もちろんハヌの承諾も得ている。どうやら僕が眠っている間に、ハヌはあの二人と仲良くなった

みたいなのだ。そのうち詳しい話を聞いておこうと思う。あのハヌが、僕のほっぺにキスしてくれた件の経緯も含めて。

合流場所を打ち合わせるためヴィリーさんと何度かメッセージのやりとりをしつつ、ふと冷静な頭で考えてしまった。〝ぼっちハンサー〟という蔑称で呼ばれていた僕が、あの『蒼き紅炎の騎士団《ノーブル・プロミネンス・ナイツ》』の剣嬢ヴィリーとネイバーになり、食事の約束までしているという、この信じがたい状況について。

多分、少し前の僕に教えてあげても絶対に信じないんだろうなぁ……というか、今でもヴィリーさんからメッセージを受信する度、口から心臓が飛び出すぐらい緊張してしまうのだ。下手をすれば、そのまま逝ってしまうかもしれないほどに。

なんだかもう、少し前の僕とは『何か』が決定的に変化してしまった気がする。具体的に『どこが？』と聞かれると、自分でも上手く説明できないのだけど。

ただ間違いないのは、その原因が、僕と手を繋いでいる女の子だということ。

ハヌと出会って、はっきり僕は変わった。

〝変わってしまった〟と言えばいいのか、〝変えられてしまった〟と言えばいいのか、それはわからないけれど。でもこの変化は手触りのある確かなもので——僕にとっては、幸せなことだった。

お父さん、お母さん。お祖父ちゃん、お祖母ちゃん。——あと、ついでに従姉妹のフリム。

僕、友達が出来たよ。

閑話休題。

僕とハヌ、そしてヴィリーさんとカレルさんが落ち合ったのは、前回の高級料理店とは打って変わって、ファミリー向けのレストランだった。

所謂、ファミレスと省略されるチェーン店の一つである。

店員さんに事情を説明して、先に来ていたヴィリーさん達のテーブルへと案内してもらう。

近付いていくと、まずヴィリーさんが僕達に気付いて、にこやかに手を振ってくれた。

「こちらでございます」

案内をしてくれたウェイトレスさんが、テーブル上にARメニューを表示させて立ち去っていく。

僕は二人に会釈をしてから、ハヌと一緒にソファー型の椅子に腰を下ろした。その途端だった。

「こんばんわ、小竜姫。それに勇者ベオウルフ」

「へ？」

突然、笑顔のヴィリーさんから聞き慣れない名称で呼ばれた僕は、つい間抜けな声を漏らしてしまった。

「怪物《ジ・モンスター》、もしくは千変万化のトリックスター。君はどの呼び名がお好みかな、ラグ君？」

カレルさんもからかうような笑顔で、そんなことを聞いてくる。

「え？　へ？……はい？」

僕が自分の顔を指差して混乱していると、隣のハヌが、くふ、と笑った。

「ラト、おぬしの異名じゃよ。巨人殺しの〝ベオウルフ〟。あるいは、おぬしの強さが理解できない者が呼ぶ〝怪物〟。また、おぬしが使う術式の特性から〝トリックスター〟と呼称する者もおるらしいぞ」

「――――」

ぽかんとしてしまった。

さっきも言ったが、僕は〝ぼっちハンサー〟なる蔑称をつけられていた人間である。

その僕がまさか、ヴィリーさんで言うところの〝剣嬢〟、カレルさんで言うところの〝氷槍〟にあたる異名をつけられるだなんて。

「ベオウルフというのは、超古代の叙事詩にある英雄の名前よ。伝説では、彼は城のように大きな巨人と、炎を吐く竜を倒したというわ。少し違うけれど、あなたも小竜姫と共に蒼い竜のゲートキーパーを。そして今回、巨人のヘラクレスを倒したわ。私はピッタリの名前だと思うのだけど、どうかしら？」

ニコニコと上機嫌で説明してくれるヴィリーさんに、僕は何も言い返せない。

「君とヘラクレスの戦いは『放送局』が撮影していてね。あまりにも速過ぎたからスローモードで見せてもらったんだが……正直、度肝を抜かれたよ。自分には、君のことを〝怪物〟と呼ぶ連中の気持ちが正直わからないでもない。君達のコンビ名は確か〝ブルリッシュ・ヴァイオレット・ジョーカーズ〟だったね。これは確かによく言ったものだよ、ラグ君。君と小竜姫は揃いも揃って〝規格外《ジョーカー》〟だ。ワイルドカードにもなれば、ババにもなる。まさにトリックスターだ」

カレルさんまでもが真面目な顔でそんなことを言う。多分、褒められているのだろう。それも、ものすごい勢いで。

だけど、まったく、全然、実感が湧いて来ない。

僕に付けられた〝ベオウルフ〟なる異名は、早くも『放送局』を通じて全世界に広まっているという。だけど、何を言われても『どこかの誰か』の話を聞いているような気がして、自分のことだとは到底思えなかった。

その後、ヴィリーさんが注文するメニューを検討しながら、現在の僕とハヌを取り巻く環境について説明してくれた。けれどそれもまた、ほとんど頭に入ってこなかった。

とりあえずヴィリーさんとカレルさんが中心になって、僕ら『ＢＶＪ』を勧誘せんとするクラスタ群を抑え、取り纏めてくれていることだけは理解できた。

そして注文した料理が運ばれてくる頃には、僕はただ恐縮し、ひたすら「あ、ありがとうございます。と、とんでもないです」と繰り返すだけの機械になっていた。

ところで、今回の食事の場がどうしてこのファミレスになったのかというと、ハヌの希望が理由だったりする。

「妾は甘いものを所望する！　甘いものを所望するぞ！」

昼間、僕が約束を交わした直後に失神してしまったものだから、彼女としてはフラストレーションが溜まっていたのだろう。食事がとれて甘いお菓子もあるお店となると、近場ではここが適切だと思われたのだ。

というわけで、ハヌは今や、目の前に並べられたビーフシチューオムライス、アップルパイのアイスクリーム添え、クリームブリュレの虜と化していた。

「おお……！　おおおお……！」

感動のあまり言語を忘れた野生の獣みたくなっているハヌはさておき、ここからが本題である。


「――あの男なら自滅したわ」


食事中にダイン・サムソロの名前が出ると、ヴィリーさんははっきりそう言い切った。

あの男が死んだ――ということはハヌとの会話の端々から察してはいたけれど、僕はまだ詳しい経緯を聞いていなかった。

「君が昏睡状態だった間にな。昨日のことだ」

ヴィリーさんの隣に位置するカレルさんが、いつものように補足を加える。

二人の前に並んでいるのは、サーロインステーキセットとミックスグリルセット。あれほどの高級店に誘ってくれた二人にこんな庶民的な店は失礼かもと思ったのだけど、ヴィリーさんは気さくに「気にしないでちょうだい。こう見えて、私もよくこういうお店に来ているのよ」と言ってくれた。すごく優しい人だと思う。注文するときに「ドリンクバー？　これはどういうものなの？」とカレルさんに尋ねていたから、本当は嘘だって気付いてしまったけれど。

やっちまった感が半端ない。

「あの、その……あの人は、どうしてまた……？」

僕は主語も述語もぼやかして、そう聞いた。

正直に言うと、ダインがハヌをヘラクレスの足元に投げ飛ばしたときは、一瞬とは言え、殺してやろうかとも思った。他人に対してあれほど明確な殺意を抱いたのは、生まれて初めてのことだったと思う。それほど腹が立った。だけどまさか、目が覚めたら死んでいるだなんて――まったく予想していなかったし、吃驚《びっくり》してしまった。

殺意と殺人行為との間には大きな溝があるって言うけれど、本当にそうなんだなと思う。殺してやりたい、と思ったことはあっても、それはあくまで一過性の気分のようなもので。僕は実際に彼をこの手にかけようとは、微塵も考えていなかったのだから。

「ダイン・サムソロは、人として、そしてエクスプローラーとしての正道を踏み外してしまったわ。それも、あんなに大勢の目の前で」

どこかやりきれないような口調で、ヴィリーさんは吐き捨てた。かつてはその手で首を斬ろうとした相手だとは聞いているけれど、どうやら簡単には割り切れない思いがあるようだった。

熱くなるヴィリーさんの精神を冷やすように、カレルさんの落ち着いた声が話を継ぐ。

「ラグ君なら知っているとは思うが、遺跡《レリクス》の中は基本、無法地帯だ。そして、我々エクスプローラーもよく言って自由業、悪く言えば無法者と呼んでしかるべき存在だ。しかし、それ故に我々の間には〝暗黙の了解〟、もしくは〝掟〟とでも言うべきルールが厳然とある」

僕は首肯する。カレルさんの言う〝暗黙の了解〟についてはかつて師匠から教わったことがある。エクスプローラーなら知っていて当然の常識なのだけど、ここにはハヌがいるからだろう。カレルさんは敢えて丁寧に、わかりやすく話を進めてくれた。

「言うなれば、遺跡内の自治は我々エクスプローラーのモラルによって成り立っている。だが今回、ダインはその〝総意〟に逆らってしまった」

彼に与えられた異名〝仲間殺し〟――と言っても公のものではなく、『ＮＰＫ』によって付けられた烙印なのだけど――は、その響きだけで既に掟破りを表している。

師曰く――『無法の戦場に生きるが故に、エクスプローラーが持つべきは互助《ごじょ》の精神である。互いに助け合い、支え合い、その上で競い合う。それこそがエクスプローラーのあるべき姿なのだ』――と。しかし、同時にこうも言っていた。『まぁ、実際には有り得ない理想論なんだがな？』

クールダウンできたのだろうか。ふぅ、と息を吐いたヴィリーさんが深紅の瞳に憐憫の光を宿し、囁くように言う。

「それだけじゃないわ。ダインは『放送局』と無謀な契約をしていたのよ。二〇〇層のゲートキーパー戦を放映する権利を、逆にあちらに売りつける形でね。かなりの額の契約金を受け取っていたらしいわ……」

通常、エクスプローラーは『放送局』に放送してもらう側の立場だ。彼らに放映してもらうことによって、エクスプローラーは名声を得て、仲間を募りやすくなったり、資金援助を受けやすくなったりする。

しかし、ある程度有名になったクラスタなどは、逆に『放送局』に放映権を売ることが出来るようになる。自分達の闘いは人気コンテンツなのだからギャラを支払え、という風に。

ダインは大胆にも、結成したばかりの『スーパーノヴァ』でその契約を持ちかけたというのだ。

「しかし、ダインは失敗した。ゲートキーパー・ヘラクレスとの戦いには敗れ、あまつさえ、カメラの前で小竜姫を盾にするという愚行を犯した。単なる契約違反どころか、あのような映像を流した『放送局』のイメージダウンをも招いてしまう、許されざる悪行だ」

亡きダインに対して、微妙ならざる感情を抱いているように見えるヴィリーさんとは対照的に、カレルさんの翡翠《ひすい》色の双眸は雪原のように静謐《せいひつ》だった。同情する価値すら感じていない、ということなのだろうか。

「その結果、ダインはこれまでのツケを全て支払う羽目になった。それが昨日のことだ」

恬淡《てんたん》と語るカレルさんの言葉を元に、その一部始終を僕なりに再現してみようと思う。

あくまで僕の想像なので、正確ではないだろうけれど。

多分、こんな感じだったはずだ。

■

「お、おい……冗談だろ？　か、勘弁してくれよ！　こんなの無理に決まっているだろ！」

周章狼狽《しゅしょうろうばい》する男の声が、セキュリティルーム内に反響する。それをマイクが拾い、外のスピーカーが増幅して放出する。スピーカーから放たれる声を聞くのは、いつもと違い、その顔を険しくさせたエクスプローラーの集団だ。

ルナティック・バベル、第二〇一層――セキュリティルーム。

男――ダイン・サムソロは、たった一人でそこに押し込められていた。

セキュリティルームの出入り口は閉めきられている。だが二〇〇層とは異なり、その扉を開けば脱出することは可能だ。しかし残念ながら、現状においては理論的に可能であっても、物理的には不可能であった。

今、扉の外側では武装したエクスプローラーがそれぞれの得物を手に、油断なく構えている。何故かなどと問う必要はあるまい。見ての通り、ダインの逃走を阻止するためだ。

切羽詰まった苦境に陥った彼の訴えを、『放送局』の司会者が手に持ったマイクに声を吹き込み、冷たくあしらう。

『おいおい見苦しいぜぇ英雄ダイン！　てめぇがやってきたことを胸に手を当ててよぉーく思い出してみな！　ええ？　この〝仲間殺し〟さんよぉ！』

この時既に、ダインがこれまで犯してきた罪科は明るみに出ている。

『NPK』に所属していた時だけではない。彼はこれまでのエクスプローラー人生で、危機に陥る度に周囲の他人を犠牲にして生き延びてきたのだ。いくつものクラスタを股に掛け、時には『スーパーノヴァ』のように自ら仲間を集め、場合によってはその名前を偽りながら。ここに揃っているエクスプローラーの大半が、かつて彼に裏切られた過去のある者達であった。そして残りの者達も、ダインの悪行に怒りを覚え、決して許すまじと意志を固めた連中である。

ダインはセキュリティルームの内側で、扉に背をつけながら懸命に叫ぶ。

「し、仕方ないだろ！　俺達エクスプローラーは、いつも危険と隣り合わせなんだ！　時には命を喪うことだってある！　それはみんなわかっていたはずだ！　だから――」

『あぁーん？　だから――何だってんだ？　ダインさんよぉ、もしかしてテメェ、そんな理屈で〝だから俺は悪くない〟とでも言いてぇのかぁ？』

司会者がダインの言葉を遮ってそう言った途端、群衆の中からいくつもの怒りの声が爆発した。

ふざけるな。それこそ冗談じゃねぇ。勝手なことをほざくな。死ね――と。

恋人を殺された者がいた。家族を殺された者がいた。親友を殺された者がいた。彼ら彼女らとて、ダインの説く理屈はわかってはいただろう。エクスプローラーが死ぬのは、ある意味当然の現象《こと》であると。しかし、そんな理屈を超えたところで、ダイン・サムソロという人間が生きていることが彼ら彼女らは許せないのだ。自分達の大切な人は奴の身代わりになって死んだ。なのに何故、あの男は未だに生き続けているのか。こんな理不尽があっていいわけがない――と。

「俺は悪くない！　俺は悪くないぞ！　死んで当たり前の戦場にいたんだ！　死んだ奴らは運が悪かった！　それだけだ！　俺は生き延びるために全身全霊を尽くしただけじゃないか！　お前らだってそうだろ⁉　俺はたまたま近くにいた奴に、敵の攻撃をまかせただけだ！　そいつに力がなかったのが悪いんだ！　だから俺は悪くない！　悪くないんだ！」

そんなダインの主張に、当然ながら怒号が、罵詈雑言《ばりぞうごん》が吹き荒れる。

もう我慢出来ねぇ、この手で殺してやる――そう叫ぶ男がいた。しかしその声には、それはダメだ、それでは奴の罪を裁くことにならない、と反論があった。加えて司会者がマイクでこうも言う。

『まぁまぁ待ってくれ皆の衆。直接ぶっ殺してやりてぇって気持ちもわかるけどよ、今日は抑えてやってくれ。ダインの奴はよ、舐めたことに俺達との契約を破りやがったんだ。今日はそのお詫び、振替の撮影ってわけだ』

そして、現在の状況を説明しうる一言を発する。

『そう、たった一人でゲートキーパーに挑戦する――それが今日の企画の主旨なんだぜ！』

その無慈悲すぎる目的に、今度は歓声が上がった。手を叩き、囃《はや》し立て、誰もがダインに降り懸かる不条理を喜ぶ。

「――ち、ちくしょぉぉぉっ！　ふざけんじゃねえぞテメェらぁっ！　一人でゲートキーパーと戦うなんざ無理に決まってるじゃねぇか！　くそが！　おれは間違ってないぞ！　俺は間違ってない！　なのにどうしてこんな目に遭わなきゃいけねぇんだよぉぉぉぉっ!!」

その時だった。

ダインの絶叫に、空気を切り裂くほど寒々しい声が応えたのは。

「そうね、貴方は間違っていないわ」

騒いでいた者達が一瞬にして静まり返った。

声の主は誰あろう、剣聖ウィルハルトが実子、剣嬢ヴィリー。

黄金に輝く長い髪と、燃えるような深紅の瞳――まるで伝説の黄金竜が人に変化したかのような女傑の存在感に、誰もが声を失う。

かつてダインが所属していた『ＮＰＫ』の団長は、人々の間から歩み出てセキュリティルームの扉に近付き、よく透《とお》る声で繰り返した。

「ダイン・サムソロ、貴方の主張は間違っていないわ。確かにその通りよ。遺跡《レリクス》は死と隣り合わせの世界。生きるか死ぬかは、実力と、運が良いか悪いかだけの問題よ」

つい先程までダインの言い分に抗議を上げていた連中も、この時ばかりは沈黙している。ヴィリーの全身から放たれる不可視の迫力が、無形の手となって彼らの口を塞いでいた。

同時に、彼らにはわかっていたのだ。剣嬢ヴィリーの言葉が、決して本心ではないことを。

「ダイン、貴方は言ったわね。俺は生き延びるために全身全霊を尽くしただけだ。そのせいで死んだ奴は、運が悪かっただけだ。そいつに実力さえあれば、死ぬことはなかった。だから、悪いのは俺ではない。弱かったそいつが悪いんだ……そうよね？」

花の蕾《つぼみ》かと思えるほど可憐な唇から紡がれるその声は、しかし氷山が軋る音よりも硬く冷たかった。しかし極限状態に置かれたダインが、そんな声音の違いになど気付くはずもない。彼は露骨に安堵した顔と声で、

「そ、そうだ！　そうなんだよ！　わかってくれて嬉しいぜ！　流石は俺の元上司だ！　ありがとう、剣嬢ヴィリー！」

あからさまな世辞に、周囲の人間達が揃って眉根を寄せる。しかし、当のヴィリーは表情筋をピクリともさせず、仮面の無表情を貫いていた。

そして、氷刃がごとき一言が放たれる。

「だけどその理屈なら、今の私達も間違ってはいないわ」

「――な……⁉」

愕然《がくぜん》とするダインの声。目を白黒させて、無言の内にどういうことだとヴィリーに問う。

冷気を纏った言葉が、その無言の問いに応えた。

「貴方がそう言うのなら、私達はこう主張させてもらうわ。私達は生き延びるために全身全霊を尽くす。そのせいで死ぬ人は、運が悪いだけ。その人に実力さえあれば、きっと死ぬことはないのだから。その人が死ぬのは、その人の弱さが悪いのよ」

冷然と、ヴィリーはダインの主張するところを言い換えて、彼自身に突き付ける。

「な……何を言って……？　ど、どういう意味だ、剣嬢……？」

ヴィリーの意図するところが理解できず、彼は間抜けにもそう聞き返した。

おそらく、この時点で理解できていなかったのはダイン一人だけだったであろう。あるいは本能的に理解していながら、理性でその理解を拒否していたのかもしれない。

「貴方がここのゲートキーパーと戦うことで、私達は貴重な情報を得ることが出来るわ。それは、私達が生き残るために必要、かつ重要な情報よ。だから私達は悪くないわ」

「――っ……！」

ダインの顔に理解の色が生まれる。だがそれは血の気が引き、蒼白になった色だ。

「だから、この戦いで貴方が死んだ時は――貴方の運が悪いだけ。実力のない貴方が悪い。弱かった貴方が悪いだけ。だから私達は悪くないわ」

ヴィリーは力を込めて、最後の一節を繰り返した。

この時になって初めて、彼女は表情を緩め、優しく微笑んだ。

「安心しなさい、ダイン。貴方に実力さえあれば、死ぬことはないわ。もちろんゲートキーパーを倒して生還した暁には、誰にも貴方に手出しさせないわ。騎士の誇りにかけて、この私が約束する」

いっそ女神のような慈悲深さで、彼女は告げる。

「だから、貴方は貴方の正しさをその身で以て証明してみせなさい。ついさっき、貴方自身がその口で主張した正しさよ。よもや舌の根も乾かぬ内に、あっさり掌を返すなんてことしないわよね？」

その舌鋒《ぜっぽう》はもはや、氷刃の切っ先に等しかった。

ヴィリーはダインが振るった言の刃を翻し、そのまま彼の喉元に突き付けたのである。

「――～っ……！」

ぐうの音も出せず、ダインは悔しげに顔を歪め、歯噛みした。もはや彼に退路はない。出入り口は封鎖され、これまで武器にしていた弁舌はへし折られ、進むべき道はただ一つだけとなった。

「――くそが……！　上等じゃねぇか、やってやるよ！　あのエンハンサーのガキに出来たんだ！　俺にだって――吠え面かくなよテメェら！」

覚悟を決めたのか、はたまた開き直ったのか。追い詰められたダインはとうとう背負った大剣の柄を握り、抜刀した。彼のカテゴリは重剣士。いくら落ちぶれようが、かつてはトップ集団である『ＮＰＫ』に所属したこともある実力者である。自ら陣頭に立って指揮をする確かな強さに、彼の過去を知らぬ者達は皆、心惹かれて仲間になったのだ。

ダインの一歩が、セキュリティルーム最奥に浮かぶコンポーネントの具現化をトリガーした。

巨大な青白い球体が、ゲートキーパーへと姿を変えていく。

『KEEEEERRRRRRRRROOOOO！』

顕現せしは、巨大なカエル型の機械型SB。

後日、『放送局』によって付けられた名称《コードネーム》は〝イーターフロッグ〟。全長は四メルトル前後。エメラルドグリーンの体表と、大きく膨《ふく》らんだパールホワイトの腹。イエロートパーズのぎょろりとした二つの目玉が、左右バラバラに当て処のない視線を振りまいている。

「――はっ！　なんだありゃ！　どう見ても雑魚じゃやねぇか！」

ダインが頬の筋を引き攣らせながら気丈に叫んだ。迫力で言えばイーターフロッグの見た目は、確かに第二〇〇層のヘラクレスと比べて数段以上に劣る。

『KERRRR……KERRRR……』

ご丁寧に顎下の折りたたみ式装甲を、本物の蛙のごとく膨らませるその姿は、どう贔屓目《ひいきめ》に見てもヘラクレスに遠く及ばない。

有り体に言って、ひどく弱そうに見えた。

観衆から諦め混じりの吐息がいくつも生まれた。アレはダメだ。本当にダインの奴が一人で勝ってしまうかもしれない――そう思った者は決して少なくなかっただろう。

「いくぞぉおおっ！　うおおおおおおおおおおっ!!」

雄々しく胴間声《どうまごえ》を轟《とどろ》かせ、ダインは突撃を敢行した。

重苦しい足音を響かせて迫る男を、しかしイーターフロッグは見向きもしない。あらぬ方向に目を向けて、ただ喉を鳴らしている。そんな風に見えた。

刹那、イーターフロッグの口元で赤い光が煌めいた。

一瞬のことであった。

カエル型ゲートキーパーの口から閃光のごとく飛び出した長い舌が、まだ十メルトル以上は離れているダインの体を巻き取り、あっと言う間に引き寄せたのだ。

まるで瞬間移動のように、ダインはイーターフロッグの口元へと連れ去られる。

遅れて、両手に握られていた大剣が床に落ちた。

あまりにも速すぎて彼自身にも何が起こったのか、すぐに理解できなかったのだろう。

「…………………あ？」

逆さまになり、イーターフロッグの口に腰から下を飲み込まれた状態で、そんな声を漏らした。

『——ＫＥＲＯ』

とイーターフロッグが鳴いた。


聞くに堪えない、醜い悲鳴が上がった。


無様に命乞いをし、断末魔を迸らせるダイン・サムソロを、イーターフロッグは長い舌を駆使して口内へと引きずり込んでいく。

ゆっくりと、じっくりと。

獲物を嬲《なぶ》るかのような速度で。

やがて泣き叫ぶ叫喚すら腹の中に飲み込まれ――唐突に静寂が訪れた。

誰も、何も言わなかった。観衆は黙ったまま、イーターフロッグの挙動を見守り続けた。

約三分後、微動だにしなかったイーターフロッグが、突如として具現化を解き、元の巨大コンポーネントへと回帰した。

もう役目は終わった――そう言わんばかりに。

ダインが飲み込まれ、イーターフロッグが消えるまでの間。それはもしかすると、彼が溶けるまでにかかった時間だったのかもしれない。

■

「そういうわけでの、ラト。妾はあの蛙もどきとは戦わぬぞ」

「へっ？」

隣でビーフシチューオムライスとデザートに夢中だったはずのハヌからそう言われて、僕は驚いて振り向いた。唇の端にシチューがついたままのハヌは、横目で僕を見上げている。どことなく不機嫌そうな表情。言わずともわかれ、そう言っているようだった。

ハヌはデザート用のスプーンを、カチャン、と音を立てて皿に置く。

「わからぬか？　あの愚か者は蛙もどきの腹に収まりよった」

「う、うん……そうだね？」

そういえば、ハヌもその場で一部始終を見ていたらしい。当時の光景を思い出したのだろう、実に不愉快そうに眉をひそめている。

僕が曖昧に頷くと、まだわからぬか、とハヌは言葉を重ねてきた。

「蛙もどきはそのままコンポーネントに戻りよった。つまり、アレにはあの愚か者が混じっておるということであろう？　ということはじゃぞ、もし妾があやつを退治すると、あの汚らわしいコンポーネントが妾の中に入ってくるということではないか」

「あ、あー……うん、そ、そうなるの、かな……？」

なんとなくハヌの言わんとしていることはわかる。とはいえ、コンポーネントはコンポーネントだし、詰まるところデータの塊なわけで、

「……気にすることないと思うんだけど……」

と僕は考えるのだが、ハヌ的にそうはいかないらしい。小さな掌が、バン、とテーブルを叩いた。

「ばかもの！　あの愚か者はこの妾を騙そうとしたのじゃぞ。あまつさえ、妾を投げ飛ばしよった。あの時打った背中がどれほど痛かったことか！」

「あー……」

そこなんだね、と納得する。この様子から察するに、相当痛かったのだろう。

それもそうか。あんな風に投げられたら、普通だったらすぐには立ち上がれないほどのダメージを受けるものだ。ハヌの場合はまだ体重が軽かった分、多少マシだっただけで。

ぷんすか怒ったハヌは腕を組んで、ぷいっとそっぽを向く。

「故にラトがあやつと戦うことも認めぬ。たとえデータという形であろうと、ラトの中にあの愚か者が混じるなど、妾は絶対に嫌じゃ。あの蛙もどきは他の者に任せればよい」

事実上の禁止命令が出てしまった。よほどダインのことが嫌いだったのだなぁ、と思う。かく言う僕も、彼には苦汁を舐めさせられた口だけど。

とはいえ実際問題、二〇一層のゲートキーパーに手を出さないというのはいい案だと思う。先程もカレルさんが言ったとおり、エクスプローラーの間には歴とした〝ルール〟が存在する。一つのクラスタ、もしくはパーティーが連続で一箇所のゲートキーパーを倒すというのは、一種のマナー違反になるのだ。

基本、ゲートキーパー攻略は多くの情報収集戦を経た上で行われる。その情報の蓄積は、関わったエクスプローラー全員の功績だ。しかし、実際に生じる報酬は――例外はもちろんあるけれど――ゲートキーパーのコンポーネントが一つだけ。

よって、その報酬を一つの集団が連続して掻っ攫っていくのは、他のエクスプローラー達からの反感を買う羽目になってしまうのだ。

無論、こんなことはトップ集団が気にすることであって、本来なら僕みたいな若輩者には関係のない話――だったのだけど、今となってはそうも言ってられない。

僕とハヌは一九七層の海竜、そして二〇〇層のヘラクレスを倒し、それらのコンポーネントを取得してしまっているのだから。

いくらハヌの術式が強力だとはいえ、これ以上むやみやたらとゲートキーパーを倒していけば、いらぬ誇りを受けることは免れ得ない。ほとぼりが冷めるまで、しばらくは大人しくしているのが賢い選択だろう。

それに今の僕達二人には、それよりも大事な課題があるのだし。

そう、これからの身の振り方だ。先日、目の前にいる二人から受けたスカウトの件だってある。

このまま上手く話が進めば、僕とハヌは幹部待遇で『蒼き紅炎の騎士団』に加入することになるのだし、その場合は——などと、うつらうつら考えながら食後のコーヒーを啜っていた時だった。

「そうだラグ君、突然で申し訳ないのだが」

不意にカレルさんが口を開いた。

「え？　あ、は、はい、何でしょうか？」

虚を突かれて少し慌てながら聞き返すと、いつものように落ち着いた声で、カレルさんは言った。

「君を我が騎士団《ナイツ》に迎えたいという話をなかったことにして欲しいのだが、いいだろうか？」

それは音と光のない雷鳴のようだった。

ちゃりーん、とヴィリーさんの手からフォークが零れ落ちて床に転がった。

そんな話は聞いていない——そう言いたげな表情で、ヴィリーさんが隣のカレルさんを凝視する。

けれどカレルさんは頬に突き刺さる深紅の視線を無視して、真剣な顔でじっと僕を見つめていた。

これまで経験したことのない、得も言えぬ雰囲気がこの場に充満していく。

僕自身、予想もしていなかった話に少し頭が混乱していた。

――あれ？　えっと……こ、こういう時って、何て返事すればいいんだろう？　定型文って何かあったっけ？

「……えっ、と……へっ……？」

突然すぎる申し出に何と返せばいいのか。この時の僕には、さっぱりわからなかったのだった。

――――幕間：回想１　了

●4　ヴォルクリング・サーカス

とりあえず、その日のうちに報告しておこうと思って——謝るのなら早いに越したことはない——僕はロゼさんと別れてすぐ、ハヌのマンションにとんぼ返りした。

中央区の高級マンション、その一階である。

インターホンで呼び出し、

『……ほ？　どうしたのじゃ、ラト？　ああ、ちと待て。今開けるでの』

オートロックドアを開けてもらい、

「お、お邪魔します」

「よく来たの。どうした、何かあったのか？　ん？　それとも、寂しくなって妾の顔が見たくなったのか？」

玄関でにこにこと笑いながら冗談を飛ばすハヌ。どうやら突然の来訪を喜んでくれているらしい。

まぁそれも、部屋に上がって話を切り出すまで、だったのだけれど。

「——ラト、そこへなおれ」

ひとしきり事情を説明したら、ハヌの声がびっくりするぐらい低くなった。

さっきまでの笑顔が嘘みたいに、能面のような無表情で床を指差す。

「は、はい」

僕はすぐに言い訳を始める愚を冒さず、言われたとおりフローリングの上に正座した。

そんな僕の前に、ハヌは腕を組んで仁王立ち。自分の部屋にいるからだろう、今は外套なしの都《と》雅《が》な着物姿である。

「……ラトよ。知っておるとは思うが、妾は菓子が大好きじゃ」

まるで遠雷のような声――というと、いささか誇張しすぎだろうか。ともかく、小さな女の子とは思えないほど迫力に満ちた声が、ハヌの喉から発せられた。

「は、はい……」

何を言われようと僕は萎縮するしかない。首を竦めて、これ以上刺激を与えないよう小さく頷く。

「それも甘い菓子じゃ。そう、好物じゃからのう……ここへ来てまだ日は浅いが、それでもたらふく食うたものじゃ」

どうしてここでお菓子の話を？　なんて疑問が湧くけれど、聞いたら余計に怒らせてしまう気がしたので何も言えなかった。そうすると、答えはハヌの方から教えてくれた。

「――じゃがのう、ラトよ。だからと言って、妾の身体が菓子で出来ていると思うてか？　この身に流れておるのは砂糖水《ジュース》か？　この目は飴玉か？　骨はチョコレートか？　肉はパンケーキか？」

つまり、遠回しの皮肉だったのだ。僕がハヌを甘く見ているのではないか、という。

「いわんや、妾の精神はマシュマロか？　魂はケーキか？　心は杏仁豆腐か？　ん？　どうじゃ？　どう思うのじゃ？　ええ？　答えてみよ」

「…………え、えと……あの……その……」

僕は全身の毛穴という毛穴から脂汗をひり出し、謝罪の言葉もおぼつかない。

──まずい。まずいまずいまずいまずいまずいまずいまずいまずい。

なんだこれ。なんだこれ。こんなの前代未聞だ。なんだこの迫力。めちゃくちゃ怖い。

もはや疑うまでもない。今のハヌは、かつてないほど激怒している。

心の底から本気で怒ったとき、人は無闇に荒れ狂うのではなく、むしろ爆発の時にそなえて静かになるのだという。今のハヌが正にそうだった。下手なことを言えば、それこそ本当に爆発してお終いだ。言葉は慎重に選ばなければならなかった。

「……な、なんというか、ですね……つ、つまり……」

ふと思う。もしかして今朝のハヌも、僕が「本気で怒るよ?」と言った時、こんな気持ちになったのだろうか?

「──。」

そう考えた瞬間、言うべき言葉は一つに絞られた。

やっぱり、言い訳はよそう。

僕は正座した体勢から前方に両手をつき、頭を下げた。

「──ごめんなさい。僕が全面的に悪いです」

「…………」

そう。ハヌだってあの時、すぐに謝ってくれた。なら、僕だってそうするのが礼儀というものだ。

土下座をして数秒。頭上で、ハヌが小さく息を吐くのがわかった。

「……よろしい。許してつかわす。なに、妾も今日は一度ラトに許しを得ておるからの。これでおあいこじゃ」

「ハヌ……！」

苦笑い混じりの声に、思わず顔を上げる。僕の友達は、やれやれ、と呆れたような感じで笑っていた。

「下手な言い訳をせず、素直に謝ったところは褒めてやろう。その潔さは良しじゃ。これがもし、『一人ではなく二人で行ったのだから問題ないはず』などと言い逃れしようものなら、本気で怒ってやろうと思っていたところじゃ」

「――あ、あは、あはは……そ、そんなこと、かっ、考えたこともなかったよ⁉　本当だよ⁉」

危なかった――――ッ！　下手な言い訳しなくて本当によかったぁ――――ッッ‼

崖っぷちに立って谷底を垣間見たような気分になりつつ、少し気になったので尋ねてみる。

「あ、あの……ちなみに僕が変な言い訳をしていたら、具体的には……その、どういう……？」

「ふむ？　それはもちろん――」

ハヌは子供とは思えないほど流麗な流し目で僕を見つめ、くふ、と口元に笑みを刻んだ。

そして、その顔にスミレ色の幾何学模様が走る。

「　あまねく大気に宿りし精霊よ　我が呼び声「ごめんなさい！　ごめんなさいごめんなさいごめんなさいごめんなさい！　本っっっっっっ当にすみませんでしたぁ――――――――ッッ‼」

冷たい言霊の響きに、僕は額でフローリングをぶち抜くぐらいの勢いで土下座したのだった。

「して、そのロルトリンゼ、じゃったかの？　どうじゃった？」

手加減抜きで放たれようとしていたハヌの術式を何とか食い止め、人心地ついた頃、ようやく話が本題に入った。とはいえ、質問が漠然としすぎていたので聞き返してしまう。

「どう、って言うと？」

「強いのか？」

何ともスレートな質問である。まぁ、ハヌはクラスタに入れるメンバーの条件に強さを求めているのだから、当然と言えば当然なのだけど。僕は少し考え、

「……強いよ。多分だけど、ハンドラーとしてはトップクラスなんじゃないかな？　ルナティック・バベルの最前線近くでも全然物怖じしていなかったし……あ、そういえば出身地がドラゴン・フォレストの近くだって言ってたから、強いSBは見慣れているのかも？」

他のハンドラーの腕前は知らないけれど、僕みたいに支援術式の強化もなく、素手でペリュトンをあそこまで痛めつけたのだ。単純に一人のエクスプローラーとして、ロゼさんは強いと思う。

それにもし、この浮遊都市フロートライズに来る前のロゼさんの活動拠点がドラゴン・フォレストだったのなら、あの強さにも納得がいく。

ドラゴン・フォレストはその名の通り、幻想種ドラゴンが顕現する広大な森だ。

もちろん他のSBだって出現しないわけではないけど、その比率は僅か二割弱。ドラゴンと鉢合

わせになる確率は、他所と比べて圧倒的である。

そして、誰もが抱くイメージ通り、ドラゴン系SBはどいつもこいつも非常に強力だ。聞くところによると、ドラゴン・フォレストにポップする一番小さな竜――いわゆるレッサードラゴン――でも、準ゲートキーパー級《クラス》の力を持っているという。これが伝説に謳われる最上級の竜――皇帝類《カイゼル》になろうものなら、もはやその力は神のみぞ知るだ。

ロゼさんは言った。ソロには慣れていいいい、と。つまり彼女は、あのドラゴン・フォレストでずっとソロのままエクスプロールをしてきたのかもしれないのだ。

そう考えると、とんでもない実力者である。

ハヌは興味深そうに頷いた。

「ふむ……ラトがそこまで言うのであれば、なかなか見所があるのじゃろうな」

「うん、すごかったよ。あ、でも、一応説明すると――」

僕はハヌにハンドラーについて詳しい説明をした。ハンドラーの強さは基本、本人よりも使役するSBの強さに左右されること。術力やフォトン・ブラッドの質より、エンジニアとしての資質が大きく問われること。使役するSBには簡単なコマンド入力しか出来ず、使い勝手はあまりよくないこと。もし制御を誤れば、味方のSBが逆に敵として襲ってきてしまうこと――等々。

「――とまぁ、僕の支援術式みたいに色々と弱点はあるけれど、でも、逆に言えば使いようによってはすごく使える術式でもあるんだよ、使役術式って」

「ふむふむ」

ハヌの金目銀目が、つい、と右下に逸れる。どうやら何か考え込んでいるらしい。

自分で言うのも情けないけど、ハヌは僕よりもずっと賢い。エクスプロールに関する知識量では、今は僕の方が上だけれど、機転のよさではきっとハヌには敵わない。そんな彼女は今、その聡明な頭脳でロゼさんの『活用法』について考えているのだろう。

僕はその後も、ロゼさんの驚愕すべき怪力、得物である鎖や〈リサイクル〉、〈カーネルジャック〉などの術式についても説明をした。

全てを聞いたハヌはしばし沈思した後――くふ、と笑い出した。

「――よかろう。あいわかった。それでは明日、そのロゼという者と実際に会って、妾自ら見極めてやろうではないか」

不敵な笑みと共に吐き出された言葉に、僕は胸を撫で下ろすよりも先に猛烈な不安を抱いた。

ロゼさんに『明日から一緒にエクスプロールしましょう』と約束した手前、彼女と会う気になってくれたのは嬉しいのだけど――

「あ、あの、ハヌさん……？」

「ん？　なんじゃラト？　妙にかしこまりよって」

「い、いやね？　そんなことはないと思うんだけど一応ね？　ね、念のために確認しておきたいことがあってね？」

「……なんじゃ、その不気味なものでも見るような目は？　もったいぶらずに早よう言わんか」

笑顔から一転、不機嫌そうに唇を尖らしたハヌに、僕は思い切って聞いてみた。

「――へ、変なこと、企んでたりしてない……よね？」

「それは秘密じゃ」

間髪入れずあっさりそう返されて、僕は絶句した。

「………」

そんな僕を見て、ハヌは実に楽しそうに、くふ、と口角を吊り上げる。

「安心せい、ラト。悪いようにはせぬ。ああ、ところで話は変わるが、これはどう使うものなのじゃ？　前から聞こうと思っていたんじゃが」

この話はもうお終いじゃ、とばかりにガラリと話題を変えられてしまった。

ハヌのマシュマロみたいに白い指が差したのは、リビングの壁にある黒い小さなピクトグラム。見た瞬間、僕はすぐに得心して彼女の疑問に答える。

「あ、ああ……それはARボードだよ。埋め込み式だから、そこに目印がつけてあるんだね。えっと、使い方は――」

僕はハヌにARボードの使い方を説明するため、実際に使ってみせることにした。と言っても、〝SEAL〟でARボードの固有アドレスを取得して、コマンドを送るだけの話なのだけど。

「――ARボードには細かい機能が色々とあるんだけど、まぁ基本的にはテレビとして使うことが多いかな？　例えば……」

僕の〝SEAL〟からARボードを起動。僕とハヌの視界に、共有拡張現実として六十インチ程の大きなスクリーンボードが現れる。今はまだ真っ黒な画面にテレビ機能を立ち上げ、適当に現在配信されているニュース番組へとアクセスしてみた。

「おお！　見たことがあるぞ。これはセキュリティルームの前やら、先日のミーティングルームにあった奴じゃな？」

「そうそう。単に配信されている映像を個人で見るだけなら〝ＳＥＡＬ〟で充分なんだけど、みんなで一つの映像を見る時は、やっぱりＡＲボードがないとね」

「なるほどのう。ああラト、ちと膝を借りるぞ」

「へっ？」

この時、僕は土下座で謝罪して許してもらってから、すぐに足を崩してフローリングに胡座をかいていたのだけど――

言うが早いか、ハヌはそんな僕を座椅子に見立てて、すとん、と脚の上に腰を下ろしてしまった。

ちっちゃな体がちょうどよく懐に収まり、ハヌの背中と僕のお腹とが密着する。

「ほほう、これはなかなかよい座り心地じゃな」

「――――」

こつん、と僕の胸に後頭部を預けてＡＲボードを視聴し始めたハヌに、僕はさっきとは違う意味で言葉を失う。ヘラクレスから助けてくれたお礼にと、左頬にキスされて、その直後に気絶したことはまだ記憶に新しい。我ながらおかしな話である。寝ぼけているハヌを抱き起こしたり、背中に負って歩くことなら、恥ずかしげもなく出来たくせに。

なのに、こうしてただ膝の上に座られただけで、こんなにもドギマギしてしまうだなんて。

「⁉　のうラト、これは文字しか出てこんのか⁉」

僕の顎のすぐ下でハヌの銀髪がふわりと動いて、金目銀目が無邪気に見上げてきた。綺麗な髪から漂うハヌの匂いが、僕の鼻腔をくすぐる。胸の奥に、得《え》も言えぬ感覚が生まれる。

見ると、彼女の右手はＡＲボードを指差していた。

「――あ、えっと、これは……うん、そうだね。これは直近のニュース一覧だから、リンクがあるのを追っていけばニュースキャスターが出てきたり、何かしらの映像が出てくるはずだけど……」

僕とハヌが揃って体を向けている先、大きなＡＲスクリーンにはみっしりと文字列が並んでいる。自動読み上げ機能を使えば音声で内容を聞くことも出来るけど、デフォルトではオフになっていた。

今の画面は、番組メニューというものだ。ここでめぼしいニュースをチェックして直に読むことも出来るし、メニューにある『リアルタイムニュース』を選択すれば、その名の通り現在配信しているニュース番組が見られる仕組みになっている。

僕は自分の〝ＳＥＡＬ〟からＡＲボードを操作して、メニューの端にある『リアルタイムニュース』を選択した。ぱっと画面が切り替わり、映像が映し出される。

「おっ、映ったのう」

『――の街では現在救助活動が続けられており、死傷者の数はすでに三千人を超え――』

ニュースキャスターの真面目な声が流れ出すけれど、僕の頭はそのほとんどを意識の表層で聞き流していた。それどころではなかったのだ。この胸のドキドキがハヌに伝わってしまわないだろうか。というか、ハヌみたいな小さな女の子相手に何を考えているのだろうか自分は。これじゃ世間で流れている根も葉もない噂が本当になってしまうではないか。いやいや違う違う、僕はそんな人間ではないはずだ——などと焦ったり不安に駆られたりしていた。

けれど、

「……ラト、あれは……何じゃ？」

突如として緊迫感を帯びたハヌの囁きが、僕の雑念を吹き飛ばした。

「えっ？」

再び彼女の人差し指が指し示すのは、ニュース番組を流すＡＲスクリーン。

だけど、そこに映っていた光景を見た瞬間、僕も息を呑んでしまった。

「——な……」

破壊された街——見たままを一言で表せば、そうなる。

高い位置から俯瞰で撮影された映像。まるで戦争に巻き込まれたかのように、建物が壊れ、あちこちから煙が上がっている。だけど、それだけならば——嫌な話だけど——紛争地域ではよくある風景だ。しかし、僕達の目に飛び込んできた映像には、

「……な、なんで、こんなところにＳ　Ｂ《セキュリティ・ボット》が……？」

見覚えのあるものから初めて目にするタイプまで、何体も、否、何十体ものＳＢが街を徘徊し、暴れていたのだ。

「のう、ラト……これは、よくあること、なのか……？」

腑《ふ》に落ちない、と訝《いぶか》しげな様子でハヌが聞く。僕は彼女の頭越しにＡＲ画面に釘付けになりなが

ら、首を横に振った。

「う、ううん、有り得ないよ、だって――SBは遺跡の外では具現化できないはずなんだから……」

世界中にある遺跡に必ずと言っていいほどSBが出没する理由は、実はまだ解明されていない。当然、そのメカニズムも。

僕達エクスプローラーの収入源であり、今や人類の生活になくてはならない〝情報具現化コンポーネント〟。これは遺跡に潜りSBを倒すだけで、無限かと思えるほど延々と回収し続けることが出来る。

だけど、無から有は生まれない。これは物質ではないコンポーネントにおいても絶対の法則だ。つまり各々の遺跡の奥には、SBを生み出している仕組みがあるはずなのだ。また、それを可能としているエネルギーの供給源も。

それらの解明もまた、僕達エクスプローラーの使命の一つである。極端な話、情報具現化コンポーネントを別の方法で入手出来るのなら、無理にSBと危ない戦いを繰り広げる必要なんてないのだ。遺跡の秘密や世界の真実など、それこそ考古学者や物好きに任せておけばいいのだから。

ただ、未だコンポーネントの発生メカニズムは分かってはいないけれど、それでも判明している法則がいくつかある。その一つが『SBは遺跡の内部でしか具現化しない』である。

正確に言えば『具現化できない』だろうか。おそらくはSBのコアであるコンポーネントを起動させるための仕組みと、具現化に必要なエネルギーの供給源が遺跡の外には存在しないからではないかと考えられている。

それでも、もし例外があるとすれば――

『――のように映像では数十体規模の群れですが、実際には千体以上の数が街に出没していたとのことです。なお、これらの怪物はほどなく駆け付けた軍によって処分され、現在は安全が確保された中で救助活動が続けられております。その際、軍が受けた損害は大きく、発表によると戦闘における死傷者は――』

一つだけ、SBを遺跡の外で具現化させる方法がある。僕は今日、それをこの目で見てきたばかりだ。さっきまでの浮ついた思考など完全に忘れて、脳裏に浮かんだ可能性に戦慄する。

――ハンドラーだ。

そう、ロゼさんみたいなハンドラーなら、術式を使って遺跡の外でもSBを具現化させることが出来る。

だけど、ニュースキャスターの言葉が真実なら、スクリーンに映る街を襲ったSBの数は千体以上。遺跡の中でもまず巡り会えない、とんでもない規模だ。とても一人や二人のハンドラーでまかなえる数ではない。ということは、かなり大人数のハンドラーが関わっていると見るべきだけど――以前にも言った通り、ハンドラーの絶対数は少ない。つまり――

「……もしかして……！」

僕は待ちきれず、リアルタイムニュースから再び番組メニューへと戻り、記事一覧から事件に関するものを探した。その中から最新のものを選択して、目を通す。

案の定だった。

こんな仕業が出来る存在なんて限られ過ぎているし、ちょっと考えれば誰にだってすぐわかる。

だからだろう。犯人達は大胆不敵にも、自ら『犯行声明』を出していた。その名は――

『ヴォルクリング・サーカス』

知っている。世界的にも有名――というか、ほぼ唯一と言ってもいいハンドラーだけで構成されたクラスタだ。創始者であるオーディス・ヴォルクリング氏の名前を冠した集まりで、エクスプローラー業界随一の異端集団としての呼び声も高い。そして――

「――？　ラト、どうした？　なにゆえ震えておるのじゃ？」

「…………」

ハヌの声は聞こえていたけど、答える余裕は微塵もなかった。僕は祈るような気持ちで、〝ＳＥＡＬ〟の過去ログを呼び出す。探るのは、ネイバーメッセージのログだ。

――なんとなくの予感はあったのだ。心に引っかかるものがあったのだ。

そう、僕とロゼさんは、お互いのネイバー情報を交換した。そして、僕はルナティック・バベル内でロゼさんにダイレクトメッセージを送信した。

その際、僕は見たはずなのだ。ロゼさんが口にしなかった、彼女の姓《ファミリーネーム》を。

嗚呼、どうして僕はあの時、彼女のプロフィールをちゃんと確認しなかったのか。それさえしておけば、短い時間とはいえ、こうして不安の重圧に耐えながら〝ＳＥＡＬ〟のログを遡ることもなかっただろうに。

果たして、メッセージログはすぐに表示された。

ＡＲスクリーンに表示されたその文字列を、僕はどうしても信じられない気持ちで見つめる。
ロゼさんのフルネーム。それは——

『ロルトリンゼ・ヴォルクリング』

何度目を瞬かせても、じっと凝視しようとも、その名前はそのまま、決して変化することはなかったのだった。

●幕間：回想2　見えない弾丸

「君を我が騎士団《ナイツ》に迎えたいという話をなかったことにして欲しいのだが、いいだろうか？」

というカレルさんの衝撃発言の翌々日である。

この日の昼前、僕とハヌはフロートライズ中央区東側の『アーバンエリア』へと来ていた。ルナティック・バベルを挟んで反対側にある西の露店街と違い、こちら側は大きなビルや複合施設が立ち並ぶ区域である。その一角にある、時間レンタル制のミーティングルーム。そこがカレルさんから指定された集合場所だった。

ミーティングルームと言っても、軽く百人以上が入れるほどの広さがある。こんなところで何をするのかというと――

「それでは『BVJ《ブルリッシュ・ヴァイオレット・ジョーカーズ》』のこれからについて、話し合いたいと思う。司会進行は僭越《せんえつ》ながら自分、『蒼き紅炎の騎士団《ノーブル・プロミネンス・ナイツ》』のカレルレン・オルステッドが務めさせていただく」

我ながらちょっと信じられない。どうして、こんな大それたことになってしまっているのか。

広い部屋に並べられた椅子に、ざっと見て五十人ほどのエクスプローラーが座っている。彼らは総じて壁際にいる僕とハヌ、そして取りまとめ役であるカレルさんとヴィリーさんに、いかにも歴戦の勇士らしい鋭い視線を注いでいた。

ここにいる誰も彼もが、各々のクラスタを代表する人間なのだという。

それも、僕達二人の加入を希望するクラスタの。

――こ、こんなにも大勢の人が……!?

瞠目する僕の隣で、マイクを持ったカレルさんが泰然自若とした様子で話を切り出した。

「さて、ことが大きくなり、騒動を予防するため便宜上このような形となってしまったが、以前から再三言っている通り『BVJ』の二人に対する強制だけは絶対に看過できない。このことは当然、ここにいる全員が承知しているものと思う」

ずらりと居並ぶ人達の半数ぐらいが、うんうん、と頷いた。残る半数の方々が何を考えているのか、ちょっと怖くなってくるけど。

クラスタリーダー達の反応をじっくり見渡してから、カレルさんは話を続ける。

「では今日の段取りだが、まず『BVJ』の二人に対する意思確認――つまり、どこかのクラスタに所属する気があるのかないのか。あるのであれば、その際に希望する条件を確認。しかして、条件に合致するクラスタから抽選で順番を決め、交渉を開始する――以上の手筈となる。当然ながら、最初の段階で『どこにも所属する気がない』ということであれば、そこからの話はなかったことになるが……」

不意にカレルさんが、僕に翡翠色の視線を向けた。

瞬間、ぞろっ、という感じでその場にいる全員の視線が僕に殺到する。

これでぎょっとするなというのは無理な注文であった。

「――っ⁉」

大勢に注目されることに慣れていない僕は、即座に石化してしまった。

「あ……え……」

冷や汗をダラダラ流しながら物言わぬ彫像と化した僕に、周囲の皆から『何か言わないのか？』的なプレッシャーが与えられる。

――えっと、えっと……⁉　な、何か、何か言わなきゃ……⁉

と、混乱と焦慮《しょうりょ》の坩堝《るつぼ》で喘《あえ》いでいたら、

「――が、その前に我ら『ＮＰＫ』から、集まってくれた卿らに言っておきたいことがある」

結局、僕が口を開くより先にカレルさんが話の続きを始めてしまった。

途端、僕に集中していた視線の束がカレルさんへと移動する。

肩にのし掛かっていた重圧が消えて、僕は胸を撫で下ろした。しかし、ほっとしたのも束の間、カレルさんはいきなり音と光のない爆弾を放り投げたのである。

「今回の件、恐縮だが我々は辞退させてもらうことにした。つまり、〝ベオウルフ〟と〝小竜姫〟との交渉を断念するということだ」

『――！』

クラスタリーダー達が一斉にどよめいた。

誰も予想だにしていなかっただろう。よりにもよって、こうして取り纏め役を担っている『ＮＰ

K』が、肝心の交渉についてまさか辞退を宣言するとは。

誰もが驚愕と動揺を隠せず、互いに顔を見合わせている。もちろん僕やハヌは事前にその理由まで聞かされていたので、特に驚きはしなかった。けれど、初めて耳にした時は大いに意表を突かれたので、驚歎《きょうたん》の声を漏らす彼らの気持ちはとてもよくわかる。

やがて、クラスタリーダーの一人が挙手した。カレルさんは掌で彼を示し、

「どうぞ」

と促す。発言を許可された人は立ち上がり、皆を代表するように言った。

「――差し支えなければでいいんだが、是非とも辞退を決めた経緯を聞かせて欲しい」

おお、そうだそうだ――と同意する声が上がった。質問者は周囲の声を受けて、言葉を続ける。

「我々は、おたくがヘラクレス戦よりもずっと前からベオウルフに声をかけていたと聞いたから、今回の取り纏め役を任せることにした。つまり、あんた達『NPK』が交渉の優先権を破棄するというから、取り纏めの権限を渡したんだ。もちろん公正を期すため機会を平等に分けてくれたのは嬉しいんだが……流石に辞退とまでなると……」

人が良すぎて逆に信用ならない、という言葉を彼は飲み込んだようだった。

おそらく、この質問はカレルさんにとっては予想済みだったのだろう。僕の気のせいでなければ、カレルさんは口の端をわずかに吊り上げて薄く笑ったようだった。

「もちろん、それについては説明させていただく。おそらく卿《けい》らにも当てはまるであろう理由だ。参考までに聞いて欲しい」

カレルさんは中空に手を伸ばし、自身の〝ＳＥＡＬ〟のＡＲメニューを操作した。すると、部屋の壁面に物理ＩＣが埋め込まれていたのだろう。左右の壁際に大型ＡＲボードが浮かび上がり、それぞれ二つの映像を同時に流し始めた。全員の視線がキョロキョロと室内を往復する。

何の映像かを理解するまで、十秒ほどかかった。

どちらも僕とハヌが映っていた。より詳しく言うと、僕から見て右の画面では一九七層の海竜戦、左では二〇〇層のヘラクレス戦の様子が映し出されている。

それらの映像を背景に、カレルさんは語り出した。

「我々が今回の交渉を辞退する理由は、実はそう難しい話ではない。実に単純な話だ」

そう前置きしてから、カレルさんはたった一言で言い切った。

「彼らは強すぎる」

あっけない言葉に、しかし誰も何も言わなかった。

しん、と静まり返る中、ただ僕達がゲートキーパーと戦っている映像が無音のまま流れ続ける。

自分の言葉が染み込むのを待つような間を置いてから、カレルさんは語を繋げた。

「考えてもみて欲しい。確かにベオウルフと小竜姫の力は破格だ。実際『スーパーノヴァ』が実行したように、ゲートキーパーの連続撃破——いや、それどころか、これまでとは比べ物にならないほど短期間で、ルナティック・バベルの頂点まで到達できるかもしれない。いい、しかし」

強い逆接続詞が、残酷なほど冷たく響いた。

「私は卿らに問いたい。この中で、我こそはベオウルフより強い戦士だと、そう断言できる者はいるだろうか？　あるいは、我こそは小竜姫よりも強い術士だと胸を張れる者は？」

自分で言ってしまうのも何だけど、酷な質問だと思った。

片や、たった一人でゲートキーパーを倒したエンハンサー。

片や、術式一つでゲートキーパーを撃破した現人神。

あえて他人事として言わせてもらうと、客観的に考えた場合、この二人に勝てると胸を張って言える人間はそう多くないと思う。いや、本当に自慢でも何でもなくて。

——というか、僕自身が、この間の僕に勝てる気がしなかったりするのだ。もう一度同じことをやれと言われても、絶対に無理だと言い張れるほどに。

「自信のある者がいるなら、手を上げて欲しい。どうだろうか？」

カレルさんが視線を巡らせる中に、動く人はいない。誰もが言葉を失い、押し黙ってしまった。

しんしんと雪が降り積もる野原のように、暗く冷たい静寂。そんな中——

「はい」

しかし、凛とした声と、すらりとした手を上げた人がいる。

僕は、やっぱり、と思いつつ、カレルさんのすぐ隣に立つ女性へと目を向けた。

しなやかで均整の取れた肢体に、マリンブルーのシャツと純白のジャケット、黒のスキニーパンツを着こなしている。トレードマークである輝くような金髪は、今日はストレートに下ろしていた。

『蒼き紅炎の騎士団』の団長である、剣嬢ヴィリー。

美しい深紅の瞳が静かに、けれど、どこか剣呑《けんのん》な輝きを覗かせて右隣のカレルさんを見据えている。全身から滲み出る怒気は、もはや隠すつもりもないらしい。

この集会が始まってからずっと静かにしていたヴィリーさんがここで動くのは、ある意味、予想通りといえば予想通りだった。何故なら一昨日のファミレスでも、彼女はカレルさんに対して猛反発したのだから。僕が予想していたぐらいだ。カレルさんが想定していないはずがない。

彼は隣で手を上げ、突き刺すような視線を向けてくるヴィリーさんを一瞥すると、

「すまない。うちの団長のことは気にしないで欲しい」

至極冷静に対応し、あっさりとヴィリーさんの件を打ち切ってしまった。

そして何事もなかったかのように話を続ける。

「私は思った。ベオウルフ、小竜姫――彼と彼女は強すぎる。そう、強すぎるが故に、制御が利かなくなることもあるかもしれない。その時、彼らの行動を掣肘《せいちゅう》することが出来るだろうか。いや、暴走するだけならまだいい。もし彼らが野望を抱き、クラスタ内で下克上を画策したとしたら、どうだろう？」

僕としては、きっとそんなことは考えないと思うし、実際に一昨日のカレルさんに対してもそう言ったのだけど、

――ラグ君、重要なのは君がどう思うかではない。周囲がどう思うかなんだ。

と、逆にカレルさんに諭されてしまった。

「また、強すぎる力は不和をも生む。諸君らのクラスタの意思統一は充分だろうか？　ご覧の通り、恥ずかしながら我々の内部でも意見が割れている。このまま交渉に入った場合、たとえベオウルフ

と小竜姫の返事が色よいものだったとしても、クラスタ内で起こる不協和音は抑えきれないだろう。それが結果的に、クラスタの崩壊を呼ぶかもしれない」

ここでカレルさんは、ちら、と自分の剣の主を一瞥する。

「――少なくとも私はそう考えた。故に、今回の交渉権については我々『蒼き紅炎の騎士団』は辞退させてもらうことにした。ひとまずこの二人を受け入れさえしなければ、最悪の事態は避けられるだろうという判断だ。以上が、辞退の理由になる」

言い終えて、カレルさんは一度マイクを下ろした。

すると、これまでの話を聞いていたクラスタリーダー達が一斉にざわめき出した。

耳に届くのは「お前のところはどうする?」「いや、言われてみれば確かにな」「乗っ取られる可能性までは考えていなかったな……」「だがあの力はすごいぞ」「トップ集団に仲間入りするためには彼らが必要だ」「リスクは織り込み済みだろう」――などという声。

反応としては、カレルさんの話を聞いて考え直すのも、それでも僕達の獲得を諦めないのも、半々と言ったところだろうか。

僕の腰のすぐ近くで、くふ、という笑い声が生まれる。

「――ちょうどよい。そういうことであれば、妾からも先に言っておくべきことがある」

何と言うことだろう。可愛らしい声が、なんだか妙に不穏なことを言い出したゾ。

この時、僕の胸に去来したものは、嫌な予感以外の何物でもなかった。

「えっ?　ハ、ハヌ?　あの、どうし――」

「カレルよ、それを寄越すのじゃ」

僕の声を無視して、ハヌはカレルさんの持つマイクを指差して要求した。

カレルさんは無言で応じた。いつの間にやら手を下ろして腕を組んでいたヴィリーさんを挟んで、マイクの受け渡しが成される。

「――皆の衆、聞くがよい」

突如マイクで増幅された幼い声に、ざわめき立っていたクラスタリーダー達が動きを止め、振り返った。

彼らが『小竜姫』と呼んでいる少女は、今日も頭から外套を被っていて、その顔のほとんどが隠れている。僅かに見える口元には、実に彼女らしい不敵な笑みが刻まれていた。

すぅ、と息を吸う音に、僕はもう駄目だと諦めた。手遅れだ、もう止められない――と。


「妾達はどこのクラスタにも入らぬ！」


目に見えないガラスが一斉に叩き割られたような、ものすごい台無し発言だった。

五十個ぐらいの顔が一様に呆気にとられるというこの光景を、僕は多分、一生忘れないであろう。

ハヌの大胆発言は止まらない。

「そもそもの話、何故に妾達がここにいる者の下につくことが決まっておるのじゃ？　ふざけるでない。下につくのはおぬしらであろうよ。弱き者が強き者に従うが自然の摂理、世の理じゃ。ここはおぬしらが妾達を取り合うのではなく、揃って額を擦りつけ、配下にしてくれと哀訴嘆願《あいそたんがん》するところであろうが。それを何を勘違いしたか、妾達を傘下に加える算段じゃと？　分を弁《わきま》えぬか、この恥知らず共！」

舌の剣は命を絶つ——とは言うけれども、ハヌの舌剣によって起こる舌禍《ぜっか》は、彼女のみならず僕までもを巻き込むわけで。けれどそんな些事に頓着しない現人神の少女は、なおも鋭い舌鋒を繰り出し、ついにはこんなことまで言い放った。

「よいか、よく聞け！　妾とラトは今日より、『ＢＶＪ』を世界最強のクラスタにすることをここに宣言する！　我こそはと思う者は申し出よ！　その者に資格があれば、仲間となることを認めてやろうぞ！」

ハヌは遠慮とか謙虚さとか慎み深さとかを、お母さんのお腹の中に置いて来ちゃったのかもしれない。そうとしか思えないほど剛胆なことを言ってのけた挙げ句、そういえば、という感じで、

「あ、ちなみにじゃが、弱い者はいらぬぞ。また、肝心なのは妾達と友情を育めるかどうかじゃ。そのことをしかと心に刻んでおくがよい。のう、リーダー？」

最後の最後で、いきなり僕に振ってきた。

「……えっ⁉」

ちょっと待って。今、何て言ったの？

「……リ、リーダー？」

僕はフルフルと震える指で自分の顔を指し、聞き返した。

「うむ。ラトがクラスタのリーダーじゃ。当然じゃろ？」

何を今更、という風に小首を傾げて、フードの奥から蒼と金の金銀妖瞳《ヘテロクロミア》が僕を見上げてくる。

驚きは遅れて爆発した。

「えっ――えぇえぇえぇえぇーっ⁉　なにそれ⁉　聞いてないよ⁉　僕知らないよ⁉　全然、まったく、これっぽっちも！　聞いてないよぉぉぉぉっ⁉」

「そりゃそうじゃろう。いま言ったからのう」

「だからそれを『聞いてない』って言うんだよ⁉　というか、どうしてハヌがリーダーじゃないの⁉　なんで僕⁉」

僕が噛み付くように問うと、ハヌは、くふ、と馬鹿を見るような目で笑った。そして、どこか憐れむような声で、

「のうラト？　考えてもみよ……妾がリーダーという柄に見えるか？」

だったらなんであんなとんでもない大胆発言を勝手にしちゃったんですかぁぁぁぁっ⁉

「えええええええええぇぇぇぇっ⁉」

僕は驚きのあまり頭が真っ白になってしまい、ただひたすら目を剝いて唖然《あぜん》とするしかなかった。

そこに横からカレルさんがやってきて、ハヌの手からマイクを抜き取る。そして、集まってくれたクラスタリーダーの皆さんに向かって、無駄な贅肉《ぜいにく》を削ぎ落とした端的な一言を放った。

「諸君。――だそうだ」

集会はグダグダのまま、どさくさ紛れで終わった。

結局、ハヌの発言によって雰囲気が白けてしまい、潮が引くように解散と相成ったのだ。

集まっていた人達はブツブツと不平不満を漏らしながら、けれども僕達に直接何か言うこともなく、ぞろぞろと帰っていった。

「結局誰も、本気で君達を獲得できるとは思っていなかったということだよ」

終始冷静沈着であり続けたカレルさんは、やっぱり落ち着いた声で僕を慰めてくれた。思わず、「どうしてそんなに落ち着いていられるんですか？」と聞いたら、彼は少し笑って、

「なに。先日の君に手を振り払われた時に比べれば、こんなことは何でもないさ」

そんな風に切り返されて、たまらず恐縮してしまった。その件に関してはファミレスで会った時にも謝罪していたのだけど、未だに申し訳なさがすごい。

カレルさんはそこで話を打ち切ると、むすっとした顔でそっぽを向いているヴィリーさん――そう、ヴィリーさんは僕が思っていたより少し子供っぽい人だったのだ――に声をかけた。

「言った通りだったでしょう、団長？　ラグ君も小竜姫も、おそらく自分達のクラスタを結成するだろう、と。これで貴方も――」

「私は納得はしているけれど、諦めてはいないわよ。カレルレン」

金色に輝く髪を振って素早く振り向くと、ヴィリーさんはカレルさんの言葉を遮り、定規の角のような鋭い視線を突き刺した。

「確かに貴方の考えも判断も正しいと思うわ。だから、もう反対はしない。――けれども、私は彼らをナイツに迎え入れることを諦めたわけではないわ。そのことを忘れないでちょうだい」

言いたいことだけ言って、ヴィリーさんは再びにべもなく顔を背けた。これだよ、という感じでカレルさんが僕に困ったような苦笑いを見せ、肩を竦めて溜息を吐くポーズをとる。

不意にヴィリーさんの目線が僕に向けられた。すると、さっきまでの般若面が、急に満面の笑みへと変化する。にっこり、と音が聞こえてきそうなほど完璧な笑顔。

「ラグ君、聞いての通りよ。残念だけど、今回は見送らせてもらうわ。でも、貴方と小竜姫と共にエクスプロールしたいという気持ちに変わりはないの。いつかきっと、貴方を私の剣として迎え入れてみせるわ」

「あ、えっと……」

こういう時ってどう返事すればいいのだろうか？　カレルさんの手前「是非に！」と言う訳にもいかず。かといって、ヴィリーさんに「結構です」なんて口が裂けても言える訳もなく。

そうやって悩んでいると、ヴィリーさんは僕から視線を外し、突然その場に屈み込んだ。今度はハヌと話すつもりらしい。

ハヌと真っ正面から目を合わせて、ヴィリーさんは言う。

「小竜姫、私は貴女より強いわよ。それなら、額を地面に擦りつける必要はないわよね？」

「ふん。言うてくれるのう、ヴィリー」

確かにこの二人は、僕が病院で眠っている間にそこそこ仲良くなったという話を聞いている。というか、ハヌに『助けてもらったお礼がしたいなら、ラグ君にキスしてあげるのなんてどうかしら？』などという、とんでもないことを吹き込んでくれたのが他ならぬヴィリーさんなのである。

あれは本当に心臓に悪かった。いや、嬉しくなかったと言えば嘘になるのだけど……

そういった経緯があるせいだろうか。二人の会話は挑戦的な言葉ばかりなのに、何故か互いの表情には笑みが含まれている――はずなのに、彼女達の間で火花が散っているような気がするのは、僕の気のせいなのだろうか？　いや、気のせいであって欲しいと、心の底から思うのだけれど。

「試してみる？　なんならラグ君も入れて二対一でも構わないわよ」

「ほう？　ならば妾達の勝利は確定じゃな。ラトがおぬしなんぞに負けるわけがない」

「さあどうかしら？　戦いは単純なパワーだけでは決まらないわよ」

「ふん、おぬしなど妾一人で十分じゃ。剣嬢だか何だか知らぬが、一撃で吹き飛ばしてくれる」

「言ってくれるわね。強がりもそこまで行けば可愛らしいものだわ。うふふふ」

「そう言うおぬしこそな。天に唾《つば》する姿は実に滑稽《こっけい》じゃぞ。ふははは」

とうとうお互いの額をグリグリと擦りつけ合わせ、真っ向から睨み合いを始めてしまった。

――あ、あれ？　これって仲が良い……んだよね……？

仲の良い二人がじゃれ合っているのか、本気で皮肉の応酬をしているのか判断しあぐねていると、

「団長、戯れもそこまででお願いします。そろそろ行きましょう。制限時間も近いので」

カレルさんが二人を止めてくれた。どうやらこのミーティングルームのレンタル期限が近いらしい。

「それじゃ、また会いましょう、小竜姫」

「うむ。頭を下げる気になったらいつでも来るがよい」

「減らず口ね」

うふふ、とヴィリーさんは楽しそうに笑って――よかった、やっぱりじゃれ合っていただけなんだ――不意に深紅の瞳で僕を見た。

「え？」

思わぬ視線の強さに、我知らず声が漏れた。

何と言えばいいのだろう。僕を見つめるヴィリーさんの瞳は、凜としていながら、どこか蠱惑《こわく》的で、妙に胸がドキドキする妖しい光をたたえていたのだ。

ヴィリーさんの右の繊手《せんしゅ》がすっと持ち上げられ、人差し指の先端が僕の顔に突き付けられた。

その右手が拳銃の形を作り、

「絶対に逃がさないから。覚悟しておきなさい」

ヴィリーさんはパチッとウィンクを一つ。

バン、という感じで拳銃を撃つ真似をした。

「――――」

ただのジェスチャーだった――はずなのに。

何だかよくわからない力が、僕のどこかを確かに撃ち抜いていった気がした。

颯爽《さっそう》と背を向けて立ち去っていくヴィリーさんとカレルさんを見送り、どうやら僕はしばし呆然としていたらしい。
我に返った時にはとっくに手遅れで、何故かハヌがものすごく拗ねていた。

――幕間：回想2　了

●5　地雷を踏む勇気

昨晩メッセージで指定した時間より十分も早く、彼女は待ち合わせ場所に現れた。

「おはようございます」

「おっ、おはっ――おはようございますっ！」

そんなロゼさんの挨拶に、僕はついぎくしゃくとした返事を返してしまう。

今日のロゼさんの出で立ちは、藍色のツーピース。色合いは昨日着ていたものと同じだが、微妙にデザインが違う。また、首元に巻いた水色のストールがとても涼やかだ。柔らかそうな印象を受けるアッシュグレイの長髪に、とてもよく似合っている。

まぁ、それらを身に纏っている当人は、相も変わらずマネキンのように無表情なのだけど。

「お早いですね、ラグさん。お待たせして申し訳ありません」

「い、いえっ！　場所と時間を指定したのはこちらですし、それにまだ時間前ですから……」

ぺこり、とロゼさんが丁寧に頭を下げるので、僕は思わず恐縮してしまう。

琥珀色の瞳が、すっと僕の右隣に向けられた。

「……もしや、こちらの方があの〝小竜姫〟でしょうか？」

ロゼさんの言葉が疑問形になってしまうのも無理はない。僕の隣に立つハヌはいつもの外套姿

――ではなく、先日僕と一緒に購入した変装用の服を着て、髪型も変えていたのだから。

小さな身体で竜を倒した姫――そんな由来から〝小竜姫〟という異名を付けられた謎のウィザードは、今や全身を覆い隠す外套と共に語りぐさとなっている。そのため街中を歩く時は極力、このように一般人に見えるような扮装をしているのだ。そうは言ってもハヌは元々目立つ容姿をしているから、周囲の耳目を集めてしまうのは変わらないのだけど。

「え、えーと……はい、そうです。この子が、その〝小竜姫〟です……」

可愛らしい雰囲気の肩出しニットセーターは明るい茶。華奢な両足をピッタリ包むタイトパンツは純白。かぶっているというよりは『かぶられている』という感じの帽子はベージュ。顔を隠す縁の太い伊達《だて》眼鏡はビビッドレッド。陽光を反射して七色に輝く銀髪に、それをまとめる花模様のバレッタ。街ゆくお洒落な女の子――といった風情のハヌは、けれども腰に両手を当て、いつものごとく不敵な笑みを浮かべ、挑戦的な蒼と金のヘテロクロミアでロゼさんを見上げていた。

挨拶も抜きにいきなり口を開く。

「おぬしがロルトリンゼ・ヴォルクリング――じゃな？」

わざわざファミリーネームを強調したハヌに、ひい、と声ならぬ悲鳴を漏らす。

躊躇《ちゅうちょ》なく地雷原へ踏み込むようなその行為に反応したのは、しかし僕だけ。肝心のロゼさんは表情筋を全く動かすことなく、無表情のままスカートを摘まんでカーテシーをする。

「はい。どうかお見知りおきを」

ロゼさんの典雅な所作に、ハヌは満足そうに頷いた。

「よかろう。礼節は弁えておるようじゃな。ラトから聞いておると思うが、今日はこの妾が直々におぬしを見極めてやろう。よもや否やはなかろうな?」

「もちろんです。かの小竜姫のお眼鏡にかなうよう、全身全霊を尽くさせていただきます」

ロゼさんの言動は、やはり昨日と変わらない。顔は無感動で、態度は慇懃。ハヌのカマかけに動じていないのか、あるいは内心で動揺を押し殺しているのか。見た目からは何も分からない。

果たして、ロゼさんは全てを承知の上でここにいるのだろうか。それとも、何もかもが偶然の一致で、実は事件とは無関係なのだろうか——いや、そんなはずはない。意図的に伏せていたであろうヴォルクリングという名前。ハンドラーというマイナータイプ。何より、昨日見たニュースで襲われていた街の名前——リザルク。そう、そこは大国パンゲルニアの西方。事件前まで『ヴォルクリング・サーカス』の拠点があった場所であり、遺跡ドラゴン・フォレストの直近の街の一つであり——

ロゼさんの出身地。

これだけの符合が揃っていて、ロゼさんが無関係だなんて可能性は微粒子レベルでしか存在しない。とはいえ、まだそれらについて言及することは出来ない。昨晩、ハヌと話し合って決めたのだ。

『ラト、おぬしの性格では、そのロゼなる女から話を聞くのは難しかろう。この件については妾に任せておけ。なに、悪いようにはせぬ』

我ながらコミュニケーション能力の脆弱《ぜいじゃく》さには定評がある僕である。自分がどれだけ流されやすいかは、皮肉なことに昨日、当のロゼさんから教えてもらったばかりだ。情けないけど、この件については全面的にハヌに任せようと思う。その方がきっと、色々と上手くいくだろうから。

だって、ほら。

「まずはおぬしの力量をこの目で確かめてやろう。覚悟はよいな？」

「はい。よろしくお願いします」

このように、ハヌが相手だとロゼさんは変な暴走をすることもなく、話はトントン拍子で進んでいるのだから。

——うん。ちょっと地味にへこむ。何というか、常識人であることと、コミュニケーション力の高低には何の因果関係もないのだなぁ、と痛感させられてしまった。

本当、もっとしっかりしないとな、僕……。

「——？　何をしておる、ラト。塔へ行くぞ、早うせい」

「どうかしましたか、ラグさん？」

「へっ？」

気付けばハヌもロゼさんもこちらに背を向けて、移動を開始していた。どうやら一人で考え込んでいる内に、話から置いていかれてしまったらしい。

「——えっ!?　あ、ご、ごめん！　すぐ行くよ！」

慌てて二人の後を追いかける。元より集合場所はルナティック・バベルの近くを指定してあった。ここから五分も歩けば、もう塔の足元である。

僕は並んで歩くハヌとロゼさんの後ろ姿を追いつつ、ふと空に視線を向けた。

雲の上を行く浮遊島フロートライズの天気は、いつだって遮るものなど何もないコバルトブルーの快晴だ。月へとまっすぐ伸びる白亜の巨塔は陽の光を燦然《さんぜん》と照り返し、足元の世俗のことなど素知らぬ顔で、今日も蒼穹を真っ二つに切り裂いているのだった。

ハヌがロゼさんの力量を見極めるということで、僕は後方へ控えることになり。また、ロゼさんの試験もしつつ、昨日中断されたハヌの新戦法についても色々試したいということにもなり。するすると話が進んで——気がつけば僕は、いつの間にか蚊帳の外にいた。

というわけで、一つしかないスイッチはハヌとロゼさんのコンビ用に使われ、僕は久々のソロ状態である。——と言っても、僕の出番なんてまるでなかったのだけど。

「それ、そちらは任せたぞ！」

「了解しました」

早くも本日三度目の会敵。場所はルナティックバベル第一八〇層。昨日ロゼさんと一緒に行った第一八八層よりやや下層で、ポップするSBの危険度も少し下がる。けれど遺跡では一瞬の油断が命取りだ。決して楽観していい場所ではない——はずなのだけど。

「はっ！」

いつもの外套姿に戻ったハヌが、気合と共に小さな手に握った金属製の扇子を振り払う。

あれこそがハヌの新兵器、スレイブ・サーバント・ウェポン〝正対化霊天真坤元霊符《せいたいかれいてんしんこんげんれいふ》〟のリモートコントローラーである。

開かれた漆黒の扇面と十二本の骨には、細かく回路のような幾何学模様が刻まれており、そこからぼんやりとハヌのフォトン・ブラッド――スミレ色の輝きが放たれている。扇子型のリモコンから指令《コマンド》を受け取るのは、宙に浮かぶ二つの水晶球だ。大きさは僕の拳大ぐらい。こちらも扇子と同じく、スミレ色の光を内に孕んでいる。

ブゥン、と扇子型リモコンがスミレ色の輝きを強め、唸った。次の瞬間、攻撃命令を受け取った水晶球が放たれた矢のごとく空を走る。流星のように光の尾を引いて飛翔した二つの水晶球は、果たしてハヌから五メルトルほど離れた場所に立っていたＳＢにほぼ同時に吸い込まれた。

ズドドン、と砲弾が直撃したかのごとき音が響き、水晶球がＳＢの腹と胸に深くめり込む。

『――ＰＰＰＰＰＧＧＧＧＧＧＹＹＹＹＹ⁉』

甲高い悲鳴を上げたのは、魚の頭と人の体を持つ亜人系ＳＢ、ダゴン。青黒い鱗《うろこ》に包まれた二メルトル以上もある巨体をくねらせ、不均等な牙がぞろりと並ぶ魚の口を大きく開き、粘性の高い緑色の液体を吐く。

ハヌの使っている〝正対化霊天真坤元霊符《せいたいかれいてんしんこんげんれいふ》〟――長いのでもう〝正天霊符《せいてんれいふ》〟と略そう――は見ての通り遠隔操作武器である。ハヌの手にある扇子の形をしたリモコンを起点として、最大十二個の護符を封じた水晶球を操ることが出来るのだ。

これは一昨日、露店街の武器屋で見つけた逸品だった。本来なら肉弾戦が得意でない後方型のための武具で、目的は『護身』。つまり近接戦闘を視野に入れていないスタイルの人が、それでも間合いを詰められてしまった際、防御や回避、逃亡の補助として使うものだ。

が、そこはそれ。ハヌは見た目は小さな女の子だけど、その実は何あろう、極東の現人神である。

この正天霊符に限らず、ＳＳＷ《スレイブ・サーバント・ウェポン》には〝使用者の術力の強さで威力が変わる〟という特性がある。結果論ではあるけれど、これがまたハヌにピッタリだった。無論、流石に昨日の〈エアリッパー〉ほどの威力はない――あっても困る――のだけど、ハヌの強大な術力を以て放たれる正天霊符の一撃は、ロゼさんの拳に勝るとも劣らない威力を発揮していた。

ちなみにこの正天霊符、実は仕様として〝十二支〟という十二種類の獣の属性を持っていて、扇子型リモコンの骨の一本一本がそれに対応しているそうなのだけど、今はまだそこまで機能を掘り下げて使用していない。何故なら――

「はっ！　せいっ！　やっ！　たぁっ！」

『ＰＰＧＧＹＹＹ⁉』『ＰＧＧＧＧＧＹＹＹ⁉』『ＰＧＧＧＹＹＹＹＹＹ⁉』『ＰＰＰＰＧＧＧＹＹＹＹＹＹＹ⁉』

ハヌが扇子型リモコンを振る都度、一対の水晶球が飛び回り、十体の群れで現れたダゴンを次々と打ちのめしていく。

そう――ご覧の通りである。余計な小細工など、する必要がないのだ。術力任せに正天霊符を叩き付けるだけで、ＳＢがどんどん活動停止していくのだから。

とはいえ、これを使い始めたのは今日が初めてなので、ハヌが思い通りに操れる護符はまだ二つだけ。慣れてきたら、いずれは十二個全てを動かせるようになるだろう。その時はもしかしたら、下手な汎用攻撃術式よりもよっぽど強力な武器になっているかもしれない。

露店街の店先で、これに一目惚れしたハヌが完全に見た目だけで購入を決めたものだったけど、結果的にはいい買い物だったと思う。――ものすごく高価でもあったけれど。なんと、これ一つで海竜のときのハヌの取り分がほとんど消えてしまったほどだ。

さて、一方のロゼさんはというと。

戦闘が始まった直後、手持ちのコンポーネントから昨日と同じペリュトンを〈リサイクル〉で召喚し、さらに〈リインフォース〉で機甲化させると、彼女は怪鳥の背に飛び乗り、別方角にポップしたSBの群れへと突撃していた。

『グルルルルルルルルルルルルルルァッ!』

機甲化されたSB特有――もしかしたらロゼさんが使役するSBだけかもしれない――の重低音が大気を震わせる。マラカイトグリーンの輝きで武装した機甲ペリュトンの背にコンバットブーツの底を載せ、左腕の鎖を下僕の首に巻き付けて手綱にしたロゼさんは、真っ正面から敵陣に飛び込んだ。

『GGGGGGGRRRRRRAAAAAA!!』

ロゼさんと機甲ペリュトンを迎え撃つのはダゴンと同じ亜人系SB――ゴズキ。一本角の生えた牛の頭と、鉄の色をした筋骨隆々の人体。ダゴンが持つ武器が鋭い三叉鉾《さんさほこ》なら、こちらは巨大な金棒を握る異形の戦士。それが十五体。

「――ッ!」

ロゼさんは飛び込みざま、右腕に絡みつく蒼銀の鎖を鞭のように薙ぎ払った。シャラリと音が立った次の瞬間、稲妻が弾けるように鎖が空を裂く。

電光石火の一撃は五体のゴズキをまとめて直撃した。顔に鎖を受けた一体は身を仰け反らせて吹き飛び、胴体で受けた二体は後方へ弾かれ、足元を払われた二体は派手にひっくり返った。鎖はそのまま転倒した二体の足に絡みつき、宙へと掬い上げる。ロゼさんは手首のスナップを利かせて二体のゴズキをモーニングスターのように振り回すと、残る敵勢へ向けて無造作に投擲した。人型砲弾と化したゴズキ二体が仲間達と激突し合い、奴らはボウリングのピンみたく弾け飛ぶ。

『GGGGRRRAAAAAAAAAA――――！』

これまでの攻撃に巻き込まれていなかった三体のゴズキが、着地した機甲ペリュトンを取り囲み、その背に立つロゼさんへ一斉に金棒を振り下ろす。が、しかし。

『グルルルルルァアアァッ！』

機甲ペリュトンが猛然と巨体をうねらせ、凶悪な形状の双角を振り回した。ぐるりとその場で一回転した角が、三本の金棒をガギィン！　と甲高い音を立てて跳ね返す。

機甲ペリュトンの首に巻き付いていた鎖が、不意にほどけた。そしてロゼさんの双手から蛇のように蒼銀の鎖が伸びて、金棒を弾き返されて体勢を崩したゴズキ二体の腰に絡みつく。

「……ッ！」

小さいけど鋭い呼気。

直後、嵐が吹き荒れた。

二体のゴズキを先端に結んだロゼさんの鎖が、超高速で振り回されたのだ。まるでボックスコングのドラミングのように、ゴズキ達が床や壁に叩き付けられる音が連続する。その中に鎖が産む風切り音や、他のゴズキ達が巻き込まれて上げる悲鳴が混じる。辺り一面にSBの青白いフォトン・ブラッドが撒き散らされ、一時、その場を彩った。

やがて耐久力の限界に達したゴズキが次々とコンポーネントに回帰していき、響くのが風切り音だけになると、ロゼさんは鎖を振り回すのを止めた。その体にいくつものコンポーネントが近付き、彼女の〝SEAL〟へと吸収されていく。

鎖は本体同士が擦れて生まれる音だけを立てて、機甲ペリュトンの足元に何重もの円を描きながら、蛇のように床を這った。やはり何度見てもただの鎖とは思えない。あたかも生きているかのように見える動きは、鎖としては不自然極まりなく、もしかしたら正天霊符と同じくダイレクト・イメージ・フィードバック・システムが搭載されているのかもしれない。いや、むしろそうでなければロゼさんが手足の延長のように鎖を自由自在に操れる道理がなかった。

『GGRRAAAAAAAAAAAA――!!』

仲間を倒された怨みの声か。残る五体のゴズキが雄叫びと共に、ロゼさんと機甲ペリュトンを取り囲んだ。それぞれ一斉に金棒を構え、タイミングを合わせようと――

「〈グラビトンフィールド〉」

凜とした声が響き、直径一メルトルほどのアイコンが発現した。マラカイトグリーンに輝くそれは瞬時に弾け、術式が発動する。機甲ペリュトンの背に立つロゼさんを中心として、半径三メルトルに渡って球状の力場が発生。薄墨色のフィールドが一瞬にしてゴズキ五体を内部に取り込んだ。

『⁉』

あの術式なら僕も知っている。一応は攻撃術式のカテゴリーに入っている術式で、その効果は『フィールド内の自分以外を対象に、通常の三倍の重力を与える』だ。

『GGGRRRRAAA⁉』

目に見えてゴズキ達の動きが鈍った。中には体勢が悪かったのか、金棒を取り落として膝を突いている奴までいる。術式の識別機能によって高重力の影響を受けないロゼさんと機甲ペリュトンだけが、ここぞとばかりに動いた。

「〈烈迅爪《れつじんそう》〉」

『グルルルルラァアアアアアアアアアアアアッ!』

ロゼさんの格闘系と思しき術式の起動音声と、機甲ペリュトンの咆吼とが重なった。

バトルドレス姿のロゼさんの四肢に孔雀石色の光が収束する。一方、同じ輝きを纏った機甲ペリュトンが双翼と角で、三体のゴズキに猛然と攻撃を繰り出した。左右の翼が宙を滑り、先端の刃がゴズキ二体の首をはね飛ばす。頭突きのように高い位置から振り落とされた角の一撃が、正面の牛頭を挽肉のように叩き潰した。

そうして姿勢を低くした機甲ペリュトンの背から、ロゼさんが跳躍。両手両足の先に灯ったフォトン・ブラッドがそれぞれ三本爪の形をとっていて、その姿はさながら藍色の獣。空中でくるっと一回転したロゼさんは、そのまま高重力の檻に囚われた一体めがけて右腕の爪を振りかぶり、

「――――ッ!」

空中で一閃。標的のゴズキの右肩から左脇腹にかけて三本のマラカイトグリーンの軌跡が刻まれる。刹那、ゴズキの体が凍りついたように硬直した。さらに四つん這いになるほど深く屈み込んで着地したロゼさんは、その反動を使ってバネのごとく跳ね、右隣のゴズキに肉薄。

「ッ！」

ヒュッ、と鋭く息を吐いた直後、ロゼさんの肉体が獰猛に躍った。四連続の回転蹴り。竜巻のように回転しながら上昇し、両足で蹴りを繰り出す。ゴズキの腰、腹、胸、頭の順に、鋭い三本爪が吸い込まれるようにして叩き込まれた。

『GR――!?』

頭を砕かれる前に上がったゴズキの短い悲鳴。それが戦闘終了の合図だった。

〈グラビトンフィールド〉が展開されてからゴズキ五体が倒されるまで、さして時間はかからなかった。ほぼ同時に活動停止させられたSBが、連鎖するようにコンポーネントへと回帰していく。

「――小竜姫、こちらは終わりました」

スタッ、と華麗に床に降り立ったロゼさんが涼やかな声で報告して、ハヌの方を振り向いた。

僕もつられてそちらに目を向ける。

「奇遇じゃのう、妾もこれで――」

ハヌが相手にしていたダゴンも、いつの間にやら最後の一体となっていた。さらに気付けば、ハヌの操る正天霊符の護符水晶が四つに増えている。

「――終《しま》いじゃ！」

高らかに宣言して扇子型リモコンを振ると、四つの水晶球が唸りを上げ一体のダゴンに殺到した。

『ＰＰＧＧＹＹＹ――!?』

四方から鉄槌の一撃にも等しい水晶球に襲われたダゴンは、踏み潰されるカエルにも似た悲鳴を上げて活動停止した。

最後のコンポーネントが宙を漂い、ハヌの〝ＳＥＡＬ〟へと吸収される。

結果だけ見れば、ハヌとロゼさんの二人だけで、ダゴン十体とゴズキ十五体を片付けたことになる。しかも、二人ともかすり傷一つ負うこともなく。

先述した通り、今の戦闘で今日はもう三回目になる。この一八〇層に来てから都合百体近くのＳＢを狩ったことになるのだけど、戦いは終始、順調過ぎるほど順調だった。それ自体はとてもいいことなのだけど――

「お疲れ様です、小竜姫」

「うむ。おぬしもな。ところで、先程の術は何じゃ？　化生共の動きが止まったように見えたが」

「はい。先程のは〈グラビトンフィールド〉と言いまして――」

入団試験の一環か、戦闘が終わる都度、ハヌはロゼさんの戦い方について色々と質問をしていた。

それを横目に、僕は思う。

これまでの戦いを見て確信したこと――それは、ロゼさんが根っからのソロエクスプローラーだ、ということだ。先程の戦いを見てもわかる通り、ロゼさんの戦い方は非常にパワフルというか、ワイルドというか――よく言えば力強く、悪く言えば非常に大雑把だった。

鎖で敵をぶん回すのも然り。今もハヌに説明している〈グラビトンフィールド〉も然り。どれをとっても周囲に味方がいないことが前提の行動なのだ。

あれでは、味方はおいそれとロゼさんに近付けやしない。鎖の嵐に巻き込まれては大変だし、〈グラビトンフィールド〉は術者以外の全てに効果を及ぼすし。機甲ペリュトンが高重力の影響を受けなかったのは、単に術式の識別機能が『術者の備品』として認識したからだろう。あれがもし僕だったら、間違いなく激増した自重で動けなくなっているところだ。

敵も味方も関係なし。狂戦士《ウールヴヘジン》もかくやという戦い方であった。

そのせいもあるのだろう。別にロゼさんだけの責任ではないし、そもそも僕が言えた義理でもないのだけど——彼女らの戦闘は自然、コンビというよりソロ二人という感じになっていた。

——というかこの人、どうしてハンドラーなんてやっているんだろう……？

そんな疑問を抱いてしまうほど、ロゼさんの戦闘力は凄まじかった。僕が知っているハンドラーは使役するSBがメインで、術者がサブという戦い方をするはずなのだ。なのにロゼさんの場合は、どう見ても彼女が要《かなめ》で、むしろ使役SBの方が補佐役だ。てんで逆である。もはや格闘士《ピュージリスト》として活動した方が、他の人とパーティーも組めて充実したエクスプロールが行えるのではなかろうか。そうすればきっと、引く手数多だっただろうに。

——もしかしてこれは、何かの〝擬態〟なのだろうか？

ふとそんな疑念が脳裏を過ぎる。

ロゼさんのファミリーネーム、ヴォルクリング。昨日のニュースにあったテロリスト集団『ヴォルクリング・サーカス』。トップクラスタにいてもおかしくない実力を持ちながら、エンハンサーと同じぐらいマイナーなハンドラーに身をやつし、何故か他でもない僕ら『ＢＶＪ』に入団したいと志願してきた。

その目的は一体何だ？

まさか僕達をテロリストへスカウトするとか？　それとも、ハヌが現人神であることを知っているからか？　あるいは、僕が自覚していないだけで恨まれるようなことをしてしまったのか？

わからない。

ロゼさんは一体、あの無表情の仮面の下に、どんな思惑を隠しているのだろうか――？

と、このように深々と思索にふけっていた僕は、手遅れ寸前になるまで背後から近付く気配に気が付かなかった。

「――ラト！」

「ッ、ラグさん！」

ハヌとロゼさんの緊迫した声が同時に放たれ、僕の耳朶《じだ》を打った。

「えッ⁉」

まずは二人の声の鋭さに驚いてビクンと身を震わせ、それから背中に迫る重圧感に気付いた。

「――⁉」

弾かれたように振り返ると、ぬらりと光る青黒い鱗が視界を埋め尽くした。

奇声が耳を劈《つんざ》く。

『ＰＰＧＧＹＹＹＹＹＹＹＹＹＹＹ!!』

それが至近にまで近寄ってきたダゴンの身体だと理解した瞬間、本能が身体を突き動かしていた。右手。後方待機とは言え戦闘中ということで一応は抜いていた白虎。それをとにかく振るう。鳩尾辺りに違和感。そんな山勘だけを頼りに振った白虎の刀身に、ギャリッ、と手応えがあった。僕の腹めがけて真っ直ぐ突き込まれた三叉鉾《さんさほこ》。柄の半ばに白虎の刃が食い込み軌道を僅かにずらすことに成功したが、結局は避けきれず三つ叉《また》の刃に脇腹を抉られる。

「ぐぁっ……！」

一瞬、目の前が真っ白に染まるほどの激痛。けれど、それにかかずらっている暇なんてない。

『ＧＧＲＲＲＲＡＡＡＡＡＡＡＡＡ!!』

二メルトル以上はあるダゴンの巨体の陰、そこからもう一つ、鉄色の人影が飛び出した。ダゴンと同じぐらい巨大な牛頭の怪物――ゴズキ。

左手に現れたそいつに僕は目を見開いた。間髪入れず、無数の棘を生やした獰猛な金棒が横殴りに襲いかかってくる。背後からの突然の奇襲、脇腹の疼痛《とうつう》、畳み掛けられる攻撃に動揺してしまって、まともな反応が出来なかった。どうにか左掌を金棒に向け、〈スキュータム〉を一つだけ発動させるのが精一杯だった。

「――ッ！」

ないよりはマシだった。が、一枚しかない術式シールドはあっさり砕かれ、ほんの少しだけ勢いを削がれた金棒が僕の左二の腕にめり込んだ。

「がッ……⁉」

肉が潰れ、骨が砕ける感触。衝撃が全身を駆け巡って前後不覚に陥る。視界がめちゃくちゃに乱れたと思ったら、気が付いた時には壁に激突して床に転がっていた。

「――がはっ……！　げっ、はっ……！」

もどすように喀血《かっけつ》して、だけど集中力は切らさない。今のでようやく目が醒めた。

僕は歯を食いしばると、白虎を握ったままの右手を床に着いて飛び起きる。そして回復術式〈ヒール〉を三つ、さらに支援術式〈ストレングス〉〈ラピッド〉〈プロテクション〉〈フォースブースト〉を三つずつ同時に発動。傷の回復と身体強化の係数を八倍まで引き上げるのを一挙に実行し、激変する感覚に意識をチューニングする。己の内側から湧き上がる変革。世界が変わる感覚。時間の流れが遅くなって、全神経が研ぎ澄まされていく。

脇腹の傷とひしゃげた左半身が治癒していくのを確認しつつ、状況を整理する。

僕の背後に突然現れたのはダゴンとゴズキ。どちらも一体ずつ。おそらくは時間差でポップした伏兵だろう。遺跡内ではよくあるトラップだ。ソロでやっていた頃の僕なら引っかかるはずもない初歩的なものだけど、今回はハヌとロゼさんの強さに、知らず知らず甘えてしまっていたらしい。すっかり油断していた。そのツケがこの様だ。

情けない。二人はここまで無傷できたっていうのに、それに比べて僕はなんて無様なんだ。

「――こっ、のっ……！」

そんな悔しさがつい行動にまで出てしまった。僕は更に追加で〈ミラージュシェイド〉×10を発動。光学的な幻影が十体、ランダムな場所に現れて僕と同じポーズをとる。

「ッあああああああっ！」

本体の僕も合わせて十一人の黒髪の剣士が全く同時に走り出し、ダゴンとゴズキに殺到する。二体のSBは予想通り視覚でターゲットを認識しているらしく、いきなり増えた僕らに泡を食っていた。強化された脚力で疾風のごとく間合いを詰め、まずはダゴンを狙う。

「〈ズィースラッシュ〉！」

白虎で剣術式を起動。合わせてダゴンとゴズキが攻撃を仕掛けてくるが、どちらも〈ミラージュシェイド〉相手で意味はない。攻撃を受けた幻影は消滅するけど、それでも残る八体と共に僕は〈ズィースラッシュ〉を放った。

白虎の切っ先が走り、剣閃が『Z』を描く。傍目ではそれが九つ、ダゴンの青黒い鱗肌に刻まれたように見えただろう。もちろん、実質的な威力があるのは本体である僕の攻撃だけなのだけど。

『PPGGGYYY⁉』

最後の一突きがダゴンの鳩尾に突き刺さり、奴は身を凍らせて活動停止する。すぐさま刃を引き抜くと、勢いそのまま、金棒を大振りして体勢を崩しているゴズキへと仕掛けた。

「〈ボルトステーク〉〈ボルトステーク〉〈ボルトステーク〉――――！」

白虎の刀身に雷撃の攻撃術式を装填しながら左足を強く踏み込み、鉄色の巨躯の懐へ飛び込む。

ここで僕は装填しておいた攻撃術式と同時に、剣術式を上乗せして発動させた。

「――〈ズィースラッシュ〉！」

稲妻を纏った剣光が奔った。紫電の閃きが『Z』の軌跡をなぞり、ゴズキの肉体を切り裂く。幻影八体もまた僕の動きをトレースして、それを寸分違わず再現してみせた。

雷光に輝く刀身が彗星のごとく尾を引き、最後のスラッシュがゴズキの左胸を穿つ。

『GRRRRRRAAAAA⁉』

見た目だけなら体の九箇所を光の刃に貫かれたようにも見えるゴズキは、実際に受けたダメージも耐久力の限界を超えたのだろう。動きを止め、活動停止シーケンスに入った。

姿が薄れ、情報具現化コンポーネントへと回帰していく。

「……ふぅ……」

ダゴンとゴズキのコンポーネントを続けて〝SEAL〟に吸収すると、ぼくは安堵の息を吐いた。

今の、雷撃の〈ボルトステーク〉と剣の〈ズィースラッシュ〉の合体攻撃。咄嗟の思いつきでやってみたのだけど、なかなかどうして、結構よかったかもしれない。名付けて『サンダースラッシュ』ってところだろうか。いや、流石に必殺技みたいに叫ぶつもりはないけれど。

「ラト！　大丈夫か⁉」

大きな声を張り上げて、ハヌが駆け寄ってくる。僕は周囲を見回して新手が出てこないことを確認してから、支援術式を解除した。〈ミラージュシェイド〉による幻像も掻き消え、本物の僕を見つけて近付いてくるハヌに、あは、と笑って見せる。

「うん、大丈夫。ごめんね、心配かけちゃって」

実はまだ傷を負ったところが痛い気もするのだけど、もう裂傷や骨折は回復しているので黙っておくことにした。

「そうか、それは重畳《ちょうじょう》じゃ。しかし――」

僕の返事にほっとしたのも束の間、ハヌはすぐ蒼と金のヘテロクロミアを吊り上げて怒鳴り散らした。

「――このばかもの！　戦いの最中にぼけっとしていては危なかろう！　一歩間違えればどうなっていたことか！」

「は、はい、ご、ごめんなさい！」

あまりの剣幕に思わず頭を下げてしまう。それでもハヌは収まりがつかないのか、「油断しすぎじゃ」とか「妾以外の女と一緒におるからといって浮かれてはならんぞ」とか、くどくどと説教を始める。僕を心配して怒ってくれているだけに、ぐぅの音も出ない。おかしいな、エクスプローラーとしては僕の方が先輩だったのに、いつの間にか立場が逆転してしまっている気が……

「しかし、その後は鮮やかな手並みでしたね。流石です、ラグさん」

ハヌに遅れて歩み寄ってきたロゼさんが、助け船のようにそんな称賛をかけてくれた。が、ハヌに入団か否かを見極められようとしているロゼさんが無傷で、受け入れる側であるはずの僕がSB相手に接戦を繰り広げたというのは、いささか以上に気まずい。

「す、すみません、ロゼさんにもご心配をかけたみたいで……」

「いいえ、いいものを見せてもらいました。攻撃術式と剣術式の融合……流石は勇者ベオウルフです。あのヘラクレス戦での重複〈ドリルブレイク〉にも驚きましたが、あんなことまで可能なのですね」

「……えっ？」

思わず顔を上げてロゼさんの顔を凝視してしまう。

何だろう？　今、とても聞き捨てならないことを言われたような気がしたのだけど——それが何なのか、すぐには判断がつかなかった。そうこうしている内に、ロゼさんが視線の行き先をハヌに変えてしまう。

「話は変わりますが、小竜姫。いかがでしょうか？　これまでの戦闘で、私の実力はもうわかっていただけたと思うのですが」

「ふむ？」

どうにか溜飲《りゅういん》が下がってきたのか、ハヌは僕に向けていた怒りの矛先を収め、小さく唸った。正天霊符の扇子リモコンを折り畳むと、宙に浮いていた水晶球がデータ化されて消失する。

しばし、んー、と宙を睨んで考え込んでいたハヌは、ふと体の力を抜くと、よし、という感じで頷いた。

「よかろう。それでは結果を言い渡す」

ハヌは外套の内側から鋭い眼光を放ち、ロゼさんを見上げる。

ごくり、と僕は我知らず生唾を飲み込んだ。僕自身の採用通知というわけではないが、ロゼさんに「明日から一緒にエクスプロールしましょう」なんて見得を切った手前、緊張せずにはいられなかった。

ハヌは扇子リモコンの先端でロゼさんの顔を指すと、厳かにこう告げた。

「合格じゃ。ロルトリンゼ・ヴォルクリング、おぬしの加入を認める。これからは妾達の仲間として、その力を頼りにさせてもらうぞ」

くふ、とハヌが笑った瞬間、僕の中に歓喜が生まれた。ぐっと拳を握ってガッツポーズをとる。

「――や、やった！　合格ですよ!?　オッケーですよ!?　よかったですね、ロゼさん！」

僕が思わず声を張り上げてしまうと、ロゼさんはやっぱりニコリともせず、素の表情のままで、

「はい、ありがとうございます」

と頭を下げた。そこに、

「じゃがの」

というハヌの冷たい声が、上がりかけたテンションに水を差した。

見ると、ハヌは鋭い眼差しを未だロゼさんに向けたままだった。口元は笑みの形をとっているけど、目は全然笑っていない。硬質の雰囲気を纏ったまま、ハヌは言う。

「見ての通り妾にも、人に言えぬ事情がある。じゃから全てを話せとまでは言わぬ」

昨日のニュースで判明した地雷原。ハヌはとうとう、そこに踏み込んだ。

「聞かせてもらうぞ。おぬしが何故、妾達の仲間になることを希望したのか、その理由をな」

ギラリ、と金目銀目が剣呑な光を発する。その色違いの瞳は、言い逃れなど絶対に許さない、と言外に語っていた。

ハヌは言う。ロゼさんの行動がどれほど不自然だったのかを。

「おぬしのようなハンドラーはどこのクラスタにも入れてもらえぬ？　いいや、違うじゃろ。おぬしほどの実力であれば、どんな形であれ何処《いずこ》かのクラスタに属することは出来よう。ましてや、このフロートライズという土地には妾達の他にも多くのクラスタがおる。ラトではあるまいに、現に妾を相手に自らを売り込んできているおぬしが、他のクラスタに入れぬわけがない。そう、おぬしにはわざわざ妾達を頼る理由がないのじゃ。ということはじゃ、何か目的があって近付いてきた――そう考えるのが道理であろう。違うか」

ラトではあるまいに、の部分に何気に傷付いたのだけど、今はそんなことを言える空気ではないので、ぐっと我慢する。

「…………」

ロゼさんは表情を変えず、ハヌの視線と言葉を受け止めていた。琥珀色の瞳は凪いだ湖面のように澄んでいて、その内に秘めたものは窺い知れない。

「答えられぬか？　じゃが、答えなければ妾とラト、そしておぬしとの間に信頼関係は築けぬ。これは妾達が仲間となる上で、絶対の必要事項じゃ。拒否は許さぬ。さあ、答えよ！　ロルトリンゼ・ヴォルクリング！」

むしろ地雷を踏み抜くような勢いで放たれたハヌの問い掛けに、果たしてロゼさんは、静かに、しかしはっきりとこう答えた。

「――私の目的は、ラグさんと愛人契約を結ぶことです」

何故か僕が爆発した。

●6　怪物考察

「邪魔するわよ、カル」

ノックもなく気安い声をぞんざいにかけて部屋に入ってきた見目麗しい女を、カレルレン・オルステッドは横目で一瞥すると、すぐに先程まで見入っていた映像へと視線を戻した。

どれだけ整った目鼻立ちをしていようと、彼女――世間に名高い剣嬢ヴィリーことヴィクトリア・ファン・フレデリクスは、彼の幼馴染みだ。そして、彼女と彼は『蒼き紅炎の騎士団』の団長と副団長という間柄でもある。顔などとうに見飽きていた。

「……どうかしましたか、団長。そちらから来るなんて珍しいですね」

現在、『ＮＰＫ』は活動拠点として、中央区にある高級ホテルのワンフロアを貸切にしている。その内の一室、カレルレンに割り当てられた部屋までわざわざやって来た上司に、彼は椅子に座ったまま少し投げ遣りな応対をした。

「ちょっと、ここに他の団員はいないでしょ。普通にしてよ、普通に」

「――おっと、そうだった。すまないな、いつもの癖で」

常であれば部下達の目もあるため、節度を保って敬語を使っているが、元来の二人は気が置けない関係である。カレルレンは詫び代わりにヴィリーへ向き直ると、改めて問い直した。

「で、何の用だヴィリー？　皮肉抜きで珍しいじゃないか、君が俺の部屋に来るだなんて」

「カル、あなたがなかなか説明に来ないものだから、わざわざ聞きに来てあげたのよ。一体全体、どういうつもりなの？」

「？　何の話だ？」

毛足の長い絨毯《じゅうたん》を踏んで近付いてくるヴィリーに、カレルレンは意図を図りかねて首を傾げた。

時刻はもう夕食時に近い。今日も『ＮＰＫ』は二時間ほど前までルナティック・バベルでエクスプロールを行っていたのだが、その時とは違い、ヴィリーもカレルレンも互いに簡素で楽な格好をしている。それでもトレードマークであるゴールデンブロンドのポニーテールはそのままに、深紅の視線を針のように尖らせて、ヴィリーは気炎を吐いた。

「ラグ君のことよ。私に何の相談もなく、彼の入団を断った件。いつになったら説明してくれるのかしら？」

「ああ、その話か」

拍子抜けした、と言わんばかりにカレルレンは溜息を吐いた。

その態度にヴィリーの眼光が鋭さを増し、声の気圧が低くなる。

「その話か、じゃないわよ。本当にどういうつもりなの？　あなたのことだから何かしら考えがあるのだろうけど、そういう時はきちんと説明してと何度言ったら――」

「説明も何も、あの場で言った通りさ」

小言が長くなりそうだったので、カレルレンは彼女の言葉を遮ってそう言った。

「勇者ベオウルフに小竜姫。あの子達は強い。いや、強すぎる。だからこそ、逆に危険なんだ」

文句を切り捨てられた形のヴィリーは、敢えてそのことには触れずに話を続ける。

「……つまり、裏切りや下克上を危惧しているってこと？」

この質問には、少し驚いたようなカレルレンの声が返った。

「いいや？　単純な力比べならともかく、こと『戦闘』なら君と俺とで負けることはまずないだろうさ。それはあの時、君が小竜姫に言った通りだ。『戦いは単純なパワーだけでは決まらない』。彼らがいくら強力な力と才能を持っていたとしても、戦って負ける気はしないな。――今はまだ」

最後の、余計とも言える一言にヴィリーが耳聡く反応する。

「今はまだ？　やけに消極的なのね。将来的には負けるとでもいうの？」

「それはもちろん、将来的な可能性は否定できないさ。ただ……」

「ただ？」

「……あの二人はまだ、荒削りに過ぎる。宝石で言えば原石の段階だな。磨いて光るのか、濁るのか。はたまた劇物で、何かの拍子に爆発してしまうのか」

カレルレンは遠い目をして、己の内側に意識を向けた。数日前に内心で検討した事柄を掘り返す。

「彼らと一緒にいた場合、この先どう転がっていくのか。彼らを抱えることがプラスになるのか、マイナスになるのか。逆に、俺達と一緒にいることが彼らにとってプラスになるのか、マイナスになるのか。いくつかの要素が絡み合った結果、俺達にとって最悪の事態――〝ナイツの解散〟があるかもしれない……そんなことを考えてしまった。そうだな、正直に言ってしまおう。俺は彼らを入団させた場合、将来がどうなるか全く予測できなかったから俺は彼らを入団させたくなかった……まぁ、それが一番の理由だよ」

身も蓋もない話に、ヴィリーの眉根に寄っていた険がふと緩まった。

「……呆れた。カル、あなたのことだからどんな理屈があるのかと思ったら……理屈を突き詰めすぎて感情論になっているじゃないの」

ヴィリーの皮肉を、カレルレンは軽く笑い飛ばした。

「俺ほどの理屈屋ともなると、理屈は所詮、感情の添え物でしかないってことがよくわかるものなのさ。とはいえ、これだけじゃヴィリー、君も満足できないだろう。実は他にも理由がある」

「？　まだ何かあるの？」

首を傾げるヴィリーに、カレルレンは顎を引くようにして頷く。

「さっき言った理由を補強することになるが……まずはこれを見てくれ」

カレルレンは〝ＳＥＡＬ〟から部屋のＡＲボードを操作し、とある映像を流し始める。

ヴィリーはカレルレンが座る椅子の背後へ回り、彼の肩越しから映像に目を向けた。

「これは……ああ、ラグ君が二〇〇層のゲートキーパーと戦った時のものね」

「お調子者の『放送局』が付けた名前は〝ヘラクレス〟か。言い得て妙だとは思うが、英雄を倒した者が英雄呼ばわりされるのもおかしな話だ」

ヴィリーはカレルレンの台詞の後半を無視して、

「これはもう何度も見たわよ？　それであなたが言ったのでしょう？　ラグ君が使っているのはた

だの支援術式、しかし複数を同時起動をしているため爆発的な効果を発揮しているようだ、って」

「ああ。しかも、本来なら短所でしかない術力の異常な弱さが幸いして、フォトン・ブラッドの消耗を少なく抑えて連発することが可能なようだ、ともね」

「ラグ君の術式制御の才能と、普通なら欠点でしかない術力の弱さが上手く噛み合っているのよね。まぁ術力が強かったら強かったで、それもまたかなりの強みになっていたとは思うけれど」

「——だがどうやら、彼の才能は化け物じみた術式制御力だけじゃないらしい」

「……？　どういう意味？」

カレルレンは翡翠の瞳に氷にも似た輝きを宿らせる。彼はARスクリーンに映る、体のあちこちから飛沫《ひまつ》のようにアイコンを表示させては発動させていく少年を見つめ、己が分析を口にする。

「例えば——ヴィリー、支援術式は戦術としては非常に有効なものでありながら、何故かエクスプローラーの間では人気がない。それどころか忌避さえされている。その理由は？」

突然の質問に面食らいながらも、ヴィリーは記憶の引き出しをひっくり返して答えを探した。

「それは……基本的にラグ君のような例外を除けば、フォトン・ブラッドの消耗も激しくて、特に身体強化系は体の感覚がおかしくなって上手く動けなくなるから……でしょう？　ああ、それと、あまり重ね掛けすると〝自爆〟の危険性があるわね」

「だが俺達のナイツでは、特にゲートキーパーのような大物相手には重複支援を使っているな。その時はどうしてる？」

「それは……さっきも言った〝自爆〟を避けるために、ピンポイントで使っているわね。そういえば、この間のボックスコング戦がそうだったじゃない」

「そうだ。強すぎる力は己《おの》が身を滅ぼす危険がある。このあたりは俺がベオウルフと小竜姫をナイツに入れたくない理由にも繋がるんだが――それはさておき、その通りだ。支援術式を使用するタイミングはほんの数秒。さらに、自爆を防ぐため攻撃方法は術式だけと限定している」

「そうね。剣術式なら体の動きを術式がサポートしてくれるから、余計な力が入らないもの。〈ストレングス〉を十回も重ね掛けした状態で剣を振ったら、腕が千切れ飛んでいってしまうわ」

「だが――ベオウルフはそれを可能としている。おそらくは〈ストレングス〉の他に〈プロテクション〉を併用しているからだと考えられるが――」

ARスクリーンに映るムービーには、まさしく少年が三つの支援術式を駆使して、その身を強化しながら立ち回る様子が映っていた。ヴィリーはその姿を見ながら、感嘆の息を吐く。

「こういう使い方もあるのよね。うちでも活用出来ないかしら？」

感心するヴィリーの声を後頭部に受けたカレルレンは、ゆっくりとかぶりを振った。

「だが、おかしいんだ。改めて詳しく調べてみたが、支援術式〈ストレングス〉は攻撃力の強化、〈プロテクション〉は防御力の強化、〈ラピッド〉は敏捷性の強化をする術式なんだが――」

「？　それのどこがおかしいのよ？」

「わからないか？　支援術式を一つの〝SEAL〟に重ね掛け出来る限度は十回までだが、それだけでも計算上は千二十四倍のブーストがかかる。つまりベオウルフの場合、力も防御も速度も全てが千二十四倍にまで強化されるというとんでもない状態になる」

「？？　ごめんなさい、カル。あなたが何を言いたいのかよくわからないわ。つまり、何がおかしいのかしら？」

「俺が理解できないのは、〈ラピッド〉で千倍以上の速度を得ている、という点さ。いいかい？〈ラピッド〉という術式は『肉体の速度』を上昇させるものであって、決して『精神の速度』を強化するものではないんだ」

「………」

深紅の瞳が、ゆっくりと見開かれていく。剣嬢の美貌が、驚愕に染まる。

「力は強くなり、肉体の強度も上がり、動きも速くなる。しかし、それを操作する人間の思考は何の強化もされない。なのに何故、彼はそんな状態でまともに動けるんだ？」

「――嘘、でしょ……？」

ＡＲスクリーンに映る黒髪の少年は、ムービーの再生速度をスローにしていても、ごく自然な動きで戦っている。ヴィリーはてっきり〈ラピッド〉によって思考速度、反応速度、神経伝達速度も含めて全て加速されるものと思っていたのだが、もしカレルレンの言う通りそうでないとしたら、これは異常な光景である。

例えば強化係数が百二十八倍だったとしよう。であれば、この少年は通常の状態で脚を一歩踏み出す時間の内に、百二十八歩も進むことが出来る。

それを何のサポートも受けずに、ここまで正確に御《ぎょ》しきれるものだろうか？　映像の彼はセキュリティルームを所狭しと走り回っているが、どうして足がもつれず、転倒しないでいることが可能なのか。ヴィリーには全く理解が出来ない。

　カレルレンが独り言のように呟く。

「考えられる可能性としては、驚異的な集中力で意識を加速しているのか。それとも、彼が使っている支援術式が普通のものに見えて実は特別製なのか。あるいは〈ラピッド〉の使い方に何かコツがあるのか……いや、後者の二つはやはり無理があるな。となると、やはり彼には術式制御力だけではなく、『千倍の世界』へ行ける化物じみた集中力があると見るべきか。そうか、もしかするとその集中力こそが、あの術式制御を可能としているのかもしれないな……」

　集中力――その単語をきっかけに、ヴィリーは『ゾーン』という用語を思い出した。

　極度に高まった集中力は、極稀に主観的な時間を止めるという。スポーツで言えば、競技中にボールが止まって見えたり。戦闘であれば、敵の動きが手に取るようにわかったり。己以外の全ての時間が止まって見える領域――それを『ゾーン』と呼ぶ。

　もしカレルレンの分析が的中しているのなら、あのラグディスハルトという少年はその『ゾーン』へ自由に出入りしていることになる。周囲の時間が止まっているのかと思うほどの集中力があれば、確かに何百倍にも強化された自身の力を正確に制御することも不可能ではないだろう。

　ヴィリーの背筋に、ぞくりと悪寒が走る。それはある意味、力が強いことや技術があることより、よほど恐ろしいものであるかのように彼女には思えたのだ。

「――話は変わるが、君はおかしいとは思わなかったか？　この二〇〇層のゲートキーパー、〝ヘラクレス〟との戦いを」

新たな質問に、ヴィリーはもはや考えるまでもなく、肩を竦めて降参の意を示した。

彼女の幼馴染みは、その視線の射程をどこまで伸ばしているのか。常人ではついて行けない思考の飛躍に、やはりヴィリーもついて行くことは難しかった。

「……全く、あなたの頭は本当によく回るわね。何かおかしいところでも？」

半分以上呆れながらも訊ねると、カレルレンは頷き、奇妙なことを言い出した。

「俺は妙な作為を感じた。まともな攻撃では抜けない装甲、同じくまともな装甲では防御出来ない攻撃。その上で術力が制限される特殊なフィールド。ヘラクレスが使った、古代術式のものと思われる変身——出来すぎているとは思わないか？」

深刻ぶるカレルレンに、ヴィリーは軽い調子で返す。

「出来すぎているって……それは、ルナティック・バベルもゲートキーパーも古代人が作った人工物なのでしょう？　そこに作為があるのは当然じゃないかしら」

然り、とカレルレンは頷く。

「ああ、確かに作為はあって当然なんだが、その作為が妙なんだ。そうだな……まるで〝試されている〟……いや成長や進化を〝促されている〟ような——」

カレルレンはここで一度沈黙を挟み、思考をまとめるような間を置いた。

「——第一〇〇層の〝アイギス〟では、英雄セイジェクシエルによって新たな術式が開発された。第一五〇階層では倒しても倒しても新たに出現するゲートキーパーに、人々は大人数で団結する重要性を知った。そして二〇〇層のヘラクレスでは、支援術式を極めたベオウルフが勝利を手に入れた――つまり」

「つまり？」

「あのヘラクレスは、支援術式を活用しなければ勝てないよう設計されていたんじゃないか、と俺は考えている」

「…………」

カレルレンの発想を元に、ヴィリーもまた思考を巡らしてみる。すると、まるでそれをトレースするかのように、カレルレンが説明を続けた。

「術力制限フィールドは一面だけ見れば、強力な攻撃術式が放てない不利な条件に見える。だが、支援術式に限って言えばそうじゃない。むしろフォトン・ブラッドの消耗を抑え、使用回数を増やせるまたとない機会だ」

カレルレンが言葉を切ったタイミングで、ヴィリーは自身の考えを口にした。

「……その術力制限フィールドにいる、普通に戦えばまず勝てないゲートキーパー。けれど、もしクラスタ単位で支援術式を駆使して戦えば、決して勝てない相手ではなかった――ということ？」

「そうだ。支援術式を扱う訓練をして、ベオウルフのように強化された肉体を自在に操れる戦士がいれば、あのヘラクレスは彼でなくても倒せたはずだ。そして、おそらくはそれが設計者の狙いだった」

だった、と過去形を用いるのは、ある意味ではその狙いが外れてしまったからであろう。ヘラクレスの設計者もまさか、支援術式を駆使するのはともかく、それがただ一人の少年によって成されるとは夢にも思わなかったに違いない。あの六本腕は、どう見ても一対多を想定した変身だったのだから。

「……本来なら、俺達エクスプローラーは二〇〇層を前に、しばらく足踏みするはずだった。いや、むしろそうでなければならなかった。然るべき研究をして、然るべき進化を遂げ、然るべき形で試練を突破する。それが古代人が想定していたシナリオだった。だがそれを、一人の天才が横から破ってしまった」

カレルレンは声を低め、心の底からそう思っているように、重い言葉を吐いた。

「ラグディスハルトは怪物だ」

翡翠の視線の先で、その怪物がとうとうスロー再生でも追い切れないほどの速度まで加速して、ついには一瞬でヘラクレスを爆散させた。一体どのような攻撃で堅固な装甲を貫いてとどめをさしたのか、これ以上はより精細な映像解析が必要となる。既に専門家にデータを渡してはいるが、解析結果が出るのが何時になるのか、皆目見当がつかなかった。

「強く、そして弱い。不思議な怪物だ。これから先、どう成長するのかまるで予想できない。最終的に仲間になってもらうにしても、それは少なくとも今ではない。それにこれは勝手な推測だが、彼らは野に放っていた方がむしろ成長が早いように思う。だからというわけでもないが……」

言うべきか否か、カレルレンは迷ったようだった。しかし、逡巡《しゅんじゅん》の果てに彼はこう言った。

「古代人の思惑と、ちょうどよく現れた打って付けの力を持った少年――さっきも言ったが妙な作為を感じるんだ。もはや、きな臭さすら感じるほどにな。もちろん、明確な繋がりを示唆《しさ》する証拠はない上、ただの直感で、可能性としては大分薄いんだが……しかし、もし何かしらの繋がりがあったとしたら、と思うとな……」

言葉通り、確信を持っているわけではないのだろう。カレルレンはらしくもなく、歯切れの悪い言い方をした。

「つまり、ラグ君の近くにいれば、私達に災難が降り懸かる――とでも？」

「――かもしれない。とにかく、何にせよ今は様子見が妥当だと俺は思う。――話は以上だ。さて、納得はしてくれたかな、我が主？」

椅子に座ったまま肩越しに振り返り、カレルレンはからかうような笑みを見せた。

それを受け止めたヴィリーは、口元に不敵な笑みを刻む。深紅の双眸が強い意志の光を放った。

「あなたの言いたいことはよくわかったわ、カル。でも、前にも言ったでしょう？　私は納得はしているけれど、諦めてはいないわよ――って。むしろそんな話を聞かされて黙っていられるほど、可愛い女じゃないのよ、私は。何がどうなろうと、最後には私の思惑に従ってもらうんだから。憶えておきなさい」

その傍若無人とも取れる言い分に、カレルレンは苦笑するしかない。

「私は誰にも負けないわ。あなたが何を心配しているのか知らないけれど、相手が怪物だろうが何だろうが、全て超えてしまえばいいのよ。そうすれば何の問題もないでしょう？」

「そうだな。理屈の上では、まったくその通りだ」

ヴィリーの大言をひねた態度で受け流し、カレルレンはＡＲスクリーンの表示を変える。ヘラクレス戦の映像が消え、今度はニュースの記事が映った。

「……これは？」

「そんな気鋭の団長殿にピッタリの、おもしろそうなニュースを見つけておいた。君がここに来るまでにいくらか調べたんだが、どうやら俺達も無関係ではいられなさそうなんでな」

「――――」

興味を引かれ、ヴィリーは並んでいる文字列に目を通す。そこには、とあるテロリスト集団が出した犯行声明と、次の犯行予告を引用した記事が書かれていた。

テロリスト集団の名前は『ヴォルクリング・サーカス』。記事によると、元々はマイナーなエクスプローラータイプであるハンドラーだけで構成されたクラスタだったらしい。

そのハンドラーの集団が何をしたかと言えば、千体以上のSBを具現化させ、大国パンゲルニアの地方都市を壊滅状態に追い込んだのだという。

彼らは引き続き新たな戦力を蓄えるため、世界各地の遺跡がある地域を標的にすると予告していた。遺跡の近くには必ずと言っていいほど、コンポーネントを買取・管理する施設がある。暗にそこを襲撃すると宣言しているのだ。

現時点での犠牲者数は三千超。その数字に、ヴィリーは眼光を鋭くし、歯を食いしばった。

「――本当に『ここ』にも来るのかしら」

もしそうなら喜ばしいことだ、と彼女は思う。こいつらを騎士として真っ向から断罪してやれるのなら願ってもない話だ。しかし彼女とは対照的に、カレルレンは冷静な姿勢を崩さなかった。

「可能性は高いな。ここは浮遊都市だ。守るに易く、攻めるに難い。一度占領してしまえば、テロの活動拠点としては申し分がないはずだ」

「望むところだわ」

ヴィリーのはっきりした声が室内に響いた。炯々と憤怒の炎を燃やす瞳が、ＡＲスクリーンに映る犯行予告を視線で射貫く。力強い台詞に、カレルレンはニュースを消して立ち上がり、

「——わかった。なら、明日からしばらくはエクスプローラーではない『蒼き紅炎の騎士団』へと移行しようか」

快く了承する幼馴染みの姿に、ヴィリーは珍獣でも見るような目を向ける。

「あら、珍しいわね。反対はしないの？」

カレルレンはわざとらしく肩を竦めて見せた。

「どちらにせよＳＢを退治するのなら、遺跡に行こうがテロリストを出迎えようが結果は同じだろう？　騎士団の『運営』係としては、別段文句はないさ」

全く以て理路整然《りろせいぜん》とした物言いに、今度はヴィリーが苦笑する番だった。

「なるほど、ね。やっぱりあなた、ラグ君と違って全然可愛くないわ」

「なに、子供と可愛さで勝負するつもりはないさ。勝てる道理がないからな」

そう言ってカレルレンは右手を顔の高さまで上げると、その掌をヴィリーに向ける。

それを見たヴィリーは笑みを深め、自らも手を上げると、

「頼んだわよ、私の騎士」

カレルレンのそれに勢いよく叩きつけた。

「お任せあれ」

厳かぶったカレルレンの声と共に、手を打ち合わせる小気味よい音が鳴り響いたのだった。

●7　その手に欲するは英雄の魂

驚きで頭の中が真っ白になった。

「――なっ……あっ……!?　えっ……へっ……!?」

未曾有《みぞう》の衝撃だった。頭の中を直接ハンマーで殴られたような気分だった。

愛人契約。

なんという言葉の破壊力。どうしてその単語がここで出てきたのか、さっぱりわからない。

あいじんけいやく。

何だっけ、どうしてそんな話になったんだっけ。ダメだ、頭が混乱して上手く思考が回らない。

アイジンケイヤク。

なんかこう、アイシング的な。冷やしてどうこうみたいな。いや違う。そうじゃない、そうじゃないだろ僕。何考えてるんだ。

落ち着け。そうだ。愛人の契約だ。それで愛人って何だ。ええと、辞書アプリによると『愛する人。恋愛関係にある人。恋人。人を愛すること』って出てくるけど、つまりロゼさんは僕と交際がしたいと？　でも契約ってことは何か条件があって、金銭の受け渡しが発生したりするわけで。

え？　いやいや待って待って。違う違う。そんな生易しいものじゃない。知っている。僕はちゃんと知っているはずだ。愛人契約っていうのは、つまりメシベとオシベがくっついて受粉するかしないかみたいな話で。お金を払うことで刹那的な快楽を得る、爛《ただ》れた関係のことで。つまりロゼさんは僕と肉体かんけ

ハヌがこっち見てる。

「――。」

鳩《はと》が豆鉄砲を食ったような顔で、キョトンと小首を傾げて僕を見ている。

「……！」

ぶわ、と変な汗が一斉に噴き出た。嫌な感じに粘りのある冷や汗だ。ハヌの金目銀目から放たれる無邪気な視線が、今の僕にとってはレーザービームよりもなお鋭い。あれは一体どういう目なんだろうか。意味が分かってないのか、それとも嵐の前の静けさなのか。

すい、とハヌの視線がロゼさんの方を向いた。

「…………」

少しの間、僕にしたのと同じようにロゼさんの顔を見つめた後、ハヌはちょいちょいと手招きをした。こくり、とロゼさんが頷くと、ハヌに歩み寄って膝を突き、耳元に唇を寄せる。ごにょごにょごにょ、と何事かを囁いた。

「……？」

ハヌの眉根が寄せられ、怪訝《けげん》な表情になる。どうやらロゼさんの言うことが上手く理解できなかったらしい。その様子を見て取ったロゼさんが一度身を離し、何か考え込むように天井を仰ぐ。そ

れから再びハヌの耳に口を寄せ、何事かをささめくと――

「――⁉」

ハヌの目が皿のように見開かれた。今度は理解できたらしい。ぱっと身を離し、ハヌはロゼさんの仮面をかぶったような顔を凝視する。中途半端に開いた唇がわなわなと震え、しかし何か言うよりも早く、ロゼさんがまたハヌの耳朶に唇を近付けた。

ごにょごにょごにょ。

「ッッ！！！」

ビリッ、とハヌの全身を電気が駆け巡ったようだった。驚いた猫みたいに体を震わせたハヌは、頬を真っ赤に染めて、飛び退くようにロゼさんから離れた。

動揺で揺らめくヘテロクロミアが、ものすごい勢いで僕とロゼさんとを交互に見る。

そして、小さな唇から泣きそうな声が飛び出した。

「――ダ、ダメじゃ！　許さぬ……！　許さぬぞ！　ラトは……ラトの一番はこの妾じゃ！　妾が……妾こそがラトの一番の親友なのじゃ……っ！　おぬしらがイチャイチャチュッチュッするなど、認めぬ！　断じて認めぬ！　認めぬぞぉ――――――ッッ‼」

喋っている途中でハヌの両眼からぼろぼろぼろぼろと大粒の涙が零れ始めて、終いには天井に向かって絶叫した――って、

「――えええええええええっっ⁉」

イチャイチャて⁉　チュッチュッて⁉　ロゼさん何をどんな風に説明したの⁉

「いいえ、小竜姫。大丈夫です。ラグさんの本命はあなたで間違いないのですから。正妻の座は安《あん》泰《たい》と相場が決まっています」

「ちょ——あのっ⁉」

ねえもう何言ってるのこの人⁉　ねえ⁉　誰か教えて⁉

「〝本命〟⁉　なんじゃそれは！　それで妾の何が救われる⁉」

えらく哲学的な問いが飛び出した。べそ泣きでロゼさんに噛み付いたハヌは、今度は僕に矛先を向け、

「——ラトはどうなんじゃ！　結ぶつもりかアイジンケイヤク！　この妾を差し置いて！」

怒気を孕んだ色違いの視線が僕に突き刺さる。

「えっ⁉　えっ、僕⁉」

え、あれ？　こ、これ僕が怒られる流れなの？　というか、こういう時って何を言えばいいんだ？　何を言っても失敗する気しかしないのだけど——

「…………！」

僕は言うべき言葉も取るべき行動もわからず、だらだらと脂汗《あぶらあせ》を垂れ流すだけの彫像《オブジェ》と化した。

こういう時、タイミングよくＳＢがポップしないものだろうか。そうすれば、このものすごい重圧から逃れられるのに。もし今、この場に居続けることと、あのヘラクレスと再戦することのどちらかを選ばなければならないのだとしたら、今の僕だったら躊躇《ためら》いなく後者を選ぶ。それぐらい精神的に追い詰められていた。

しかし世の中はままならない。ハヌの人差し指が、ずびし、と僕を指差す。

「どうした、答えられぬか！　はよう答えよ！　先日『僕とこれからずっと一緒にいてください』と言うたのは嘘だったと申すかぁ――――――――!!」

涙ながらハヌから鋭い言及の剣を突きつけられた僕は、いきなり崖っぷちにまで追い詰められてしまった。だけど、流石にあの時の言葉まで嘘だったことにされるのは嫌すぎる。こうなったら、はっきりと否定しなければ。

「――ち、違うよ！　誤解だよハヌ！」

「黙れラトの言うことなどもう聞く耳もたんわっ！」

「えええええええええええっ!?」

早く答えろって言っておきながら!?

あまりにも理不尽な展開に、しかし僕は気付く。今のハヌは感情的になって暴走している。つまり、理屈は通じない。ということは、こちらも力押しで否定し続けるしかないのだ。

声を張り上げ、全身を使ってジェスチャーする。

「だ、だから誤解なんだって！　結ばないよ！　その、あ、あ、あ――じん契約とか！　っていうか僕まだ結婚してないし！　それなのに浮気も何もないんじゃないかな!?　そもそも僕とロゼさんはイチャイチャとかチュッチュッとかしないし！　してないし！　ちゃ、ちゃんとハヌが一番の親友だし！　これからもずっと一緒にいて欲しいし！　嘘じゃないし！　っていうか僕もう何言ってるのかわからなくなってきちゃったよ!?　なんだかものすごく恥ずかしくなってきちゃったよ!?

どうしてこんな話になってるのかな⁉」

大声を出しすぎて酸欠になったのか、頭がクラクラしてきた。

「そこです、ラグさん。正妻としてちゃんと愛していると言ってあげてください」

「あのすみませんけどロゼさんは黙っててくれませんか⁉　あとこの状況一体誰のせいですか——ッッ⁉」

しれっと口を挟んでくるロゼさんにぴしゃりと言い放って、僕はハヌに向き直る。深呼吸をして、

「——と、とにかく誤解だから、ねっ？」

「……本当か？」

じとっとした目で僕を見上げてくるハヌに、うんうんと力強く頷く。

「……返事が遅かったのは何故じゃ……？」

「うっ……そ、それは、その……い、いきなりでビックリして……」

「……アイジンケイヤクの件については、昨日話したとあやつは言っておったぞ……？」

「い、いや、それはまさか、ロゼさんが本気だなんて僕も思ってなくて……えっと……その……ちゃんと話してなくて、ごめんなさい……」

「……では、本当にそのような契約は結ばぬのじゃな……？」

「もちろんだよ！　絶対！　約束する！」

これには首が引っこ抜けるほど激しく首を縦に振った。

「…………」

しばし、僕の心の奥底まで覗くように疑いの眼差しを向けていたハヌだったけれど、やがて、すん、と鼻を鳴らすと、

「……よかろう、その言葉、信じるぞ……？」

と言ってくれた。僕は猛烈に安堵して、大きく息を吐く。

「よ、よかった……」

腰が抜けそうなぐらい安心して、思わずその場にしゃがみこんでしまった。それから不意に思い至り、ストレージからハンカチを取り出してハヌに差し出す。

「あ、はい、ハヌ。これで顔を拭いて」

「……うむ。苦しゅうない……」

ぐしぐし、とハンカチで目元を覆うハヌ。ずびび、と大きく鼻を啜ると、

「――しかしの、そうなると疑問が一つ残るんじゃが」

片手で涙を拭いながら、急にはっきりした声でそう言った。さらにもう一方の手を僕の顔に伸ばし、むにゅう、と頬の肉を摘む。

「ほ、ほひ？」

あれ？　なんで僕のほっぺたを？

「ラトとロルトリンゼはアイジンケイヤクを結ばぬ。となれば、ロルトリンゼ、おぬしの目的は達成されぬ。この場合、おぬしはどうするつもりじゃ？」

ハヌの顔も声もロゼさんに向けられていた。ただ、その左手だけが僕の頬肉をぐにぐにと抓《つね》って

いる。……これって、もしかしなくても八つ当たりという奴だろうか？　しかし理由がどうあれ、僕が原因でハヌを泣かせてしまったのは事実なので、されるがままにされないといけないのだけど。うう、地味にちょっと痛い……

「困ります」

ロゼさんの返答は至極簡潔だった。冷静沈着に、まるでロボットのように、ロゼさんは言う。

「私はそのためにここまで来ました。愛人契約がだめでしたら、他の契約を結んでいただきたいと思います。昨日も申し上げましたが、私と契約を結んでいただけるのであれば、この命以外のものなら何でも差し出すつもりです。ですからどうか――」

どう考えても尋常ではないことを言い出したロゼさんに、僕は思わず質問を口にしていた。

「はほ、ほほひへほふはふへふは？」

が、ハヌにほっぺたを抓られているせいでまともな言葉にならなかった。

「「……？」」

屈んでいる僕に視線を集中させて、同じタイミングで首を傾げるハヌとロゼさん。ぱっ、とハヌが手を離してくれたので、僕はロゼさんを見上げ、改めて言い直した。

「――あの、どうして僕なんですか？」

自分では素朴な疑問のつもり――だったのだけれど、僕とロゼさんの間にあった空気が、ピキン、と凍りついたような手応えがあった。

でも、気になってしまったのだから仕方ない。だって、

「あの……自分でも言うのも何ですが、僕は別に顔がいいわけでも、お金持ちでも、すごく強いわけでもありません。そういうことでしたら、僕よりもっと条件のいい人がいますし……」

ふと脳裏によぎったのは『ＮＰＫ』のカレルさんだった。そう、例えばあの人だったら、美男子だし、トップクラスタのナンバー2だけにお金もたくさん持っているだろうし、強さには太鼓判が押されている。愛人契約なるものを提案するなら、僕なんかよりもカレルさんの方がよっぽど適切な相手ではないだろうか。もちろん、年齢的な意味でも。

「で、ですから、いくら何でも、その……僕達の仲間になる理由が、僕の愛人になるためっていうのは、あの、なんか変といいますか、正直、どうも腑に落ちないいん、です、け、ど……」

語尾が尻窄《しりすぼ》みになっていったのは、自虐の言葉で本当に傷付いてしまったわけではなく、石膏《せっこう》のように固まってしまったロゼさんの顔に臆してしまったからである。僕は僕で、どうやら踏んではいけない場所を踏んでしまったらしい。ふわふわと柔らかそうなアッシュグレイの髪も、夕焼けに照らされた湖面のような瞳も、まるで時が止まったかのように静止している。

でも、確かめなければならないことは他にもあった。

「そ、それに、愛人契約でなくても、命以外なら何でもって……あの、契約ってことはつまり、僕に何かしらの対価を求めている、ってことですよね……？　そこまでして僕に求めることって、いったい何なんですか？　さっきも言いましたけど、僕はそんなに大した価値のある人間じゃないと思うんですけど……」

昨日、『カモシカの美脚亭』でロゼさんは僕にこう言った。

『私を、買って下さい』

つまり、命以外のものなら何でも売る、と。それは即ち、そうまでして手に入れたいものがある、ということだ。だけど、それが『僕自身』であるとは、到底思えないのだ。

ここでハヌが、右拳で左手をポンと叩いた。

「――おお、なるほど。確かにそうじゃ」

得心がいったぞ、と彼女は言う。

「ロルトリンゼ、おぬしが自分自身を強く売り込んでくるから気付かなんだが、考えてみればラトの言う通りじゃ。契約ならば等価交換が原則。おぬし、それだけのものを差し出して、一体ラトから何を受け取るつもりじゃ？」

よもや『僕の愛』などと答えるつもりもなかろう。

「――――」

ハヌの質問にもロゼさんは沈黙を守っていた。だけど、じっと見つめる僕とハヌの視線に根負けしてか、やがてそっと息を吐く。人形のような顔を一瞬、自嘲《じちょう》の陰が斜めに滑り落ちた。

「……出来れば事後承諾の形を取りたかったのですが、こうなっては致し方ありません。正直に話します」

ロゼさんの右手が上がり、腕に巻き付いた鎖が、しゃらり、と音を立てた。ピンと伸びた人差し指が、真っ直ぐ僕の顔を指す。

「私が欲しいのは、ラグさんの持つコンポーネント、ただ一つです」

その声音は鋼《はがね》のように硬く、その瞳はガラスのごとく無機質だった。

「ルナティック・バベル第二〇〇層のゲートキーパー・ヘラクレス——その魂こそが、この身を引き替えにしてでも手に入れたい、私の悲願です」

■

ルナティック・バベル第二〇一層。

クラスタ『ドラゴンヘッズ・ジョーンズ』は今日も最前線におけるトレジャーハントに精を出していた。

「——ＳＢポップ確認！」

「よおし探索中止！　総員、戦闘態勢に移れ！」

陣形の前後に配置した斥候《せっこう》隊が見敵を報告、リーダーのライオウが直ちに指令を発し、メンバー全員が各々の得物を構える。

『ドラゴンヘッズ・ジョーンズ』はゲートキーパー戦などを行わないため目立たないが、それでもトップ集団の片隅に位置しているクラスタだ。それだけに、実に統制のとれた動きである。

彼らの前に顕現したのは、二色に分かれた魔犬の群れ。漆黒のケルベロスと白銀のオルトロスがそれぞれ二十体ずつの、計四十体。

『ＰＰＰＰＲＲＲＲＲＲＲＲＹＹＹＹＹＹＹＹＹＹ‼』

百個の口から、電子音による集団咆吼《ウォークライ》が一斉に上がった。

対する『ドラゴンヘッズ・ジョーンズ』は六人パーティ×三の十八名。ヒーラーやタンカーもいるが、基本的には近接戦闘を得意とする前衛型が多い集団である。

「はぁあああああっ……！」

斥候と一番槍を務める一人が迅速に飛び出した。両手に鋭い短刀を携えた彼は、放たれた矢のごとく魔犬の群れへと突っ込む。白銀の刀身に、黄土色の剣術式アイコンが灯った。

「──〈ツインサーキュレーション〉！」

フォトン・ブラッドの輝きを纏った二振りの短刀が、流麗な軌跡を描いた。直進連続攻撃術式〈ツインサーキュレーション〉は円を描く運動によって剣閃を循環させながら前進する、ただそれだけの剣術式だ。しかし術式だけに当然、威力には五倍以上、速度には十倍以上の補正がかかっている。

駆け抜ける刃の嵐。疾風迅雷の速度で狂ったように乱舞する黄土色の輝きが、魔犬の群れを文字通り真っ二つに切り裂いた。

『PPPPPPYYYYYY──⁉』

いくつもの断末魔の咆哮が響き、その数倍の本数の首が宙を舞う。ケルベロスもオルトロスも、全ての首を失った個体は活動停止シーケンスへと移行していく。

「前衛隊はリヒトに続け！　立て直させる暇を与えんな！」

『おおおおおおおっ！』

リーダーのライオウから号令が飛び、メンバーの雄々しい叫びがそれに応える。一人、また一人と得物を手に敵陣へ飛び込んでいく。

「〈雷獣連牙《らいじゅうれんが》〉！」

「〈クレセントスプラッシュ〉！」

「〈ライオットシューティングスター〉！」

稲妻をまとった戦斧の連打が、三日月刀《シミター》の放つ水飛沫がごとき無数の斬撃が、流星雨よろしく槍の連続突きが、次々と魔犬を襲う。突進系の大技が群れを寸断していく。

『PPPPRRRRRRRRRRRRYYYYYYYYYYYY⁉』

「今だ！　一気に畳みかけろ！」

『おおおおおおおお――――っ！』

ズタズタに引き裂かれたSBの陣形に、さらに後続のメンバー達が追撃をかけ、戦局が各個撃破へと移った。

「〈ヴァーミリオンスフィア〉！」

「〈エアリアルドライバー〉！」

「〈ソイルランサー〉！」

さらに後衛メンバーから一斉に攻撃術式が放たれ、小さな隙すらその援護によって消失する。こうして『ドラゴンヘッズ・ジョーンズ』は、四十体もの魔獣に何もさせることなく、迅速に殲滅《せんめつ》していった。

戦闘時間は三分にも満たなかっただろう。全てのSBがコンポーネントに変化し、メンバーそれそれぞれの〝SEAL〟へ吸収されていくのを見届けると、一同はそれぞれに緊張を解いた。

「……よし、被害状況を調べろ！　傷を負った奴はケインから治療を受けろよ！」

『ドラゴンヘッズ・ジョーンズ』では原則、一つの戦闘ごとに足を止め、徹底的に態勢を整えることを習慣づけている。それは彼らがコンポーネント収集を目的とする戦闘集団ではなく、遺跡内に眠っているアーティファクトを探索することを主とする、純粋な意味での『探索者《エクスプローラー》』に近いクラスタだからである。〝安全第一〟、それが彼らのモットーだった。

「――リーダー、ちょっと……」

「お？　なんだ、どうした？」

後方の斥候役を与えていたはずのメンバーが、何故か陣形の中央にいるライオウの下までやってきた。大した理由もなく持ち場を離れるような甘い統制は取っていない。つまり、ここにくるだけの何かがあったのだ。

元々厳めしい面をさらに険しくするライオウに、しかし斥候役は歯切れの悪い調子でこう告げた。

「その……リーダーと話がしたいというエクスプローラーが……」

「あぁん？」

ライオウは露骨に顔を顰めて聞き返した。別段、遺跡内で複数のエクスプローラー、クラスタが鉢合わせになることは珍しくも何ともない。が、ちょっかいをかけてくるとなれば話は別だ。

「何だ？　助けてもらいてぇってか？　それとも、何か分けてもらいてぇってか？」

フォトン・ブラッドが枯渇寸前で怪我も負っている、故に助力や回復に使えそうな物資を求めている――そういうことならまあある。当然そんな極限状態を助けるのだから、いただく対価もそれなりに、というのが定番だが。

しかし、そんな不用心な馬鹿がこの最前線にまで来るとは考えにくい。となると、答えは二択だ。余程の不測の事態が起きたか、それとも――本物の馬鹿か。

「いや、それがその……どうもそういう感じではなくて。ただ単に、リーダーと話がしたいみたいなんですが……」

「何だそりゃ？」

ますます意味が分からない。話がしたいのなら『下』でゆっくりするのが普通だ。鉄火場のど真ん中で話しかけてくるなど、空気が読めない馬鹿のすることだ。たとえ急ぎの用事だったとしても、あまりに無節操な振る舞いではないか。

「……人数は？」

「それが、どうやら一人みたいで」

ソロ。こんな場所に。怪しいにも程がある。しかし、

「……まあいい。話だけなら聞いてやる。連れて来い」

「はい」

一人だというなら、何を企んでいようがこの人数相手に滅多なことはするまい。ライオウはそう判断した。

果たして、斥候役が連れてきたのは線の細い優男だった。

「ああ、どうもどうも。いきなり話しかけてすまないねぇ」

軽い口調で話しかけてくる男を、ライオウはじろりと睨む。

どこぞの制服だろうか。オリーブグリーンの軍服らしきシルエットの戦闘服に、黒衣を羽織っている。鈍色の髪の上には服と同じデザインラインの帽子。武器らしきものは携行していない。出で立ちから察するに、ウィザードのような後衛型か。しかし、そんな奴がソロでこの最前線に？　見立て違いか、はたまた、見かけによらず相当な実力者なのか。外見からではまるで類推出来ない。

「――こっちは忙しい。用件は手短にな。何の用だ」

さっさと話してとっとと消えろ。そんな意思を言外に籠めてライオウは言い放つ。

「人を探してるんだ」

男は飄々《ひょうひょう》と、奇妙なことを言った。

「――こんな場所でか？」

訝しげな目と声を隠しもせず、ライオウは聞き返した。

「ああ」

男は自信満々に頷き、にっこりと微笑んだ。

ライオウは鼻白む。仲間とはぐれたというなら、スイッチなりルーターなりがあれば、互いのおおよその位置はわかるはずだ。しかしそうではなく、純粋に人探しだというなら、なおさらおかしい。宝探しならともかく、遺跡で人探しなど前代未聞だ。

「……こんな場所まで探しに来るたぁ、そいつはよほどの美人なんだろうな。まぁどっちにせよ、うちは迷子センターじゃないんでな。期待に沿えるかはわからねぇが」

「こういう女なんだが、見覚えはない？」

男はひらりと手を翻し、ライオウの眼前に差し出した。ARフォトグラフ。件の人物の姿が、男の掌に浮かび上がっている。ライオウは巨体をやや屈めて、その姿に見入った。

「――こいつか？」

「ああ。名前はロルトリンゼ・ヴォルクリング。最近このあたりに来たはずなんだ。タイプはハンドラーで、相当強い。きっとこの最前線にいると思うんだけど」

「………………」

美人云々は皮肉のつもりだったが、根もない嘘から芽が生えるとはこのことだ。男の手に浮かぶ若い女は、紛うことなき傾城《けいせい》だった。

たっぷり見つめた後、ライオウは太い首を横に振った。

「いや、見覚えねぇな。こんな上玉、一目見たら絶対に忘れねぇよ」

「なら、話だけでも聞いたことはないかな？　こいつ、〝神器〟持ちなんだ」

「ジンギ……？」

聞き慣れない単語に、思わず男の顔を見返した。瀟洒なライトブルーの瞳が、悪戯っぽくライオウを見つめている。

〝神器〟。話に聞いたことはある。御伽噺《おとぎばなし》のような眉唾物《まゆつばもの》の噂だが――

この世界には〝神器〟と呼び称されるものが十二個あるという。その秘めた力は、まさに神から授かったかのごとく絶大で、全て揃えた者は世界を支配することすら不可能ではないという。しかしそれがどこにあり、どのような形状をしているのか。それらは記録に残っておらず、誰も知らない——云々かんぬん。

馬鹿馬鹿しい。

「最近、妙にすごい奴を見かけたとか、噂が流れてないかな？」

どこぞの馬鹿のくだらない妄想だ。少なくとも、ライオウはそう思っている。故に男を見る目が、自然と狂人に向けるそれへと変化するのは仕方のないことだった。

「……いいや、聞いたことねぇな。というか、実際にあるものなのかい、その〝神器〟ってのは」

「さあて、どうかな」

男は明言を避けるように肩を竦めてみせた。そういえば、最近ここいらに出て来た『蒼き紅炎の騎士団』の剣嬢ヴィリーとやらが、その〝神器〟の一つを持っているという噂を耳にしたことがある。当然、根も葉もない風聞に過ぎず、信じる方がどうかしているのだが。

それに剣嬢は金髪紅眼だという。この緑灰色の毛の女とは似ても似つかない。

ふと思い出した。

「——そういや、その女じゃないが、最近ものすごい奴が出て来たってぇ話なら聞いたな」

「へえ？　どんな？」

「確か〝勇者ベオウルフ〟と〝小竜姫〟って奴らだ。このすぐ下の階層のゲートキーパーを撃破したっていう——」

ライオウがそこまで説明すると、男はつまらなさそうに溜息を吐いた。

「ああ、なんだ、そいつらか……それなら知っているよ。『下』で耳にタコができるぐらい聞かされたからね」

「……ああ、そうかい」

せっかくの親切も無駄だったと見え、ライオウはいたずらに舌を動かしたことを後悔した。こちらがいくら囀《さえず》ったところで、一銭の得にもならないのだ。だというのに、勝手に落胆されてはこちらも気分が悪い。となれば不愉快になるだけ損というものだ。

男があらぬ方向へ視線を逸らし、小声で呟く。

「……ってことは、ふうん……アイツもそこそこ考えて動いてるってことかぁ……」

「……おい、もういいか。俺達はそろそろ行かせてもらうぞ」

男と話している内に、クラスタメンバーの準備は整っていた。もはやライオウと男の会話が終わるのを待っている段階である。言い捨てた言葉を皮切りに、ライオウはメンバーに片手を振って移動を促した。仲間達は思い思いに頷き、行動を開始する。ライオウ自身も背を向けて、男を捨て置こうとした時だった。

明るい声が、軽く言った。

「ああ、待ってくれ。あんたら、この辺でSB狩りしてたんだろ？　じゃあ、そのコンポーネントを全部置いてってくれよ」

「……なんだと？」

いとも容易く吐かれた非常識な言葉に、ライオウ他『ドラゴンヘッズ・ジョーンズ』の面々は足を止め、振り返った。

この時、既に全員が殺気立っている。

苦労して集めたコンポーネントを無償で置いていけ——そんなことを言われて激さないエクスプローラーなどいない。それは、言ってはならない禁忌の言葉だった。

ライオウは火を噴くような目付きで男を睨《ね》め付け、低く押し殺した声で問う。

「……テメェ、正気か？　自分が何言ってんのかわかってんだろうな？」

既に視線に籠められた殺意は飽和して、ライオウの全身から大気へと滲み出していた。理屈ではなく、本能的に感じられる威圧感。まともな生物であれば即座に逃走体勢へ入るだろう迫力だった。

しかし、男は悪びれることもなく、くは、と笑う。

「正気さぁ。なぁに、命まで取るつもりはないさ。ただ個人的な都合でコンポーネントがたくさん必要でね。今持っている分だけでいいから、置いていけよ」

最後の命令形で、全てが決定づけられた。

緊張が一気に臨界を突破し、敵意が電流のごとくクラスタ全体に伝播した。

「殺せ」

ライオウの指示は一言だった。

ここは遺跡。力が全ての無法地帯。エクスプローラーの掟を破った者は殺されても文句は言えない。それがルールだ。

男はそこを無造作に踏み荒らしたのだ。

武器を構えるライオウ以下十八人に対し、男はなおも、くひ、と笑った。

「あーあ、素直に置いていけばいいのに。馬鹿だなぁ」

多勢に無勢。そんな絶望的な状況にあってなお、落ち着き払った男の態度にライオウは疑念を抱く。だが、敢えて無視した。どうせやることは変わらない。この頭のイカれた無礼者を解体して、トレジャーハントの続きに戻る。それだけだった。

「精々あの世で、探している女が寿命でくたばるのを待ってな」

そう吐き捨て、ライオウは腕を振って攻撃指示を出した。

『ドラゴンヘッズ・ジョーンズ』の精鋭達が一斉に、男を葬るためだけに動き出す。

「やれやれ」

そう囁く男の掌に、いつの間にやらARフォトの代わりに一個のコンポーネントが現れていた。

大きい。ゲートキーパークラスほどではないが、それでも並のコンポーネントの数倍はある。色合いもルナティック・バベル特有の青白いものと違って、深い緑色の輝きを放っていた。

「〈リサイクル〉」

男の肌にクロムグリーンの幾何学模様が走り、フォトン・ブラッドが活性化。直径一メルトル程のアイコンが生まれ、弾け飛ぶ。

「――させるかよっ!」

先程の戦闘で一番槍を務めた短刀使いのリヒトが、術式を発動させせようとする男に斬りかかる。

どんな術式を使うつもりかは知らないが、完全に発動する前に殺してしまえば意味をなさない。

しかし、彼の刃が届く寸前。

「――〈ミングルフュージョン〉」

新たにクロムグリーンのアイコンが現れ、消失した。直後、爆発的に男のフォトン・ブラッドの輝きが膨れ上がり――

その瞬間、勝敗は決してしまった。


男が『ドラゴンヘッズ・ジョーンズ』全員を戦闘不能に陥らせるまで、一分もかからなかった。

誰もが死なない程度に傷を負わされ、もしくは体の一部を抉り取られ、大量のフォトン・ブラッドを撒き散らして床に転がっている。色取り取りの血が、床に極彩色の絵を描いていた。

コマンダー兼ウォリアーのライオウも例外ではなかった。両腕を千切り取られ、両足の骨を折られ、仰向けに転がされている。分厚い胸板を優男のブーツが踏みつけていた。

自らを見下ろす異常な男を、激痛に苛まれながら細めた目で見上げ、ライオウは降伏を口にする。

「……俺達の負けだ。好きなだけ持っていけ……」

力こそが全て。その理屈で以って十八人で戦いを仕掛け、敗北したのだ。文句など吐けるわけもなかった。それより、まだ生きている仲間達の為にも一秒でも早く戦いを終わらせ、治療を急ぐことこそがプライド以上に優先された。

ライオウの台詞に、くは、と男は笑った。

「ほらみろ。だから言ったのに」

男の手がライオウの肌に触れ、〝SEAL〟のストレージからロックが解除されたコンポーネントを抜き取っていく。

「……全員、持っているコンポーネントを全て出しておけ……」

苦々しい口調でライオウは仲間達にそう指示した。『ドラゴンヘッズ・ジョーンズ』のメンバーは悔しさに顔を歪ませながらも、リーダーの言葉に粛々と従った。この場にいる全員が、正しくライオウの意図を汲んでいた。

男は他のメンバーの間を回り、所有権が破棄されたコンポーネントを次々に回収していく。

十八名のエクスプローラーからありったけのコンポーネントを奪い取った男は、再びライオウの下へ戻ってくると、実に軽薄な声でこんなことを言った。

「すまないねぇ、余計な抵抗をしなかったら穏便に済ませられたんだけど。ああ、さっきも言った通り、命まで取る気はないから安心してくれよ。今はまだ、だけど」

背筋が凍るようなことを平然と言ってのけると、男は屈み込み、仰臥しているライオウの耳に唇を近付ける。

「なぁあんた、見逃してやるかわりにちょっとお願い聞いてくれよ。なに、大したことじゃないんだ。さっき見せた奴――ロルトリンゼ・ヴォルクリングって女を見かけたらすぐに教えて欲しいってのと、もし接触が可能ならこう言付けて欲しいんだ」

出来れば願い下げにしたいところだったが、今のライオウに拒否権などあるはずもない。せめてもの抵抗に冷たい視線を送るが、男は一顧《いっこ》だにしなかった。好き勝手に『伝言』の内容を喋り出す。

「〝逃げても無駄だ。お前の『ソレ』は絶対に俺の物にする。素直に渡すなら命だけは助けてやる。そうでなきゃ力尽くで奪って殺す。よく考えろ〟――ってね。どう、憶えられたかな?」

「……ああ」

「本当に? じゃあ一回言ってみてくれるかな?」

ライオウは怪我の痛みのため途切れ途切れながらも、男の伝言を暗唱してみせた。すると男は子供のように無邪気な笑顔を見せる。

「いいね、バッチリだよ。よろしく頼むよ、ライオウ・ゲンダさん」

やはり先程の接触でネイバー情報を読み取られたらしい。仲間達にあらかじめコンポーネントを出しておくよう指示したのは間違っていなかった、とライオウは確信する。

この男は危険だ。これ以上関わっていはいけない。

これで用事は済んだとばかりに男は立ち上がり、歩き出そうとして、おっと、と動きを止める。思い出したように、ああ、と笑った。

「そういえば名乗っていなかったねぇ。俺はシグロス。シグロス・シュバインベルグ。以後、お見知り置きを、ってね。吉報を待っているよ。宛先は俺のアドレスまで。よろしく」

言いたいことだけ言い置いて、シグロスと名乗った男は今度こそ立ち去っていった。

ひらひらと手を振って黒衣の裾をはためかせる背中が見えなくなると、ライオウの傍に近付いてくる気配が一つ。

「リーダー……」

「――リヒトか。無事……なわけねぇよな。すまねぇな、ちょいと俺の体を起こしてくれねぇか」

「はい……」

利き腕の肘から先を喪っている茶髪の青年が、膝をついてライオウの背中に手を入れ、どうにか巨躯の上体を起き上がらせる。

「――動ける奴は傷の深い奴から治療してやってくれ。もちろん、やばそうな奴が最優先だ。誰も死なせるんじゃねぇぞ」

何とか指示を飛ばすと、半ば茫然自失状態にあったメンバー達が我に返ったように動き出した。どうやら全員戦闘不能ではあるが、瀕死の者はいなさそうだった。

背中に重みを感じた。肩越しに見ると、リヒトがライオウの背中に自身の背をもたれさせ、ずるずると座り込んでいた。

「リーダー……あいつ、何なんですか……」

消沈して今にも掻き消えそうな声を出すリヒトに、ライオウは〝ＳＥＡＬ〟に常駐させてある自動治癒術式がもたらす遅々とした回復に舌打ちをしてから、こう返した。

「わからん」

それ以外に言葉がなかった。たった一人の男に、末席とはいえトップ集団に数えられる自分達が手も足も出なかった。あのシグロスという男が一体何者で、如何なる手段によってあれだけの強さを発揮したのか。ライオウにはまるでわからなかった。ただ一つだけ言えるのは、

「……奴は化け物だ。もう二度と関わるべきじゃねぇ。『下』に戻って他の奴らに情報バラまいたら、早めに河岸を変えるぞ。しばらくすれば、あのシグロスって奴も何かしらおっぱじめてどこかに消えるだろ。そん時になってから、またここへ戻ってくりゃあいい」

自分達は決して戦うことが目的のクラスタではなく、あくまでトレジャーハントが主《メイン》の集団なのだ。触らぬ神に祟りなし。危険な存在からは遠ざかるのが、一番の安全策だ。

「……しかし、可哀想にな」

「……？　何がです、リーダー？」

ぼそりと呟いたライオウに、リヒトが背中越しに問う。ライオウは治療に介抱にせわしなく動き回る仲間を見つめながら、こう答えた。

「あの男の探してる女だ。あんな化け物に付け狙われちゃ長くは生きられねぇだろ。せっかくの上玉だってのに、もったいねぇ話だ」

不意に戦闘時の記憶がフラッシュバックして、ライオウはぶるりと身震いした。背中合わせのリヒトがその振動に「うわっ」と驚いた声を漏らす。

今思い出しても怖気が走る。

戦いが始まると同時に、奴が変化した異形の姿。変身する人間なんて初めて見た、と言えば嘘になるが、それでも希少なのは確かだ。しかし、あの醜さはいったい何だ。これまで見てきた中でも最悪の部類に入る醜悪さだった。

そして、圧倒的なまでの力。こちらの攻撃は何一つ通用せず、傷一つつけることすら叶わなかった。何より恐ろしかったのは、変貌してしまった奴の顔が、それでも笑っているとわかってしまったことだ。

楽しんでいたのだ、奴は。多勢に無勢の状況で、何のつもりかこちらの誰一人として殺さず、ただ傷つけ血を流させることを。

狂っている。そう言う他なかった。

あんな狂人に狙われる運の悪い女には、一体どのような事情があるものか。

ライオウは鍛え上げた胸筋の内側で、ロルトリンゼ・ヴォルクリングという女を不憫に思った。

だが次の瞬間には、ふとした思いつきが脳裏を過ぎり、彼はこんなことを口にしていた。

「……海が見てぇな……次のハントは、グレート・ブルーゲートあたりにしてみるか……」

●8　見透かされていたパターン

ちょっと待って欲しい。

いや、文句があるわけではない。

ロゼさんの目的は『僕自身』ではなかった。それはいい。それはいいのだ。むしろ、そうであってくれてよかったと安堵しているぐらいだ。

だけど、それでもちょっと待って欲しい。

ロゼさんは、僕が持つヘラクレスのコンポーネントが悲願だと言った。

ハンドラーが強力なＳＢのコンポーネントを求める——それは一見、至極当然のことのように思える。

しかし、違う。それは全く意味のないことなのだ。

何故なら——ゲートキーパー級のコンポーネントは使役出来ないからである。

これはハンドラーというタイプを語る際、必ずついて回る事実だ。

だって考えてもみて欲しい。もしハンドラーが世界中の遺跡に現れるゲートキーパークラス——場所によってはガーディアンやフロアマスターとも呼ばれている——を使役出来るのなら、彼らの待遇は今よりもずっとよくなっていたはずだ。

例えば一体のゲートキーパーに、これまで倒してきたゲートキーパーを複数ぶつけられるとしたら？　当然、戦いは遥かに容易になるだろう。話に上がっているヘラクレスだって、もし海竜やボックスコングが味方として使役できていたのなら、どれほど楽だったことか。もしかしなくても『スーパーノヴァ』が全滅することはなかっただろうし、当然ハヌが危機に陥ることもなく、僕の出番だってなかったはずだ。

が、世の中そんなに甘くない。

出来ないのだ、それは。

僕も専門家ではないので詳しい理由は知らないが、遺跡内の不特定の場所に現れるSBとはアルゴリズムが違うのか、はたまたプロテクトがかかっているのか。とにかく現行の技術では、ゲートキーパーの使役は不可能だと言われている。

なのに、何故？　どうしてロゼさんはヘラクレスのコンポーネントなんかを欲しがるのか――

「――なんじゃ、そんなものでよいのか？」

「えっ⁉」

ハヌの放った信じられない言葉に、思わず声が出た。

目を向けると、ハヌは心の底から拍子抜けしたようにロゼさんを見つめていた。

うん、わかってない。この子、自分が何言ってるのか絶対わかってない。

ハヌは首を傾げ、ロゼさんにこんなことを言い始める。

「しかし回りくどい真似をするのう、ロルトリンゼ。そうならそうとさっさと言えばよいではないか。ラトはおぬしが考えているほどケチな男ではないぞ？」

「えっ……あ、いや、あの、ハヌ？　ハヌさん？」

「のう、ラト？　コンポーネントの一つや二つ、くれてやっても問題なかろう？」

「いやいや待って待ってハヌ待って」

「？　どうしたのじゃ？」

妾は何かおかしいことを言っておるのか？　とヘテロクロミアを瞬かせるハヌに、僕は何と言ったらよいものかと考える。そういえば、ハヌはまだコンポーネントの価値について詳しく知らないのだ。と言うより、経済観念が未発達であると言った方が正確だろうか。

正天霊符を購入したときもそうだった。ハヌは基本、値札を見ずに買い物をする。このフロートライズに来る前は、一人で買い物もしたことがないのかもしれない。故にゲートキーパーのコンポーネント——とりわけキリ番階層のヘラクレスのそれが、どれほど価値のあるものなのか。彼女はまったく理解していないのだ。

「——あ、あのねハヌ、ゲートキーパーのコンポーネントは普通のものと違って、ものすごく貴重な物でね？」

「ふむ？　それならば妾も知っておるぞ。一緒に買い取りセンターへ赴いたではないか」

ハヌが言っているのは、海竜のコンポーネントを換金した時のことだ。一九七層の戦いの後、僕とハヌは人気の少ない時間帯を狙って、海竜のコンポーネントをお金に換えに行ったのである。

遺跡がある場所なら、必ずと言っていいほど至近にコンポーネントの買い取りセンターがある。

言わずもがな、遺跡で収集したコンポーネントを換金してくれる公式の施設だ。エクスプローラーにはいくつもの協会や支援団体があるのだけど、買い取りセンターもその一つ。情報具現化コンポーネントは人類社会の必需品であるため、いくつもの大きな会社がその流通を担っているのだ。

さて、肝心の『コンポーネントの価値』だけれども。

普通のSBのコンポーネントの大きさが、数セントルから数十セントル程。レッサードラゴンでも一メルトルあるかないかぐらい。

それに比べてゲートキーパークラスは、小さくても二メルトル程度から。大きなものとなると、僕が持つヘラクレスのコンポーネントのように四メルトル近いものまである。

コンポーネントが内包する情報量は、その直径が大きければ大きいほど多くなり、それに応じて支払われる報酬も増える。通常そこで計上されるのは、エネルギー資源としての価値だけである。

が、これがゲートキーパーのものとなると話が違ってくる。先程ロゼさんが言ったように、時にコンポーネントはSBの『魂』として認識されるのだ。つまり、そこには単なる情報量やエネルギー資源としての価値だけではなく、いわゆるブランド的なプレミアム感が生まれる。

結果、買い取り金額はビックリするぐらい跳ね上がる。世の中には酔狂な人もいるもので、お金持ちの道楽として強力なSBのコンポーネントをコレクションしている御仁がいるのだとか。おかげさまで、僕達エクスプローラーが景気のいい職業だと世間様から認識される一因にもなっている。

「憶えておるぞ。あの蛇めの魂《コンポーネント》は、なかなかの逸品じゃとセンターの者も言っておった」

大したものじゃろう、と何故かどや顔のハヌ。

そう。海竜のコンポーネントはというと、お値段は大体ルーター十個分ぐらいだっただろうか。普通の四人用ルーター一つと、ちょっといいランクの車一台とが同じぐらいの値段だから、そう考えるとかなりの高額である。

とはいえ普通のエクスプローラーなら、ゲートキーパーには大人数のクラスタ単位で挑むし、山分けすると大した額にならなかったりする。もちろん他のSBを何百匹と倒すより手っ取り早いのは確かだけれど。

「——しかし、その半分でもコレ一つ分であろう？　あの蛇と、そのヘラクレスとやらのコンポーネントとでは、さほどに違いがあるものなのか？」

ハヌは正天霊符の扇子リモコンを取り出し、首を捻った。言わんとしていることはわかるけれど、この場合は比較対象が悪い。彼女が知らないだけで、正天霊符は『超』がつくほどの高級武器なのだ。ルーター五つ分の価値は確かにある。もちろん、ちゃんと使いこなせれば、という前提がつくけれど。

「あります」

短く断言したのはロゼさんだった。僕とハヌが揃って振り返ると、そのまま自動読み上げ機能のように抑揚の薄い口調で説明を始める。

「かつてこのルナティック・バベルの第一〇〇層を守っていた〝アイギス〟のコンポーネントは、現在でも他のゲートキーパーの十倍以上の金額で取引されています。百年以上前のアイギスでもその価格なのです。倒されたばかりのヘラクレスに一体どれほどの値がつくのか——市場は現在も議論を戦わせています。と言っても、肝心のコンポーネントが売りに出されていないため机上の空論となっていますが」

琥珀色の一瞥が、しゃがみ込んでいる僕に向けられた。いや、多分、僕にではない。僕の〝SEAL〟に格納されている『ヘラクレス』に、視線を向けたのだ。

「それだけではなく、いまやヘラクレスのコンポーネントは〝勇者ベオウルフ〟の象徴でもあります。エクスプローラーにとって名声がどれほど重要なものか、私も末席に連なる者として理解しているつもりです。また世の中には、いくらお金を積んでも買えないものが存在することも知っているつもりです」

淡々と言い連ねる言葉の先に逆接続詞がつくだろうことは、考えるまでもなかった。

「ですが」

予想通りそう掌を返したロゼさんの声は、わずかに震えているように聞こえた。

突然、ロゼさんが膝を折ってその場に跪いた。両手を太股の上に乗せ、アッシュグレイの毛先が床に触れるほど深く頭を垂れる。僕が昨晩ハヌにした土下座に限りなく近い体勢だ。

「……お願いします。私にはその力が必要なのです。私の全財産、および貯蔵している全てのコンポーネントを差し出します。足りない分は体でお支払いします。ですから――」

そういえば、ハンドラーの忌避される理由の一つに『コンポーネントを全て換金できないから』というものがあったことを、不意に思い出した。ハンドラーにとってコンポーネントは、SBを倒した報酬であると同時にメイン武装でもある。当然、手持ちの数が多いに越したことはない。よって、入手したコンポーネントの一部を保管しておくのが彼らの常識なのだ。

しかしそうなると、パーティーで成果を山分けする際、計算が少し面倒臭くなってしまう。これは本当に些細《ささい》なことだけど、お金にまつわる話なので、一度こじれると大変なことになるのだ。お互いエクスプローラーなだけに、流血沙汰だって充分あり得るのである。

ロゼさん程のハンドラーなら、それはもう大量のコンポーネントを蓄えているだろうこと想像に難くない。それらを売却すれば、きっとかなりの金額になるだろう。だけど――

「ちょ、ちょっと、ちょっと待ってくださいっ」

今にも床に額をつけんばかりのロゼさんに、僕は慌てて制止をかけた。

「はい」

拍子抜けするほどあっさり応じてくれて、ロゼさんはすっと面を上げる。真っ直ぐこちらを見つめてくる瞳に、僕は妙な圧迫感を覚えてたじろぎつつも、

「あ、あの、ちょっと言いにくいんですが……」

「足りませんか」

「い、いえ、足りないとかそういう話じゃなくてっ」

足りないと言えば足りない。余程の無茶でもしない限り、ロゼさんがヘラクレスのコンポーネント代を捻出するには何十年も掛かってしまうだろう。が、僕が問題にしたいのはそこではない。

「――あの、確かゲートキーパーって、現代の術式では使役できなかったと思うんですけど……だから、その……ロゼさんがアレを持っていても、あまり意味がないんじゃ……？」

「できます」

「えっ⁉」

　それとなく厳然たる事実を突き付けたつもりだったのに、あっさり可能だと肯定されてしまった。

思わず目を剥いて驚いてしまう。隣のハヌも、ほう、と感心したような息を吐いた。

「そ、それって――⁉」

　どういう意味なのか。もしや、僕が知らないだけで使役《ハンドル》技術はそこまで進歩していたというのか。

いやでも、もしそうだとしたら、それはそれでエクスプロールにとんでもない革命が――

「私ならば可能、という意味です」

　そう断言するロゼさんの顔は、静かな自信に満ち溢れていた。

「他のハンドラーには不可能です。しかしこの私――ロルトリンゼ・ヴォルクリングには可能です」

　そう言い切るロゼさんの瞳に、嘘の色はなかった。その自信の源が気になるけど、それは多分、僕の『マルチタスク』やヴィリーさんの〈ブレイジングフォース〉のように、おいそれと他人に話せるものではないのだろう。たとえ相手が、同じクラスタの仲間だったとしても。

　故に、僕は別の質問を出した。

「――な、なら、目的は何ですか？　仮にロゼさんにゲートキーパーを使役する技術があったとして、あのヘラクレスをどうするつもりなんですか？」

　そう。そもそもからして、求めているものが尋常ではないのだ。

百歩譲って、本当にロゼさんがゲートキーパーを使役出来るとしよう。しかし何故、ヘラクレスなのか。別にヘラクレスでなくても、他のゲートキーパーだって充分すぎる戦力になるはずだ。なのに、その身を差し出してまでヘラクレスを求めるだなんて——その理由が全くわからない。

僕の問いに、ロゼさんはそっと目を伏せ、短くこう答えた。

「……それは言えません」

回答拒否。だけどそれは、冷たく突き放すような感じではなく、むしろ柔らかく押し止めるような気配があった。うっすらと瞼を開いたロゼさんは、視線を自身の膝あたりに落として、

「そこからは、私の個人的な事情です。あなた方を巻き込むわけにはいきません。身勝手を言っていることは重々承知しております。ですが、どうかお願いです。それは聞かないで下さい」

やんわりと、けれど断固とした拒絶だった。何かがあるのは明白で、しかもそれが面倒事であるのも歴然としていて、本当なら喉から手が出るくらい誰かの助けが欲しいにもかかわらず——ロゼさんは口を噤んだ。少なくとも、僕にはそう見えた。だから、

「で、でも——」

と前のめりになった僕の肩に、隣から小さな手が載せられた。

「よいラト。そこまでじゃ」

「ハヌ……」

ポンポンと僕の右肩を叩いたハヌは、正天霊符の扇子リモコンを開いて口元を隠し、どこか涼しげな目でロゼさんを見つめていた。

「まず『全てを話せとまでは言わぬ』と申したのは妾じゃ。これでこやつの目的はようわかった。これ以上詮索するのは、無粋というものであろう？」

「お心遣い、痛み入ります」

僕の言及を掣肘したハヌに、ロゼさんが頭を下げる。

ハヌは、うむ、と頷き、

「話をまとめるぞ。要は、ロルトリンゼはラトの持つコンポーネントを所望しておる。しかし、それは相当に高価なものじゃ。よって、ロルトリンゼは全財産とその身――つまり『隷属』じゃな――を対価に、ラトからコンポーネントを購入したい。そうじゃな？」

「はい」

ざっくばらんにまとめられたハヌの話に、こくりと頷くロゼさん。

れ、隷属って……⁉

「――となれば話は簡単じゃ。ラトよ、どうする？　売るのか？　売らぬのか？　おぬしがそれを決めれば、この話はそれで終《しま》いじゃ」

「えっ、ええっ⁉」

身も蓋もない二択を突き付けられ、僕は狼狽した。いきなりそんなことを言われて、はいそれじゃあ、と決められるわけがない。

じぃ、と二人からの視線が僕に突き刺さる。プレッシャーが胸を圧迫する。

「え、えっと……えっと……えっと……⁉」

一気に混乱の坩堝へ落っこちた僕は、空っぽの頭を文字通り空転させ、光に三百万キロトルほど旅をさせた挙げ句、ひどく間抜けに見えるであろう顔で、こう言った。

「――か、考える時間を、ください……」

優柔不断で本当にごめんなさい。

扇子リモコンの陰で、そう言うと思っておったわ、とハヌが囁くのが耳に届いた。

■

――色々と申し訳ありませんでした。

そう言い置いて、ロゼさんは立ち去って行った。

あれから僕とハヌとロゼさん、三人のエクスプロールは終了ということになり、返事が決まり次第こちらから連絡すると約束して、僕達は解散した。

「――して、どうするつもりじゃ？」

「うーん……」

幸せそうにフルーツパフェをパクつきながら、変装モードで向かいに座っているハヌが気軽に聞いてくる。僕は喫茶店のテーブルに両肘を載せ、ブラックコーヒーのカップを前に頭を抱えていた。

何だか妙にもやもやする。やけにすっきりしない気分だった。

「どうしたラト。何ぞ引っかかることでもあるのか？」

「……そうなんだよねぇ……」

ハヌの問いに図星を刺されて、僕は溜息を吐きながら頭を起こした。

そう、引っかかることがたくさんあるのだ。

ロゼさんはヘラクレスのコンポーネントを入手するため、僕達に——否、僕に近付いてきた。だけど、手にしたヘラクレスをどうするのかは不明。しかも、普通のハンドラーではまず使用できない代物だっていうのに。

それだけではない。言及することはなかったけれど、未だ彼女が『ヴォルクリング・サーカス』というテロリスト集団とどのような関係にあるのか。それもわかっていないのだ。

というか、色々とチグハグなのである。

もし仮に、ロゼさんがテロリストの一員だったとしよう。だとしたら、ヘラクレスは強大な戦力になるだろうし——もちろん本当に使役できるのならば、の話だけど——その利用目的を言おうとしないのも理解できる。

だけど。

彼女はそのゲートキーパーのコンポーネントを手にするために、命以外の全てを投げ打とうとしていた。これは大いなる矛盾である。いや当然、その購入条件がブラフであるという可能性は否定できないのだけど。

それに、『ヴォルクリング・サーカス』という組織そのものがヘラクレスを欲していて、その尖兵として来たのだとしたら、これもおかしい。あれだけの数のコンポーネントを用意できる集団だ。多分だけど、ヘラクレスを購入するお金がないってことはないだろう。よって、ロゼさんが身売りする必要などないはずだ。それとも、お金が勿体ないから、ロゼさんを売って済むならそれでいいと判断した？　いやいや、言っていたではないか。「私ならば可能、という意味です」と。つまりゲートキーパーを使役できるのは、ロゼさんだけなのだ。大体、ロゼさん程の実力者を使い捨てるテロリスト集団ってどうなんだ。

なら、逆のベクトルで仮定しよう。そう、ロゼさんが『ヴォルクリング・サーカス』と無関係である場合。

——やはりネックになるのが、ヘラクレスを使って何をするつもりなのか、という点である。

つまるところ、疑問の焦点はそこへ帰結するのだ。テロリストでもない彼女が、ヘラクレスのコンポーネントという、非常に強大かつ高価なものを求めるのは何故なのか。その為なら、命以外の全てを差し出しても構わないと思える目的とは？

「……うーん……！」

腕を組んで頭を捻るけど、全くわからない。

「長考しておるのう」

そんな僕を見て、早くもフルーツパフェのクリームとフルーツの層を平らげ、今度はアイスクリームとフレークの層にスプーンを突き刺したハヌが、くふ、と笑った。パフェグラスの向こうから、まるでからかうような視線を向けてくる彼女に、僕は思うところを述べる。

「……正直、わからないんだ。ロゼさんに、コンポーネントを渡した方がいいのか、悪いのか」

僕の悩みは、結局はそこに尽きる。現状、僕が選べるカードは『渡す』か『渡さない』か——その二枚だけなのだから。

「嫌ならばやめておけばよかろう？」

　と、ハヌは簡単に言うけれど。

「で、でも、何か事情があるみたいだし……」

「では渡せばよい。対価ならば用意すると言っておったではないか。何が不満じゃ？」

「そ、それは……」

　ハヌの言う理屈は単純明快過ぎて、なんとなく突き放されているような気分になる。

　確かにその通りではあるのだ。切れるカードが二枚しかないのだから、畢竟《ひっきょう》、どちらかを選ぶしかない。そして、渡したくない理由がない限りは、対価を用意しているロゼさんの要望を断るべきではないのだ、とも。

「あー……む」

　ハヌはスプーンのつぼにアイスとシリアルの混合物を載せ、ちっちゃな唇を大きく開いて迎え入れる。パク、と口の中に頬張ると、ぱぁぁぁ、と花が咲くような笑顔が生まれた。が、それはすぐに引き締められ、

「――そもそも何を心配することがあるのじゃ。ロルトリンゼは妾達のクラスタに入るのであろう？　つまり仲間じゃ。ヘラクレスのコンポーネントを渡したところで、そこに主従関係が追加されるだけのこと。どちらにせよ、あの者が何か悪さをするならば近くで見張っていればよいだけのことじゃ。何の不都合がある？」

まったく……とぼやきながら再びパフェにスプーンを伸ばすハヌを、僕は呆然と見つめてしまう。

「……え？　ちょ……ちょっと待って？」

「？　何じゃ？」

「い、いいの？　ロゼさんを仲間に入れて……？」

「ほ？」

僕の質問に、ハヌはキョトンとする。色違いの瞳がパチクリと瞬いた。

僕の方こそキョトンとしたいぐらいだったけど、ここはこちらが説明しなければ話が転がらない。

「い、いや、だって、ロゼさんの目的はコンポーネントだったんだよ？　つまり、僕達の仲間になるって言っていたのもその為で……別に本気で『ＢＶＪ』の一員になりたいってわけじゃなかった……と、思うんだけど……」

不意に、ロゼさんの思いを勝手に決めつけるのはよくない、と思い、ついつい最後に曖昧な表現を付け足してしまった。

「…………」

ハヌはしばし無言。ややあって小首を傾げると、

「ならばどうする？」

と無表情のまま問いかけてきた。

「えっ？」

「仮にじゃぞ？　ロルトリンゼ・ヴォルクリングには、妾達の仲間になる意思がないとする。それ

はつまり、ヘラクレスの魂の受け渡しが終われば、あやつとはお別れになる、ということであろう？　ラトはそれでよいのか？」

「…………」

よいも何も——というか、僕がハヌに質問していたはずなのに、どうして逆に聞かれてしまうのだろうか。

「それとも、仲間としてではなく〝奴隷〟として傍に置くつもりか？　言っておくが、〝アイジンケイヤク〟は絶対に許さぬぞ？」

ハヌがぷくっと頬を膨らませてジト目で睨んでくるので、僕は慌てて否定した。

「えぇえぇっ⁉　ち、違うよ！　そんなこと考えてないよ！　だ、だからアレは誤解なんだってば！　信じてよ！」

必死に両手を振ってジェスチャーする。僕としてはもうその件には触れられたくない気持ちで一杯だった。

「ぼ、僕はただ……ほら、ハヌが言っていたじゃないか。仲間の条件として肝心なのは、僕達と友情を育めるかどうかだ、って……」

先日の、ハヌがクラスタ設立宣言をした場での発言を持ち出し、僕は弁解する。

「だから、つまり……ハヌは、ロゼさんと友達になりたいと思っているのかな、って……」

端的に言ってしまえば、ロゼさんには下心があった。そして、それを隠して近付いてきた。言うなれば、あの『仲間殺し』ダイン・サムソロとほぼ同様の行為をしたのだ。

ハヌはそういった行為をひどく嫌っている——と僕は思っていたのだけど。

「……ラト」

ハヌは、はー、と大きく溜息を吐くと、スプーンをテーブルの上に置いた。

蒼と金のヘテロクロミアが真っ直ぐこちらを見る。

「試みに問うが、ラト。おぬしは何故、妾と共におる？」

「へっ……？」

いきなり予想の斜め上をいく質問が飛び出した。呆気にとられる僕を前に、真剣な表情をしたハヌが言葉を続ける。

「自ら言うのも何じゃが、妾もなかなかの不審者じゃぞ？　おぬしだけには明かしておるが、この身は東の田舎の現人神。しかし、妾が何故ここにおるのか、何を目的としておるのか。それをラトに語ったことはあるまい？」

「………………」

突然の話に、僕は絶句するしかない。ぐうの音も出ないとはこのことだった。確かに、その通りだ。僕は彼女の名前と、かつての立場しか知らない。ハヌがどうしてこの浮遊都市に来たのか、その理由をまだ聞いたことがないのだ。

「しかし、それでもラトは妾と共にいてくれる。妾を親友として扱ってくれる。とてもありがたいことじゃ。故に、妾はこう思う。それはおそらく、ラトが『妾の周り』ではなく、『妾そのもの』を見てくれたからであろう、と」

くふ、と口元に微笑を浮かべ、ハヌは優しそうな瞳で僕を見つめる。しかし、それも一瞬のこと。彼女はすぐに表情を引き締め、

「じゃがな、ラト。今のおぬしはいたずらに惑わされてはおらぬか？　その眼《まなこ》を曇らせてはおらぬか？　おぬし自身の心の中心を、しかと見据えておるか？」

「僕の……心の中心……？」

オウム返しにした僕に、然り、とハヌは頷いた。

「然様《さよう》じゃ。ラト、おぬしは一体何を悩んでおる？　ロルトリンゼにヘラクレスの魂を渡すか否かについてか？　いいや、違うじゃろ。そうではなかろう。そもそも、おぬしこそあやつのことをどう思っておるのじゃ？　ロルトリンゼは味方か？　それとも敵か？」

畳み掛けるように、ハヌはいくつもの質問を繰り出してきた。僕はそれら全てを一挙に処理しきれず、呆然としてしまう。

「ラト、おぬしは何故、あやつを妾達のクラスタに入れようと思ったのじゃ？　昨晩のニュースを見るまでは、おぬしも乗り気だったではないか。一度、ロルトリンゼとあの犯罪集団とを結び付けるのをやめてみよ。今一度、己が内をしかと見据えてみよ」

「………………」

ハヌにそう言われた僕は愕然としつつ、無意識に頭の裏で言われた通りのことを考え始めていた。自分が何を悩んでいるのか。ロゼさんと『ヴォルクリング・サーカス』との関係を一切考えず、僕が彼女をどう思っているのか。

真っ先に思い浮かんだのは、真っ直ぐこちらを見つめてくるロゼさんの瞳だった。

そう、あの人は常にそうなのだ。無口で、不愛想で、何を考えているのかわからなくて――だけど、話をする時はいつも真っ直ぐ目を合わせて、決して逸らさなかった。

――否、違う。いつもではない。つい先刻、彼女の目的について質問した時だけ、その目は伏せられた。

『そこからは、私の個人的な事情です。あなた方を巻き込むわけにはいきません』

そう言って。

当時の記憶が蘇《よみがえ》った瞬間、ひどくザラついた感覚が胸の奥に生まれた。

何だろう、この感じ。肋骨《ろっこつ》に鉛がこびりついたような、とても嫌な気分だ。

どうしてあの時、ロゼさんは瞼を閉じたのだろうか。それまではずっと――僕に愛人契約を迫って、無理矢理ヘラクレスのコンポーネントを譲ってもらおうとしていた時ですら、目を逸らさなかったのに。何か、後ろめたいことでもあったのだろうか？

――だとすると……これまでロゼさんは、後ろめたさなく僕達と接していたのだろうか？

――いや、多分、そうなのだろう。一切の後ろめたさなく、彼女は僕達に近付いてきた。

だって、あんな真っ直ぐな瞳、他に見たことがない。

故に、僕はこう思う。ロゼさんはとても不器用な人なのだ。きっと、嘘だって苦手だろう。だからあの人は、ヘラクレスのコンポーネントを求めるにあたって、僕を騙すのではなく、真意を隠すことで何とかしようとした。

「——悪い人じゃ、ないと思う……」

呟きは、我知らずこぼれていた。独り言のように、僕はロゼさんの印象を言葉にしていく。

「表情はあんまり変わらないし、言葉遣いは丁寧だけど、時々わけの分からないことを言うし、何を考えているのかわからないけど——」

だけど、

「——多分、嘘だけはついていない……と思う」

いくらでもあったはずだ。僕みたいな子供を騙す方法なんて。情に訴えたり、複雑な事情をでっち上げたり。少なくとも、愛人契約なんて荒唐無稽《こうとうむけい》な策を弄《ろう》する必要なんてどこにもなかった。

きっと本気でやるつもりだったのだ。愛人契約も、僕達の仲間になることも。全ての責任を背負いきると覚悟していたからこそ、あんな風に真っ直ぐ他人を見つめることが出来たのだ。

そう考えると、あの人は本当に不器用なんだと思う。思わず笑ってしまうほどに。

「……あんな方法しか、思い付かなかったんだろうね。僕が言うのも何だけど、すごく、色々なことが下手くそな人だよね……」

対人能力の欠如という点では、僕に勝るとも劣らない。ハンドラーというタイプが理由だけではなく、彼女がずっとソロだったのは、あの性格に因るところが大きいに違いなかった。

「——……」

——ああ、そうだ。ようやくわかった。

ロゼさんは、僕に似ているのだ。

だから、親近感が湧いてしまったのだ。

我ながら気付くのが遅すぎる。本当に今更だ。

「……そうか。そうだったんだ……」

「ほう、何か気付いたようじゃの？」

その声に、いつの間にか俯かせていた顔を上げると、ハヌが先程と同じように、からかうような目線をこちらに向けていた。僕は心に浮かんだ言葉を、そのまま口にする。

「……ハヌ、さっきの質問だけど――僕、ロゼさんのことを〝味方〟だと思っていたみたい……うん、そうじゃない。〝味方〟じゃなくて、〝仲間〟かな？　多分、同じソロのエクスプローラー同士、共感できるところがあったんだ。だからあの人に、クラスタメンバーになって欲しいって思ったんだよ、きっと」

「うむうむ」

ハヌは再びスプーンを手にして、パフェを食べるのを再開した。新たに一口頬張った彼女は嬉しそうに頷きながら、

「そうじゃろうて。ラトもそのように相手を見ると思ったからこそ、妾もロルトリンゼ自身をよく見定めた上で、仲間となる許可を出したのじゃ」

その頷きは、パフェの味に対するものなのか。それとも僕が導き出した答えに対するものなのか。

「故に、じゃ。考えるべきはそこからであろう？　ロルトリンゼは妾達の仲間になる――否、既にラトも妾も認めておるのじゃから、あやつはもう仲間じゃ。その上で、ラトはどうしたいのじゃ？」

「その上で……？」

ロゼさんは僕達の仲間。その前提で考えるべきこと。

それはきっと、さっき胸でざわついた嫌な感覚についてであろう。

『そこからは、私の個人的な事情です。あなた方を巻き込むわけにはいきません』

もう一度、頭の中でその言葉を反芻する。何故かさっきよりも強い不快感が、胸の奥に生まれた。

――そこから？　そこからって何だろう。巻き込むわけにはいかない？　何言ってるんだろう。仲間になるって言ったじゃないか。それに、もうとっくに巻き込まれているじゃないか。

どうしてそこで線を引くのかがわからない。

「……ごめん、ハヌ。段々わかってきた。僕……ロゼさんに腹が立ってるんだ」

口から自然と出た言葉は、自分でもちょっと驚くような内容だった。けれど、紛れもない本心でもあった。

ぶっちゃけてしまうと、ムカついていたのだ、僕は。

ここまでやっておきながら、あの場で嘘を吐くこともなく、ただ線を引き、個人的な事情に立ち入らせなかったロゼさんに。

本当にメチャクチャだ。愛人になるって言ったり、命以外は差し出すって言ったり。なのに、本当に肝心なところだけはずっと隠したままで。言っていることもやっていることもチグハグで、まるで一貫していない。

つまり――あの人の方こそ、僕達を仲間だとは思っていないのだ。

そう思い至った瞬間、カッと音を立てて全身の体温が上がった気がした。思わず膝の上で、両の拳を強く握りしめてしまう。

「……僕はヘラクレスのコンポーネントを渡したくないわけじゃないんだ。何か事情があって、それが本当に大変なことなら、ただであげたっていいとも思ってる。だけど……」

「だけど？」

ハヌのオウム返しに、僕は大きく息を吐いて心を落ち着かせた。カレルさんのように冷静に、落ち着いていこう。ここで怒っても益はない。

「——ロゼさんが悪いってわけじゃないよ？　多分、あの人はあの人なりに色々と考えているんだと思う。いくら仲間だって言っても、昨日今日知り合った人間に心を開けっていうのは無理な相談だし、誰にだって話したくないことの一つや二つあるものだろうし——」

そこまでは頭でわかっている部分。けれど結局、感情の部分が、

「——でも……何だか——妙に気に喰わないんだよね……」

「そうかそうか」

僕の言葉を聞いて、ハヌが笑いながら何度も頷く。くくく、といかにも楽しげに笑う顔は、まるで僕の反応を楽しんでいるようにも見えた。

とはいえ、こういう風に笑われてもいい気分にはならないので、つい唇を尖らせてしまう。

「……なんで笑うのさぁ、ハヌ」

ハヌは、おっと、という感じで笑いを潜め、それでも吹き出すのをこらえるような顔で言う。

「ああ、すまぬ。よもや、ラトの膨れ面が見られようとは思わなかったのでな。許してたもれ」

カランと音を立てて、いつの間にか空になったパフェグラスにスプーンを突き刺すと、ハヌはテーブルに肘をつき、両手で顎を支えて前のめりになった。

「――して、どうするつもりじゃ？」

そして、この喫茶店に来て最初にした質問を、改めて放り投げる。

くりんと大きな金目銀目が、僕のことをじっと見つめていた。宝石みたいに輝く色違いの瞳は、どう考えても僕が何と答えるかを楽しんでいる風だ。

とはいえ、確かに問題は『僕が具体的に何をしたいのか』なわけで。

ハヌのおかげで、ヘラクレスの魂《コンポーネント》を渡すかどうかの問題ではないことはよくわかった。

やっぱりどう考えても、体を売ってまでヘラクレスのコンポーネントを求めるなんてのは、はっきり言って異常だ。それに、『ヴォルクリング・サーカス』との関連だって気になる。

何より、腹を立てておいて何だけど、

『そこからは、私の個人的な事情です。あなた方を巻き込むわけにはいきません』

ということの台詞は、考えてみれば本当に僕達を気遣ってのことだったのかもしれない。

つまり、あのロゼさんをしてそう言わせるほどの何かが、彼女には迫っているのだ。

「――きっとロゼさんには、何か大変な事情があるんだと思う。そう簡単には話せないほど、重い事情が。多分、そのためにヘラクレスのコンポーネントが必要なんだと思う」

だから僕は。

顔を上げ、ハヌの目を見つめ返し、言う。

「――僕、ロゼさんの力になりたい。クラスタの『仲間』として……一人の友達として、出来る限りのことをしてあげたいんだ」

半ば無意識に発したその言葉は、砂漠が水を吸い込むように、しっくりと腑に落ちた。

この時、僕は初めて、自分がやりたかったことに気が付いた。

そうだったのだ。僕はただ、ロゼさんの力になりたかったのだ。

仲間として、友達として、頼って欲しかったのだ。

困っているだろう彼女を、この手で助けたいと思ったのだ。

だから『線』を引かれて、腹が立ったのだ。

「――うむ、それでこそラトじゃ」

蒼と金のヘテロクロミアが弓形に反って、笑みを形作る。

そして心の底から満足げに、ハヌはこう言った。

「そう言うと思っておったわ」

●9　甘い甘い悪意

血の匂いが立ち込める空間に。

くっちゃくっちゃ、と不味そうに物を食《は》む音が響いている。

不機嫌そうな咀嚼音《そしゃくおん》を作っているのは、寂れたバーのカウンターに座っている痩身の男だ。

薄暗い照明の下、鈍色の頭にオリーブグリーンの制帽を載せ、黒いコートを肩に羽織った姿がぼんやりと浮かび上がっている。

カウンターテーブルの皿にはローストビーフの切れ端。適当な手付きで右手にフォークを持っている男――シグロス・シュバインベルグは、味の抜けたガムを噛むかのように肉を咀嚼し、まるでそれが義務であるかのごとく、ごくり、と音を立てて嚥下《えんげ》した。

途端、最低限の礼儀は果たしたとばかりにフォークを皿に放り投げ、甲高い音を立てさせる。ウイスキーの注がれたグラスを左手に握り、噎《む》せ返るような血臭が漂う中、ぐいと呷《あお》った。

一息に飲み干すと、突然、空になったグラスを壁に叩き付ける。衝撃でクリスタルガラスが砕け、破片が飛び散った。煌《きら》めく欠片が、臙脂の絨毯に転がっている死体へとパラパラと降りかかる。

「……ふん」

シグロスはその光景をつまらなさそうに吐き捨てた。

彼が来るまでは、場末のここは寂れていても、少ない常連客とマスターがいつものやりとりを行う憩いの場だった。しかし今や、このバーで呼吸しているのは、シグロスただ一人だけ。

全員、彼が殺した。

シグロスはこの店に足を踏み入れてすぐ、テーブル席にいた常連客四人を血祭りに上げ、次いで、カウンターの向こう側にいたマスターには食事と酒を用意させてから、代金がわりに死を与えた。

フォトン・ブラッドに進化したと言っても、血液が持つ匂いは旧人類の頃からさほど変わってはいない。鉄にも似た生臭い臭気は、今や火を点ければ爆発しそうなほど店内に充満していた。

じとり、とライトブルーの瞳が、先程まで食べていたローストビーフに恨みがましい視線を送る。寂れた店だけあって、看板メニューとやらの味もひどいものだった。

ぺっ、と唾を吐きかけて二度と口に入れない意思表示をした時、出入り口のドアベルが鳴り響いた。首を巡らして闖入者の顔を見て取った途端、シグロスは軽い調子で声をかける。

「――遅かったじゃないか。こんなにも待たせるなんて意地の悪い奴らだな」

ドアを開いて店内に入ってきたのは、三人の男だった。全員がシグロスと同じ、オリーブグリーンの軍服めいた服を身に纏っている。

宵闇からバー内に踏み込んですぐ、血の匂いに気づいた彼らは三者三様に顔を顰めた。先頭に立つ男が店の片隅に座っているシグロスの姿を認め、

「――シグロスさん、無用な殺しは困りますと何度言えば……」

「無用じゃあないさ。必要だから殺した。それだけさ」

互いに顔見知りである彼らは、数日振りの再会にもかかわらず、挨拶も抜きに会話を始めた。

「……しかし、この店で落ち合うことにしたのはリーダーである貴方ではありませんか。何も店にいる人間を殺してまで合流場所を確保しなくとも……」

「なんにせよ拠点は必要だろう？　俺だって考えなしにここを選んだわけじゃないさ。まず人目の付かなさや、龍穴《ボルテックス》との距離だろ？　それに殺してもいい奴が多いか少ないか、あと酒の有無」

最初の条件二つまでならともかく、それ以降はシグロス以外には納得のいく理由にはならなかった。指折り数えるクラスタリーダーに、部下である男達は揃って渋面を作り、静かに溜息を吐く。

彼らがいる懐古的なデザインのバー『レコンキスタ』は、浮遊島フロートライズの北地区――別名〝サンダウン・ゲットー〟とも呼ばれるスラムの一角にある。

浮遊都市とも空中要塞とも異名をつけられるフロートライズは、空港のある南側から発展していった歴史がある。その為、開発の遅れた北側は貧民層が寄り集まって治安が悪化してしまい、現在でもなお放置されていた。

バー『レコンキスタ』が位置するのは、たとえて言うなら北地区の入り口付近。日陰者が真っ先に軒下を求めてやってくる場所である。これより奥は紛うことなき魔窟であるため、余程のヤクザ者でもなければ先に進むことはない。

シグロスが言った通り、この時間、この場所で酒を飲む人間というのは、大概がろくでもない連中である。そのこと自体は、部下達も強く否定できなかった。

部下三人の顰《しか》め面を見て見ぬ振りをして、シグロスはストレージから一本のシガリロを取り出した。何もない空中に突如としてクロムグリーンの光が凝縮して、十セントルほどの焦げ茶色の葉巻が現れる。シグロスは学者然とした手でそれを摘まみ、

「――で。首尾は？」

口の端に咥《くわ》えながら、素っ気のない声で三人に問うた。左手の人差し指に小さくライターの術式アイコンを表示させ、シガリロの先端を火で炙《あぶ》る。

三人の中では立場が一番上である先頭の男が、生真面目な声で答えた。

「街の八方にある龍穴《ボルテックス》にそれぞれ人員を配置しました。いつでも作戦を開始できます。しかし……」

「しかし？」

言葉を濁した部下に、シグロスは紫煙を吐きながら胡乱げな目を向ける。何を考えているかわからない、得体の知れないライトブルーの瞳を向けられ、男は居心地悪そうに報告の続きを口にした。

「それが……どうも街の様子がおかしいんです。至るところに警備らしき人間が立っていて、特に重要拠点はやたらとセキュリティが厳重になっているようで――」

「当たり前だろ、馬鹿かお前は」

にべもないシグロスの声が、男の舌を石化させた。カウンターチェアに腰掛けたままのシグロスは、葉巻を口から離すと、ぷぅ、と馬鹿にするように煙を吐く。重く甘ったるい薫香が血の匂いを圧して室内に充満していく。

「――あのな、俺達『ヴォルクリング・サーカス』がやったことはとっくにニュースになってただ

ろう？　チェックしてなかったのか？　どこの街だって警戒ぐらいするだろうさ、普通なら。というか、その程度の情報なら先に潜伏していた俺の方がよく知っているに決まっているだろう？　もう一回聞くけど、馬鹿なのかお前は？」

先程までの軽薄なものから打って変わって、低く押し殺した声音で叱責された男は、顔に脂汗を浮かべ、それでも抗弁する。

「……し、しかしシグロスさん、その警戒の度合いが尋常ではないんです。情報を収集してみたところ、どうやらこの街のエクスプローラー達も警備に絡んでいるようでして……」

「フロートライズ自治体の上層部から協力要請が来たんだろ？　ちょっと頭の回る奴が上にいるなら、その程度の対策ぐらいすぐに思い付くだろうさ」

またしてもすげなく一蹴された男は、ついには露骨に声を尖らせて反駁《はんばく》した。

「……コンポーネント換金センターに、どう見ても百人以上のエクスプローラーがたむろしていました。しかも、おそらくはトップクラスの奴らが。明らかに我々がこの街を標的にしていることを見透かされています！　情報が漏洩したのか、それとも嗅ぎ付けられたのかはわかりませんが……とにかく危険です！　今回の計画は見直すべき――」

「さっきから気になってたんだけどさぁ？」

不意にシグロスが椅子から降りた。右手にシガリロを摘まんだまま、声を荒げる男に向かって歩き出す。ツカツカと容赦のない歩調で歩み寄ったシグロスは、唇の端から紫煙を漏らしながら一気に肉薄し、大して背丈の変わらない男の顔に自分のそれを近付ける。

「――いや実を言うと、割と前から気にはなっていたんだけどさぁ？」

最後の、さぁ、で大きく口を開いて濃密な煙を男に吹きかける。堪らず男が咳き込むと、その首元にシグロスの左手がぬっと伸びて、服の襟をむんずと掴み取った。

「なんかお前、俺に反抗的だよね？」

「うぐぁ――⁉」

優男風のシグロスの片腕に、明らかに彼よりも体重が勝るであろう男が軽々と吊り上げられた。男の足が床から離れ、ジタバタともがく。

「シ、シグロスさん！」「リーダー⁉」

他の二人が慌てて制止の体勢を取るが、シグロスは歯牙にもかけない。左手一本で部下を掴み上げた彼は、右手のシガリロを口に含め、芳香を楽しむようにしばし瞼を閉じる。

じっくりと味わうように煙を吐きながら、彼は目を開け、視線を頭上にある部下の顔へと向けた。

「――なーんかさっきから引っかかる言い方してるよなぁ？　リーダーである貴方とかぁ？　その割には俺のこと『リーダー』とは呼ばないで、意固地に前と同じ『シグロスさん』呼びだよなぁ？

――ああ、それはそっちのお前も同じか？」

じろり、と淡い青色の視線が、まさに先程『シ、シグロスさん！』と声を上げた部下を突き刺す。

まるで蛇のような不気味な眼光に、部下は堪らず「ひっ――⁉」と悲鳴を漏らして射竦《いすく》められた。

シグロスは三人の部下の顔を、地べたを転げ回る死にかけの虫でも見るかのような瞳で見回すと、突然、くは、と笑う。

「なに？　なんなのかなこれは？　気に食わないのかな？　俺がお前達のリーダーってことがさ？　え？　文句があるなら言ってみてもいいんだよ？　むしろはっきり言ってもらえた方が俺もすっきりするしさぁ？　言ってご覧よほら、んん？」

「ぐっ……ぁ……っ……！」

シグロスの左手がギリギリと男の喉元を締め上げる。言ってみろ、と口では言うが、これでは声の出しようがない。

「――ほぉら、言ってみろよ。わかってるんだよ？　お前らの考えていることぐらいさ。つまり、こういうことだろ？」

一人で勝手に話を進めるシグロスの双眸に、魚類の鱗にも似た、ぬるりとした光が宿る。薄暗い照明の下にあってなお、ライトブルーの両眼は、それ自体が仄かに発光しているようだった。

皮膚の裂け目のように開いた唇の端から、瘴気よろしくシガリロの紫煙が溢れ出る。

「お前らはさぁ、ぶっちゃけ俺が気にいらないんだろう？　前のリーダー――創始者のオーディス・ヴォルクリングを殺したってだけで、新しいリーダー面している俺がムカツくってんだろう？　ええ？　そうなんだろう？」

楽しそうに、どこか歌うように、そして呪うように、シグロスは言う。芝居がかった所作で首を横に振り、

「けど残念だなぁ……大いに残念だ。俺は悲しいよ。だって、お前達だって共犯じゃないか。だというのにさ、まさか俺だけに責任を押し付けようなんてさぁ……いやまぁ、直接手を下したのは確

かに俺だけど——ね？」

凄惨な内容を、しかしこともなげに言い放ったシグロスは、いきなり左腕を大きく振って部下の体を壁に投げつけた。

ボールでも放り投げるような、無造作な動きだったはずである。

だというのに、響いた音はひどく重かった。

壁と望まぬ抱擁を強いられた男の体は、いつまで経っても床に落ちなかった。砲弾のごとき勢いで叩き込まれたその身は、半ば以上を罅《ひび》だらけの壁に埋もれさせていた。無論、男の息の根はとうに止まっている。

「「——～ッ……!?」」

仲間の一人があっさり殺されたことに絶句する、残りの部下二人。

シグロスはシガリロを一口吸うと、悠然と二人に体を向ける。

「わかるよぉ？　前の体制だとオーディス師匠が一番、その次が俺。そのさらに次がお前ら三人だったもんな？　しかも年齢だってお前らの方が若干上だし？　あわよくば——なんて考えちゃうのも無理はないよなぁ？」

答えを確かめる気もない問いを繰り返す。それが、シグロスが本気で怒っている時の癖であることを二人は知っていた。

「ま、待ってください、リーダー……、落ち着いてください。わ、私達はそんなつもりは……」

「ははは、今更リーダーって呼ばれてもなぁ？　ほら俺、殺しちゃったよアイツ？」

懸命に事態の収拾を図ろうとした一人を、シグロスは壁に埋まった男をシガリロの先端で示して笑い飛ばす。

もうお前らだって殺す——そんな意図を、二人はどうしようもなく汲み取ってしまった。

「——ど、どうして、突然こんな……!?」

あまりの急展開に上手く頭が回らないのか、もう一人がシグロスにとってはつまらない質問を口にした。しかし、むしろ彼は、くは、と笑い、

「どうしたもこうしたも。もうお前らに用がないからに決まってるだろ？　というか『ヴォルクリング・サーカス』自体、ここまで来たら用済みさ。俺の目的はロルトリンゼだけなんだから」

「は……？　な、なんですかそれは……!?　何を言っているんです!?　よ、用済みというなら……ど、どうして、この街の襲撃計画を——」

「そ、そうです、あの新術式の効果を知らしめて、最終的にはどこかの軍に売却するという話だったではありませんか!?」

全く理解できない、という文字を顔に浮かべて、部下達は声を荒げる。

無理からぬことであった。彼らにとっては、こんなはずではなかったのだから。

そう、こんなはずではなかった。

現在の『ヴォルクリング・サーカス』のリーダーを名乗る男——シグロス・シュバインベルグが、前リーダーのオーディス・ヴォルクリングを殺害し、完成間近だった新開発の術式を強奪した時は——こんなことになるなど、誰も予測していなかったのだ。

当時、開発中だった術式のコードネームは〈コープスリサイクル〉。それは文字通り、一度は撃破されコンポーネントに回帰したＳＢ《セキュリティ・ボット》を、遺跡内と同じように『大量に』、そして『低コスト』で再生《リサイクル》するという画期的な術式だった。

これが完成すれば、使役ＳＢだけで構成された軍団《コープス》を作ることが出来る。そうなった暁には、これまで冷遇されてきたハンドラーに陽の光が当たり、エクスプロールにも革命的な変化が起こる。もはや遺跡内でエクスプローラーが戦う必要すらなくなるかもしれない。もう誰かが戦いで死ぬこともなくなるかもしれない――そんな夢のような世界が実現する可能性すらあった。

しかし、術式がもう少しで完成するというところで、オーディスは『開発を打ち切る』とメンバーに宣告した。

当然、メンバー全員が反発した。膨大な年月と予算、努力に次ぐ努力が注がれた研究だったのだ。今更中止してどうするというのか。

『この術式が悪用されれば、間違いなく多くの犠牲者が出る。それは決して赦されないことだ』

オーディスは強い口調でそう語った。それが研究を打ち切るに足る理由である――と。

だが、誰も納得などしなかった。そも、攻撃術式のように何かを傷つけるためだけに存在する術式だってある。現存する使役術式とて、使い方を違えれば、いくらでも人を殺すことが出来るのだ。

――今更すぎる。そんなことは最初からわかっていたではないか。

クラスタのサブリーダーであり、術式開発においてもハンドラーとしてもオーディスの一番弟子であったシグロスを筆頭に、メンバー全員がオーディスに抗議の声を上げた。

——愚かにも程がある。考えずともわかるような理由で、今になって研究を潰えさせるなど。この期に及んで臆したか。

不満を爆発させた部下達に、オーディスはこうも告げた。

——それは違う。気付いたのだ、悪用された際の危険性に。この術式は当初の想定以上に、あまりにも効率的に大量のSBを使役することが可能になってしまった。危険すぎる。

危険性を説くオーディスに、しかし誰も引き下がらなかった。むしろ、リスクが大きいからこそリターンも大きいのだ、とまで嘯《うそぶ》く者まで現れた。

しかし、オーディスは決して譲らなかった。

——研究を打ち切る理由はそれだけではない。この〈コープスリサイクル〉を完成させる為には、まだまだ多くの予算が必要だ。しかし、もう金がない。ここはスポンサーから融資を得るため、新たな研究企画を立ち上げるべきなのだ。

いっそ清々しいまでの暴露であった。オーディスは全ハンドラーの悲願とでも言うべき研究を破棄して、しかも金を得るためだけに、金持ちの食いつきがいい新しい企画を立てろと言ったのだ。

この瞬間を境に、メンバーの不満は完全に飽和してしまった。

故に後日、シグロスがオーディスを手ずから殺めた時も、メンバーの誰もが驚きではなく、納得と共にその事実を受け入れた。

それから——今まではその天才を隠していたのか——シグロスは未完成だった術式〈コープスリサイクル〉をあっと言う間に完成させ、『ヴォルクリング・サーカス』最大の目的であった使役S

Bの大量再生を現実のものとした。

『術式を完成させるためには予算が足りない』とオーディスは語ったが、それはどうやら研究打ち切りに反対するメンバーを諦めさせるための方便だったらしい。いくつかの煩わしい準備や条件が必要ではあるが、とにかく〈コープスリサイクル〉というハンドラー究極の術式は完成した。

そして、シグロスはクラスタメンバーを集めて、次のように提案した。

――そろそろハンドラーが舐められる時代を終わりにしよう。コレさえあれば、世界がひっくり返せる。全人類を見返してやろうじゃないか。

否やを唱える者は一人としていなかった。

これまで彼らは、世界中にハンドラーの威光を広めるため努力してきた。その汗と涙の結晶を駆使することに躊躇いなど感じるはずもなかった。今までの艱難辛苦に匹敵する対価を得るため、彼らはその手を汚すことを決意したのだ。

それが、クラスタ『ヴォルクリング・サーカス』が、テロリスト集団に堕した瞬間であった。

こうして新生『ヴォルクリング・サーカス』のメンバー総勢十五名は、まずは拠点であったパンゲルニアの地方都市リザルクで〈コープスリサイクル〉を発動させ、瞬く間に壊滅へと追い込んだ。

次なる目標は、天然の要塞――浮遊都市フロートライズ。ここを力尽くで占拠すれば、『ヴォルクリング・サーカス』の英名は世界中を駆け巡り、遠からず何処かの軍事国家から招聘《しょうへい》がかかる――そのはずだった。そう、そんな展開になるはずだったのだ。

なのに。

愕然とする部下二人を、シグロスは救いがたい愚か者だと言わんばかりに嗤う。

「——馬鹿だなぁ、そんな適当な計画、嘘に決まっているだろ？　どうしてと聞かれたら、お前らを騙すためとロルトリンゼを炙り出すため——とでも言えばいいのかな？　お前らってさ、地位と名誉と金、それさえ手に入るんなら何でもするってタイプだったろ？　全員、長い間抑圧されてきて劣等感を拗《こじ》らせたネクラだったからなぁ。どいつもこいつもチョロかったよ。本当、騙しやすいにも程があったというか」

可笑しくて堪らない、といった風にシグロスはくつくつと嘲笑する。

「あとさ、ロルトリンゼだけど。アイツのことだからさ、絶対出てくると思うんだよね。自分のいる場所で、大量虐殺とか起こったらさ」

新生『ヴォルクリング・サーカス』において唯一の気掛かりは、オーディスの一人娘であるロルトリンゼ・ヴォルクリングだった。彼女は術式開発においては父オーディスに師事していたが、クラスタの一員ではなかった。ソロのエクスプローラーとして近場のドラゴン・フォレストで活動する、ある意味では一番ハンドラーらしいハンドラーだった。

彼女はオーディスの死が発覚した直後、シグロス以下クラスタメンバーが何かしら手を打つ前に行方をくらました。恐らく——否、間違いなく父親のオーディスが暗殺されたことを察しての行動であろう。

シグロスは、いっそ爽《さわ》やかとも言える笑みを顔に張り付かせて、シガリロを一服。ぽかり、と紫煙の輪っかを口から吐き出した。

「間違いなくこの街にいるはずなんだよなぁ、集めた情報から判断すると。地元であれだけ騒ぎを起こしても出てこないと思ったら、空港に渡航ログが残ってるんだもんなぁ。行動速すぎだよ、アイツ。それにしたって一体何が目的でこんな――」

「――ま、待ってください……待って下さい！」

部下の一人が大声でシグロスの口上を遮り、慄然《りつぜん》と見開かれた瞳を向ける。ぶるぶると震える指先でシグロスを指し示し、重い声を絞り出した。

「ま、まさか……リザルクで〈コープスリサイクル〉を発動させたのも、次の目標をここにしたのも……た、単に、ロゼお嬢さんを見つけるためだけだったんじゃ……⁉」

「そうだけど？」

あっさりとシグロスは肯定した。

信じがたい事実に絶句する部下二人に、シグロスは興が醒めたかのごとく落ち着いた声で言う。

「ようやく気付いた？　俺が欲しいのは、アイツが開発していた特級ＳＢを使役する術式だけさ。それ以外は割と本気でどうでもいい。お前らはその為の手駒だったってわけ」

「……な、なら、もしここに……フロートライズにロゼお嬢さんがいなかった時は……？」

当然と言えば当然の質問に、シグロスは視線をあらぬ方向へ向けて、しばし考え込んだ。

「……その時は――そうだな、その時はもう、ロルトリンゼが這い出てくるまであちこち壊して回ろうか。それか、どこかのメディアで『お前の親父を殺したのは俺だ！』って吹聴して回ろうか。なんにせよ、アイツが俺を殺しに来るように仕向けて、そこを……ああ、そうか。最初からそうしておけばよかったのか？　何だ、無駄な手順を踏んじゃったな」

　シグロスは妙案を思い付いたという風に、それでいて、こんな簡単なことにも気付かなかったのかと照れるように、苦笑した。

「まぁいいか。お前ら全員の間抜けっぷりを眺めるのも楽しかったし。いちいち反抗的な奴ら――ああ、お前ら三人のことな？――はちょっと腹が立ったけど、それはそれでスパイシーだったって考えれば。うん」

　シガリロを口の端に咥え、両手を空にして、

「――さて、それじゃ、茶番はそろそろ終わりにしようか。というか、お前らのしょうもない顔も流石に見飽きてきたし」

　右掌に深い森の色をしたコンポーネントが現れる。シグロスの血色の悪い肌に、クロムグリーンの幾何学模様が浮かび上がった。フォトン・ブラッドが駆け巡り、〝ＳＥＡＬ〟が励起する。

「「――!?」」

　シグロスが何をするつもりなのかを即座に察知して、二人の部下も動いた。彼らもまたハンドラーだ。それぞれの手に、己が所有するコンポーネントを取り出す。

　右の男はルナティック・バベルで回収できる青白いものを。

　左の男はキアティック・キャバンで手に入る薄紅色のものを。

　三人の男の声が同時に重なった。

「「「〈リサイクル〉！」」」

三色のアイコンが同時に弾け、三つのコンポーネントが具現化を開始する。

しかし、シグロスの起動音声には続きがあった。

紫煙をくゆらせながら、彼は楽しげに呟く。

「――〈ミングルフュージョン〉」

刹那、ライトブルーの双眸が、溶鉱炉のごとき真紅に染まった。


「これでよし、と」

血の匂いが立ち込める空間に、軽い声が空虚に響く。

またしても、このバーで呼吸しているのは、シグロスただ一人だけ。

全員、彼が殺した。

犠牲者は皆、色取り取りの血液をぶちまけて転がっているか、壁に埋まっているか、豚とも牛ともつかないただの肉塊となり果てているか。

もはや店内は、かつての見る影もなく荒れ果てていた。出来たばかりの破壊痕《はかいこん》が、全体の八割以上を占めている。

噎せ返るような鉄の匂いと、重く甘ったるい燻煙が充満する中、シグロスは運よく無傷だったソファに腰を下ろして、自身の〝SEAL〟からダイレクトメッセージを一斉送信していた。

この街の八方にある龍穴《ボルテックス》――〈コープスリサイクル〉を発動させるための条件が揃った土地に待

機しているであろう『ヴォルクリング・サーカス』の面々に、指示を送ったのだ。

そして、もう一つ。これから巻き起こるショーが、より大きく盛り上がるための小細工も弄した。これだけやれば、ロルトリンゼも巣穴に籠っているわけにはいくまい。

今、シグロスの視界に浮かぶARスクリーンには、作戦開始時刻が表示されている。それは、一番人出が多いであろう昼の時間帯を示していた。

これで十数時間後には、リザルクと同じような阿鼻叫喚《あびきょうかん》の地獄がこの浮遊島に顕《あらわ》れる。オーディス・ヴォルクリングの危惧は、確かに正しかった。悪用された〈コープスリサイクル〉は、あまりにも多くの犠牲者を生む。

だからこそ、シグロスは彼を殺したのだ。

そう。〈コープスリサイクル〉が発動すれば、面白いほど簡単に命は散っていく。

それはもう、軍靴で花園を蹂躙《じゅうりん》するかのごとく。

そう遠くない未来の場景を想像して、シグロスは口元を綻ばせた。

誰も彼も、自分の役に立たない奴は死んでしまえばいい。生きているだけ邪魔だ――シグロスは心の底から思う。例えば、コンポーネントを集めてくるエクスプローラーの奴らなら、自分の役に立つ限りは特別に生かしておいてやろう。しかし、逆らう者、不愉快な者、どうでもいい者はどんどん死んでいけばいい。

ロルトリンゼだってそうだ。

大人しく術式を渡すならよし。渡さない時は――葬式に参加することすら出来なかった父親の顔を、すぐにでも見られるようにしてやろう。

自分と再会した時、あの表情の変化に乏しい小娘は、一体どんな顔をするだろうか。どんな感情を見せてくれるだろうか。

燃える炎のような怒りだろうか。萎れる花のような悲しみだろうか。それとも、煮詰めた毒のような憎悪だろうか。

なんにせよ、あの綺麗な顔が歪むところを見るのが、今から楽しみでしょうがない。

嗜虐的《しぎゃくてき》な妄想に耽《ふけ》りながら、シグロスは新しく棚から取り出したグラスに酒を注ぎ、シガリロの芳香と共に一気に喉へと流し込んだ。

鬱陶《うっとう》しい奴らを片付けたおかげだろうか。

とても喉越しがよくて。

胃に収まる酒精《しゅせい》は、天使の涙を直接舐め取ったかのように、とても甘い味がした。

●10　ぼっちハンサーの誓い

ハヌの前ではああ言ったけれど、それでもまだ、僕の中には迷いが残っていた。

夜も深まった時刻、僕は自室で〝SEAL〟の検索機能を駆使して情報取集に努めている。

周囲に浮かぶ何十枚ものARスクリーンを回遊魚のように漂わせながら、『ヴォルクリング・サーカス』に関する情報を片っ端から抽出していく。信憑性《しんぴょうせい》や確度はひとまず気にしない。一つ一つの情報は点のようなものだから、とりあえずひとまとめにして、全体を俯瞰する。そうすると、全体像が点描画みたいな絵になることがあるのだ。そして、情報はどこまで分解してもゼロになることはない。『情報がない』というのが一つの情報になるからだ。

かくして、あるべきところにあるべきものがない、というのは奇妙な空白となり、本来そこにあるべきものを隠している何者かの存在が浮かび上がってくる。

「……やっぱり、おかしいなぁ……」

眉間にしわを寄せたまま、僕は独り言《ご》ちた。

もう二時間以上も費やしているというのに、とある情報が一向に出てこないのだ。

それが何かというと——首謀者の名前である。

彼らは街を一つ壊滅させるという、とんでもないことをしでかした。まだ具体的な目的こそ明かされてないが、声明を出したからには、あれはテロリズムである。テロとは、何かしら政治的目的を達成するために暴力を用いる思想なのだから。

ということは、だ。つまり『ヴォルクリング・サーカス』の中には、その政治的思想を体現する指導者がいる――ということになる。

そう。本来なら指導者――即ち首謀者の名前をもって彼らは声明を出すべきだったのだ。だというのに、出された名義は何故か『ヴォルクリング・サーカス』というクラスタ名だけ。

いるはずの中心人物の姿が、まるで浮かび上がってこない。

順当に考えれば、クラスタリーダーであるオーディス・ヴォルクリング氏がそうだろう。しかし、残念ながらそれはない。何故なら、オーディス氏は故人だからである。偶然か、あるいはそれこそが事端だったのか。オーディス氏は『ヴォルクリング・サーカス』がテロ行為を始める二日前に亡くなっている。

では現在、テロリスト集団と化したクラスタ『ヴォルクリング・サーカス』を率いているのは誰なのか？

――意図的に伏せられているのだろう、おそらくは。これだけ調べても出てこないのだ。彼らの中でも強固な箝口令《かんこうれい》が敷かれているに違いない。

だけど、それは一体何故？　どうして、肝心要の首謀者の名前を頑なに秘匿するのか。外部に漏れると、何か困ることがあるとでもいうのだろうか？

そこまで考えた時、ふとある思考が泡のように浮かび上がってきた。

「……まさか……」

と呟いた直後、僕は首を横に振って、いやそんなはずない、と脳裏に過《よ》ぎった可能性を否定する。

考えすぎだ。そんなこと、あるはずがない。

――首謀者の正体がロゼさんだなんて、あるはずがない。

いや、違う。あって欲しくないと、僕がそう願っているのだ。感情的に。

だから僕の思考は、理性は、その可能性を無視できない。合理的な理屈を重ねた上で、有り得るパターンの一つだと認識する。

辻褄なら合うのだ。あの人は、ロゼさんは不器用な人だ。僕に似て、嘘がつけない性格なのはきっと間違いない。だけど、本当のことを言わない――つまり、『隠す』ことなら出来る。沈黙はロゼさんの得意とするところだろう。なにせ、自分の目的がヘラクレスのコンポーネントであることを秘して、僕に近付いてきたぐらいなのだから。

「…………」

どうして嫌な想像というのは、こうも成長が早いのだろうか。僕の頭は、ふとした思いつきを補強するための材料を記憶から探し出してきては、どんどん勝手にストーリーを構築していく。

例えば――仮に『ヴォルクリング・サーカス』の首謀者がロゼさんだったとしよう。名前からして、彼女がオーディス氏の親族であることは明らかだ。年齢的に実子、ないしは姪のどちらかだろう。その点を考慮に入れれば、ロゼさんがオーディス氏に変わる新たなクラスタリーダーだったとしてもなんら不思議ではない。

ロゼさんの目的は、ヘラクレスのコンポーネントだった。もしそれを用いて更なるテロ行為に及ぶ腹積もりであれば、自身が『ヴォルクリング・サーカス』の首領であることを知られるのは、いかにもまずい。だから、クラスタ内に厳格な情報統制を敷き、自分の正体が世間に露見しないよう完璧に秘匿した。だから、どこをどう調べても『ヴォルクリング・サーカス』の首謀者の名前は出てこない——うん、無理のない筋書きではある。

けれども、これはあくまで可能性の話だ。

「……いやいや、そんなそんな。ないよね、やっぱり……」

ひとりでに暴走して最後まで突っ走ってしまった己の妄想を、僕は溜息と一緒に笑い飛ばす。

確かに筋は通る。だけど、短い付き合いではあるが、僕の知っているロゼさん像とは少々かけ離れすぎている。いきなり前のめりで『愛人契約』だなんて言葉を持ち出してくるあの人に、そんな狡猾な真似が出来るものだろうか？　僕の見る限りロゼさんの性格は、言動や戦い方からして、よく言えば『まっすぐ』、悪く言えば『猪突猛進』だ。

そんな小細工を弄する人だとは、とても思えない。

ハヌと喫茶店にいる時に考えた通りだ。ロゼさんが『ヴォルクリング・サーカス』の一員だとするには、色々と行動がチグハグなのだ。故に、ロゼさんがテロリスト集団のリーダーである可能性は、ほぼゼロ。多分、他にオーディス氏の地位を継承した人物がいて、きっとその人が——

と、そこまで考えた時だった。

『——番組の途中ですが、緊急速報です』

周囲に浮かべて回遊させていたARスクリーンの一つから、突然、鋭い声が発せられた。弾かれたように振り返ると、そこには緊迫した顔のニュースキャスター。

『……今先程、先日リザルクで大規模破壊テロを実行したヴォルクリング・サーカスから、新たな声明が公開されました』

口の中が砂漠みたいにカラカラなのか、彼はひどく硬い声で原稿を読み上げる。僕は視界の端で、このニュース速報のチャンネルをチェック。フロートライズ自治体が配信しているローカルニュースであることを確認した。

『……読み上げます。〝我々の次の標的は、浮遊都市フロートライズ。繰り返す、次の標的はフロートライズだ。大量のコンポーネントを用意して待っていろ〟——以上です』

「……!?」

電流が流れたのかと思うほどの勢いで、戦慄が背筋を駆け抜けた。僕は目を見開き、絶句する。

——フ、フロートライズって……こ、ここ!?

自分の住んでいる街がテロの標的にされる——当然ながら、そんなのは初めての経験だったし、現実にそんなことが起こり得るなんて夢にも思わなかった。驚きのあまり頭の中が真っ白になってしまう。

だけど、僕にとっての最大の衝撃は、次の瞬間に来た。

『声明文の名義は〝ロルトリンゼ・ヴォルクリング〟、声明文の名義は〝ロルトリンゼ・ヴォルクリング〟です。当局の調査によると、この人物は先日亡くなったヴォルクリング・サーカスの元リーダー、オーディス・ヴォルクリングの実子で、リザルクのテロが起こる直前に行方をくらませており、捜索願が出されていまして――』

誰かに頭をサッカーボールみたいに蹴飛ばされたみたいだった。

頭の中が真っ白になる感覚はたまに味わうことがあるのだけど、見えないハンマーで殴られたような衝撃を覚えることは、そうはない。

今がまさにそうだった。

「――――」

ARスクリーンのあちこちにテロップが躍り、テロの首謀者の名前が何度も強調される。

ロルトリンゼ・ヴォルクリング――その文字列に頭をぶん殴られた僕は、半ば気絶しているような状態で、しばらく何も出来ず、何も考えられず、ひたすら呆然としていた。

気が付くと、僕は部屋を出て夜道を歩いていた。

無意識の行動だった。多分、独りで部屋にいると、鬱屈した気分に押し潰されてぺしゃんこになってしまうからだろう。

ロルトリンゼ・ヴォルクリング。

首謀者。

クラスタリーダー。

『ヴォルクリング・サーカス』。

ぶつ切りになった名詞が頭の中を乱舞していた。ぐるぐると循環する。考えても考えても答えのない問いを、ずっと考えているような気分。

まさかのまさかだった。

最悪の予想が当たってしまった。

何もかもがご破算だった。

こうあっては欲しくないと思ったことが、ドンピシャで的中してしまったのだ。

嘘だと思いたかった。でも、今もなお視界の端に浮かべているARスクリーンに浮かぶ文字列は変わらないし、さっきから怒濤のごとく更新されていくネットの情報は、どいつもこいつもロゼさんのフルネームを連呼している。

不意に、この間のヘラクレスとの戦いを思い出した。奴の首を〈フレイボム〉で吹き飛ばし、それでも完全再生された時——ゲートキーパーのくせに術式を発動させて、六本腕の怪物に変貌した時、目を開けていてなお目の前が真っ暗になったのを覚えている。

今もそんな気分だった。

僕はもはや、何もわからなくなってしまった。何が正しくて、何が嘘なのか。ロゼさんの行動も、テロリストの声明も、どう考えても整合性がとれない。もう何もかも諦めて、考えるのをやめて、ニュースで言っていた通り『ロルトリンゼ・ヴォルクリングこそがテロリスト集団の首領だった』という事実さえ呑み込んでしまえば、きっと楽になれるのだろう。そうすることがあまりにも魅力的で、甘美な誘惑に思えた。

でも、そう簡単に割り切れるのなら、苦労はないのだ。

集めた情報で作った俯瞰図。そこにあった奇妙な空白が埋まって絵が完成したはずなのに、どうしても納得がいかない。心のどこかで、現状を否定するきっかけをまだ求めている。

胸に鉛を詰め込まれたような気分で当て処もなく夜道を歩いていると、ふと見慣れた場所に立っていることに気付いた。

ルナティック・バベル。

観光客向けにライトアップされた白亜の塔が、僕の前にそびえ立っていた。

行き先も決めずに歩いてきたからだろう。無意識に通い慣れた道を進んでいたのだ。

「…………」

顔を上げ、無心で巨大な遺跡を見上げる。この軌道エレベーターは、月の表面まで伸びているという。その長大さはもはや想像の埒外で、こんなものを建造するために必要だった労力を考えると、僕はいつも呆けたように嘆息してしまう。

客観的に見れば、僕の悩みなんてこの遺跡に比べればよほどちっぽけなのだろうな、と思う。

そう、僕はちっぽけな人間だ。いつだってそう思っているし、思い知らされている。〝勇者ベオウルフ〟なんて名前、僕なんかには重すぎる代物だ。

ルナティック・バベルが目の前にあるからだろうか。この間、ハヌとの邂逅《かいこう》から起こった出来事が走馬燈のごとく思い出される。

本当に、本当に色々なことがあった。つい先日のことなのに、どこか遠く感じられる。短いながらも、実に濃密な時間だった。『カモシカの美脚亭』で出会って、一緒にエクスプロールに行って。ハヌのすごい術力を見たり、僕の秘密について話したり、ヴィリーさん達と遭遇したり。ゲートキーパー〝海竜〟と戦って、コンポーネントを換金しに行ったり、カフェで美味しいものを食べたり、不動産屋に部屋を探しに行ったりして――

「――っ……」

口の中に酸っぱい苦味が走る。嫌なことを思い出したのだ。

自己嫌悪の記憶――ダインに唆《そそのか》され、愚かな僕は、大切な友達の手を振り払って逃げてしまった。口内いっぱいに広がるのは、あの時、嫌悪感と一緒にトイレで吐いた胃液の味だ。

本当に馬鹿だった。今でも思う。どうして僕はあんなことをしてしまったのか。手を離すべきじゃなかったのに。逃げるべきじゃなかったのに。

ただの思い込みだった。自分がハヌに相応しくないだなんて。ハヌはあんなにも僕を頼ってくれていたのに。信じてくれていたのに。僕は彼女の気持ちも知らないで、我が身可愛さから傷付くことを恐れ、逃げ出したのだ。

全部、僕の妄想だった。相応しいとか相応しくないとか、ハヌはそんなことまったく考えていなかったのに。意識すらしていなかったのに。なのに僕ときたら、一言の相談も話し合いもなく、自分本位な想像をもとに行動して。

あの時、一言だけでいい、ハヌに確認すればよかったのだ。

『僕は、本当に君と一緒にいてもいいの?』――と。そうすれば絶対、彼女はこう言ってくれたはずだから。

『当たり前じゃ。ラトは、妾の唯一無二の大親友じゃぞ。おぬし以上に妾の傍が相応しい人間などおらぬ』――と。

そんなやりとりを想像してみたら、何だかちょっと笑いが込み上げてきた。ルナティック・バベルを見上げたまま、僕は声もなく笑う。

その瞬間、不意に気付いた。

「……思い込み……？」

頭の中でひっかかったその言葉を、思わず口に出して繰り返す。

そうだ。

今だって――そうじゃないのか？

僕はまた、あの時と同じ過ちを繰り返そうとしているのではないか？

だって、そうだ。

僕はまだ、ロゼさんの口から本当のことを聞いていない。ロゼさん名義で『ヴォルクリング・サーカス』の声明文が出されたと言っているのは、あくまで報道機関だ。彼女ではない。

僕はロゼさんから直接、そうと告げられたわけではないのだ。

「――～っ……！」

はっ、となった。自分の馬鹿さ加減に嫌気が差して、目に涙が滲んでくるほどだった。

どこまで愚かなのだ、僕は。またしても、同じような間違いを犯そうとしていただなんて。

あの時と一緒だ。周囲の言葉に惑わされて、振り回されて、本当に大事なことを見失いかけてた。大切なことは、自分の目で、耳で、心で確かめなければいけないのだ。ハヌがそう教えてくれたではないか――！

そう気付いた瞬間、胸の中にあったモヤモヤが一気に晴れた。

状況は何も変わっていない。

だけど、もう迷わないと心に決める。

信じるのだ、ロゼさんを。

裏切られてもいい。傷付いたっていい。

我が身可愛さで自分から手を離すことだけは、もう絶対にしない。

だから――僕はロゼさんを信じる。

ニュースが言っていたことは全部デマで、あれは何かの間違いだったという可能性に賭ける。たとえそれが、一縷《いちる》の望みだったとしても。

現実は非情で、僕の希望なんてあっさり踏みにじられるのかもしれない。ロゼさんはとても嘘の上手な人で、正直者が馬鹿を見る結果になるのかもしれない。

だけど、もう後悔したくないのだ。

自分から手を離して、後であれは間違いだったと悔いるのは、もうたくさんだ。

またあんな思いをするぐらいなら、信じ抜いた果てに裏切られた方が、万倍マシだった。

「……よしっ……！」

白い巨塔を見上げ、胸に誓う。
たとえその選択が愚かだったとしても。
誰かから馬鹿だと蔑《さげす》まれようとも。
自分が信じると決めた人を、最後の最後まで信じ抜く。
その覚悟を決め、僕は踵を返した。
やることは決まった。
決戦は明日だった。

●11　琥珀色の涙とコープス・フェスティバル

断固たる態度で臨むのである。

絶対に、不退転の決意なのである。

何があろうと、言うべきことを言ってやるのである。


「…………」

「…………」


一晩が過ぎ、ロゼさんの真の目的を知った翌日。

エクスプローラー御用達の『カモシカの美脚亭』――二階の個室フロアの一室に、僕とハヌ、そしてロゼさんとが会していた。

テーブルを挟んで向かい合う僕達。

何だか一触即発の空気が漂っている。体中に静電気を帯びた状態で、揮発油をぶちまけた場所に立っているような気分。この尖った雰囲気を作っているのは、僕の体から滲み出る緊張感なのか。それとも、向かいに座っているロゼさんの鉄仮面の冷たさなのか。もしくは、その両方か。

相も変わらず何を考えているのかわからないロゼさんは、今日も藍色を主とした装いをしている。

多分、青系の色が好きなのだろう。柔らかそうなアッシュグレイの髪と琥珀色の瞳が映えていて、よく似合っていた。けれど、隣に座っているハヌに何を言われるかわからないから、胸元あたりには絶対に視線を向けないようにしないと。

というか、胸なんて見ている場合ではないのだ。

そう、今日の僕は一味違うのである。

「ロゼさん」

僕は大きく息を吸い込むと、強い語調――と自分では思っているつもり――で呼び掛けた。

「はい」

恬淡とした声で応じるロゼさん。昨日のことなどなかったかのような振る舞いだ。けれどよく見れば、目の下に隈《くま》らしきものが見て取れる。もしかして彼女も睡眠不足なのだろうか。

いやいや、そんなことは今はどうでもいい。僕は意を決すると、〈フレイボム〉を直撃させるぐらいの覚悟で、昨日のやりとりの答えを口にした。

「ヘラクレスのコンポーネントをお譲りします」

はっきり言った。強い声できっちり断言した。

しかし、ロゼさんの表情に変化はない。

なので、再度繰り返した。ロゼさんがいつかみたいに話を聞いてないことがないように。

「もう一度言います。僕はロゼさんにヘラクレスのコンポーネントをお渡しします。もちろんお代は結構ですし、愛人契約も結びません」

無料である。タダである。無償、フリー、出血覚悟の大奉仕、持ってけ泥棒なのである。

これに対しロゼさんは、

「――。」

珍しい。ロゼさんが豆鉄砲を喰った鳩のようにキョトンとしている。心の底から驚いているのだろう。唇も半開きになっていた。

ぱちくり。そんな音が聞こえてきそうな勢いで眼を瞬かせたロゼさんは、ゆっくりと小首を傾げ、やがて絞り出すような声で、

「………………正気、ですか？」

結構失礼なことを訊ねてきた。

いや、わかっている。ロゼさんが慇懃無礼《いんぎんぶれい》な人であることはとうに知っている。

だから、ここは強く言い返す場面だ。僕は内心で気合を入れ直し、眉間に力を込める。

「正気です。正真正銘、心の底から本気で言っています。嘘でも引っかけでもありません。僕が持っているヘラクレスのコンポーネントは無料でお渡ししますし、その代価を求めることは絶対にありません」

「…………」

ロゼさんの表情筋は一ミリトルも動いてはいないけれど、不思議とその視線が懐疑的であることだけはわかった。うん、何となくだけど、少しずつ彼女の感情が読めるようになってきた気がする。

とはいえ、ロゼさんの疑念はある意味正しいのだ。何故なら――

「――ただし、一つだけ言っておくことがあります」

「……はい、何でしょうか」

やはり来たか、という反応をするロゼさん。やっぱり顔つきは変わっていないけど、目線の動きや声の調子からそれとなく読めるのだ。内心で鎧を纏ってがっちり身構えたであろうロゼさんに、僕はあらかじめ用意しておいた台詞を告げる。

「ロゼさん、あなたは僕達のクラスタ『ブルリッシュ・ヴァイオレット・ジョーカーズ』への加入を希望されました。それについては昨日ハヌが了承したので、現時点で、あなたはもう僕達の仲間です。それはよろしいですか？」

「……？　はい、ありがとうございます」

僕の前振りの意図が掴めず、ロゼさんはやや困惑したようにお礼を口にする。

ロゼさんから肯定の言葉を引き出した僕は、さらに追撃をかけた。

「では、僕達『ＢＶＪ』の唯一無二にして絶対不可侵のルールを説明します。それは……」

僕は右隣のハヌにちらりと目配せした。すると彼女もこちらに上目遣いをくれていて、くふ、と笑みを浮かべて小さく頷く。

僕はロゼさんに視線を戻し、真っ向から言い放った。

「何があろうと、絶対に仲間を見捨てないこと」

それはつまり、

「仲間が危ない時、困っている時、助けが必要な時は、必ず全員でこれを助けます。それがたとえ事情がわからないことだったとしても、たとえ助けられる本人が望んでいなかったとしても、僕達みんなが助けが必要だと判断した時には、必ずクラスタメンバー総出で助けに行きます」

ここまでつっかえずに言い切れたのは、僕にしてはなかなか上出来である。もう一度ハヌの方をチラ見すると、うむうむ、と満足げに頷いていた。僕は誇らしさで胸を一杯にすると、今朝、ハヌに丸暗記するよう叩き込まれた台本の続きを口にする。

「これが僕達『BVJ』のルールです。ロゼさんも一員になったからには、これに従って貰います。これはリーダー命令です。メンバーであるあなたに拒否権は――えっと、一応は――ありません。よろしいですね?」

あまりに反応がないので、終盤にはつい弱気になって台詞が乱れてしまった。

「…………」

ロゼさんは目を見開いたまま固まっている。彫像になったかのごとく、呆然と僕の顔を見つめている。よろしいですね、と質問の形で会話が止まってしまったので、そのまま場に沈黙が訪れた。

これは昨晩、ルナティック・バベルの前で誓ったこと――一度信じると決めた人を、最後の最後まで信じ抜く――それを実現させるためのクラスタルールだった。

僕はあの時、愚かにもハヌの手を離してしまった。だけど、第二〇〇層のセキュリティルームの時は激情に突き動かされ、しゃにむに突っ込んでいった。ヘラクレスとの戦いは辛かったし、一歩間違えれば死んでいたかもしれない。

でも、そこに後悔はなかった。

再びハヌの手を取りに行って、本当によかったと思えたのだ。

誰かを見捨てれば、そこには後悔が生まれる。後悔を抱えながら生きてく人生なんて、僕はまっぴらごめんだ。だからこそ今朝、ハヌと相談し合って決めたのだ。この『何があろうと、絶対に仲間を見捨てない』というルールを。

ロゼさんが口を開いたのは、たっぷり十秒が経過してからだった。

「……それはつまり――何が言いたいのでしょうか？」

無機質ながらも、言葉を選び選び、という風に質問してきた。琥珀色の瞳が、こちらの思惑を推し量らんとじっと見つめてくる。

落ち着け。僕は早鐘《はやがね》を打ち始めた己の胸にそう言い聞かせた。別に悪いことをするわけではない。しっかり、はっきりと答えればいいのだ。すぅ、と大きく息を吸って僕は言った。

「――言ったままの意味です。僕達は仲間です。互いに助け合うのはクラスタメンバーとしても、エクスプローラーとしても当然のことです。だから、僕がヘラクレスのコンポーネントを渡すのもその一環です。仲間であるロゼさんとは助け合うのが当たり前ですし、お金のやりとりなんて野暮ですし、あ、あいじ――契約なんか御法度です御法度。な、なので、遠慮なく受け取ってくれればいいんです。わかりますよね？」

「わかりません」

間髪入れず言い返されて吃驚した。

宝石の反射光のように鋭く尖ったロゼさんの視線が、僕の顔に突き刺さる。

「ラグさん、貴方が何を言いたいのかよくわかりません。改めて説明を願います」

いやあの――これ絶対わかってるよね？　この硬い口調といい、内容といい、間違いなく『わかってはいるけど納得いかないから意見をねじ曲げて言い直せ』ってことだよね？

しかし、ここで怯んでは昨日の二の舞だ。何だか今のロゼさんは怒っているみたいだけど、そんなことを言ったら、僕なんて昨晩からずっと腹に据えかねているのだ。

いいさ、言ってやる。

「――誰にだって、人には言えない事情があると思います。ハヌもそうだし、僕だってそうです。だからきっと、ロゼさんにも言えないこと、言いたくないことがあるんだと思います」

「――――」

ロゼさんは僕をしっかり見据えて、接着剤でくっつけたみたいに唇を噤んでいる。僕はその目を真っ直ぐ見返して、言うべきことを述べた。

「――僕は、事情を話して欲しいと言うつもりはありません。別に教えてくれなくてもいいんです。でも、僕達はもう仲間です。友達です。助け合うべき仲じゃないですか。だから――だからもし、ロゼさんが何か大変なことで困っているなら、僕はそれに力を貸します。無関係だなんて言わせません。僕達はもう同じクラスタのメンバーなんですから。たとえロゼさんがそれを拒否したとしても、僕はあなたを助けます。助けたいんです」

「…………」

僕の言葉を最後まで聞いたロゼさんは、無言のまま、すっと視線を右下に向けた。

――まただ。また、目を逸らした。

目線を下げたままのロゼさんの唇が少し開き、何かを言おうとする。けれど何を言うのかなんて、聞くまでもなかった。どうせこう言うのだ。駄目です。これは私の個人的な事情です。巻き込むわけにはいきません――そのようなことを。

だから。

「……ですが、私の事情に」

「巻き込んでください」

予想通りの台詞が出ようとした瞬間、僕の喉は衝動的に動いていた。

「巻き込んでくれていいんです。もう仲間なんですから。他人行儀なことを言わないでください。助けが必要なら必要だって、遠慮なく言ってくれていいんです」

そこまで言った時、ふと僕の隣に座る小さな身体が、もぞり、と動いて居住まいを正した。

「――よもや否やはなかろうな？　ロルトリンゼ」

僕の語を継いで、ハヌが揶揄するように言った。フードを脱ぎ、腕を組んでいるハヌは、色違いの目に理知的な光とほんの少しの意地悪さを宿して、ロゼさんを追及する。

「妾達のクラスタに入りたいと申し出たのは、他ならぬおぬし自身じゃ。であれば、クラスタにおける掟など守って当然であろう？　それにおぬし、こうも言っておったはずじゃ。ラトからヘラクレスの魂を受け取るための契約が結べるのならば、命以外の全てを差し出す用意がある――との。

ならばこれをもって契約とすればよい。ロルトリンゼ、おぬしがこの掟を守るということを条件に、ラトはコンポーネントを渡す。これでよかろう。何か問題でもあるか？」

何だろう。ものすごくいじめっ子な波動を感じる。くふ、といつもの笑みを口元に浮かべたハヌは、妙に楽しそうにロゼさんを見つめていた。涼しげな目つきは、昨日喫茶店で僕の様子を眺めていた時のものと酷似している。

「……つまり、ヘラクレスを無償で譲ってくれる代わりに、あなた方はどうあっても私の事情に首を突っ込む——そういうことですか」

そう言うロゼさんの声は、石が擦れ合う音にも似ていた。響きに込められた圧倒的なまでの拒絶感。思わずいつもの癖で「あ、いや」と言ってしまいそうになるのを我慢して、僕は首肯する。

「——はい。でも、もう理由は聞きません。ロゼさんがヘラクレスをどうするつもりかは知りませんが……こんなものが必要になる事態なんて、限られているじゃないですか。だからきっと僕達にも手伝えることが——」

「人殺しに使います。それでもですか？」

「ッ……!?」

いきなり飛び出した血生臭い単語に、僕は文字通り面食らった。息を呑んで、舌を止めてしまう。

琥珀色の双眸から猛烈な威圧感が溢れ出ている。眉根にも髪の毛一本ほどの皺《しわ》が刻まれていて

——珍しく、ロゼさんが感情を露わにしているようだった。

「受け取った途端、そのヘラクレスであなた達二人を殺すかもしれませんよ。その後、街に出て多

くの人を虐殺するかもしれません。そういった可能性は考えなかったのですか」

詰問するように、ロゼさんは僕を責める。

その可能性なら、ちゃんと考えていた。『ヴォルクリング・サーカス』のことだってある。最悪、ヘラクレスがそういった用途で利用される可能性だって考慮していた。

だけど。

「……それはないと、僕は思います。──いいえ、むしろ今、それだけは絶対にないって確信しました」

「何故、そう言い切れます」

間髪入れず切り返された剃刀のような鋭い指摘に、僕はぐっと言葉に詰まる。

「だって……」

言い淀み、思わず隣のハヌに目を向けてしまう。僕の助けを求める視線を受け取ったハヌは、ふむ、と頷き、

「よいではないか、ラト。言うてやれ。嘘でも気のせいでもなく、おぬしはそう感じたのであろう？」

「……うん」

心強い声に背中を押されて、僕は意を決してロゼさんに向き直り、だけど上手く目を合わせられなくて、目線をテーブルの上に固定した。

「──助けて、って言ってました」

「……？　何を――」

「助けて欲しい、ってオーラが出てたんです」

「――？」

ちら、と視線を上に向けると、僕の言っている意味が分からなくて怪訝そうにしているロゼさんが見えた。我ながら意味不明な切り出しだと思う。とはいえ、この感覚を僕はまだ上手く言語化することが出来ない。思い付く限りの言葉で、辿々しくとも説明するしかないのだ。

「――その、上手く言えないんですけど、ロゼさんの顔とか、目とか口とか、体の動きとか、声の感じとか……ロゼさんって、あんまり表情が変わらないから、当たっているかどうかは自信ないんですけど、でも、何となくだけど、絶対こうだな、ってわかる瞬間《とき》とかもあって、後で確認したらやっぱり――みたいなこともあったし、でも時々外れることもあるんですけど、あの」

我ながら何てもどかしい、否、鬱陶しい喋り方だろうか。情けない。

もう駄目だ。変な奴だって思われるかもしれないけど、はっきり言ってしまおう。

面を上げる。

「――昨日ロゼさんが、僕にヘラクレスのコンポーネントをどうするのかって聞かれて、それは言えませんって答えた時……その理由は聞かないで欲しいって言った時に、感じたんです」

それは、

「……助けて、っていうロゼさんの心の声を」

「――。」

聞いたこともない方言でも聞いたかのように、ロゼさんの目が丸くなった。ピタ、と動きが硬直して、どうやら呼吸すら忘れているようにも見えた。

僕は顔全体に熱を覚えて、堪らずまくし立てる。

「へ、変なことを言っているのはわかっています。でも、ロゼさんの口から出る言葉と、体全体から聞こえる『声』とが矛盾していると思ったんです。口では関係ない、聞くな、首を突っ込むなって言ってますけど、態度では助けて欲しい、訳を聞いて欲しい、もっと踏み込んできて欲しいって言ってます。今だってそうです。変なズレがあります。僕達を殺すかもとか、街で暴れるかもとか。そんなの嘘です。絶対に有り得ません。だってそんなこと言っちゃったら、僕からコンポーネントを受け取れないじゃないですか。本当は喉から手が出るぐらい欲しいのに、どうしてそんなことを言うんですか。何をムキになっているんですか」

むしろムキになっているのは僕の方なのかもしれない。喋っている内に感情のボルテージがどんどん上がってきている。堰を切ったように言葉が溢れてくる。

「ロゼさんは多分、無意識に僕達を試してるんです。壁を作っても踏み込んでくるかどうか。本当に僕達が信用できるかどうか、突き放すことで測っているんです。だからすぐに整合性の取れないことを言っちゃうんです。矛盾が出てくるんです」

言わなくてもいいことを言っている——自分が不用意に突っ込みすぎているという自覚はあった。

でも。

僕には、わかるのだ。

似たもの同士である、この僕には。

ロゼさんが何を思っているのか。何を求めているのか。言動の一つ一つが、どんな気持ちと繋がっているのか。

もしかしたら、ただの思い込みかもしれないけれど。

それでもきっと、僕だからこそわかることがあるはずで。

一人ぼっちの感覚。孤独の空気。僕ならきっと、こんな時、こんな風に感じるはずだから――

すっ、と――限りなく自然に、でも確かにロゼさんが視線を逸らした。彼女は硬い声で言う。

「――そんなことはありません」

「嘘です」

すかさず僕は言い切った。すると、

「嘘ではありません」

頑な否定が跳ね返ってきた。彼女は、こちらと目を合わせないままだ。だから、

「それも嘘です。だって、目を逸らしているじゃないですか。ロゼさんは嘘を吐くときはいつも、僕と目を合わせないんです。気付いてないんですか？」

「――――」

言った途端、またもロゼさんの体が凍りついたように固まった。多分、いや、間違いなく自覚がなかったのだろう。図星を突かれて、ロゼさんは頭の中が真っ白になったかのようだった。

ロゼさんが硬直したまま数秒が過ぎ――やがて、

「……どうして……」

ぽつり、とロゼさんの唇から呟きが漏れた。か細く震える声だった。

ロゼさんが思い直したように面を上げ、こちらを見た。その瞬間だった。

琥珀色の瞳から、涙が一つ零れ落ちた。

「——……！」

僕は大きく息を呑む。

まるで僕の指摘が、ロゼさんの心の堤防に罅を入れたかのようだった。一度溢れた涙は、そのまま止まることなく一筋の流れとなった。

ロゼさんが泣いている。

能面のような表情を変えないまま、けれど、琥珀色の両目から、つーっと涙を流している。

「——どうして、あなた達は……」

僕達は言葉もなく、泣き出したロゼさんを見つめることしか出来ない。そして、ロゼさんは再び目線を斜め下に逸らし、

「……お願いします。本当に……お願いします」

か細く震える声。目尻から溢れた雫は頬を伝って細い川となり、顎から滴《したた》り落ちる。堪えきれなかったように、細く長い睫毛《まつげ》がふるりと震えた。

あんなにも怪力を発揮する、でも触ると柔らかそうな体が小刻みに揺れ始める。少し乱れた呼吸を整えるため、ロゼさんはほんの少し大きめに息を吸い、

「――ラグさん、小竜姫……あなた達はとてもいい人だと思います。会って間もない私に、そこまで親身になってくれること、とても嬉しく思います。ですが――いいえ、だからこそ……私はお二人を巻き込むわけにはまいりません。お願いです。私はあなた達に傷付いて欲しくない。死なせたくないのです。……自分勝手なことを言っているのはわかっています。ですが……どうか、お願いします。全て、私に任せてもらえないでしょうか」

壊れた人形のようにはらはらと涙を流し、決して顔を歪ませないまま――いや、違う。仮面を外さないいまま、ロゼさんは「お願いします」を繰り返す。

ロゼさんが何を隠しているのか、それはまだわからない。

だけど、言葉から察するに、死の危険がつきまとうほどの事情をロゼさんは抱えている。

――どんな気持ちだっただろうか。

見ず知らずの他人に、命以外の全てを投げ打つだなんて契約を持ちかけるのは。

一体どんな秘密を抱えれば、そんな真似をする必要が生じるというのだろうか。

それを平然とした顔で行ってきたロゼさんは。

けれど一体、どれだけの感情を、この無表情の仮面の下に隠してきたのだろうか。

「お願いします。どうか、お願いします」

ついにはロゼさんは頭を垂れた。アッシュグレイの髪がカーテンとなって、顔を隠す。

「…………」

胸が痛かった。

何をしていたのだ、僕は。よく考えればわかったことじゃないか。ロゼさんが僕達を遠ざけようとしたのは、彼女をとりまく状況があまりにも危険過ぎたからだ。目線を合わせず、事情を説明しなかったのは、僕達を巻き込ませまいと気遣ったからだ。

なのに、僕はそんなことにすら気付かず、善意を以てロゼさんを追い詰めてしまった。圧縮して硬化させたはずの仮面に、罅を入れてしまった。今、ロゼさんが流している涙は、その罅から漏れ出たものだ。心を縛っていた鎖を解き、とうとう本音を吐かねばならないほど、僕は、ロゼさんを追い込んでしまったのだ。

でも。

俯いて、小さく肩を揺らして泣いているロゼさんに、僕はこう思う。

――ロゼさん、それは間違いです。ゲームで言うなら、悪手というものです。

――だって、息をするほどたやすく、僕の中で覚悟が決まってしまったんですから。

「……ロゼさん。言いたいことはよくわかりました。どうか顔を上げてください」

僕が静かに告げると、ロゼさんはゆっくりと面を上げる。

真っ正面から視線が合う。涙に濡れた瞳が僕の顔を、どこか切なげに見つめる。

いつもの僕なら怯むところだったろう。

でも。

「いやです」

自分でも意外に思うほど、はっきりした声で言っていた。

かつてダイン・サムソロに、ハヌと縁を切れと迫られたとき、何の抗弁も出来ず、頷くことしか出来なかったこの僕が。

真っ向から、否定の言葉を口にしたのだ。

「――――」

ロゼさんも、ここまできっぱり断られるとは思っていなかったのだろう。またしても虚を突かれたように硬直する。

「言ったはずです。たとえ助けられる本人が望んでいなかったとしても――って。それがルールだって。それに――」

僕はゆっくり首を振って、さらに続けた。

「もう駄目です。絶対無理です。そんなことを言われたら余計に引き下がれません。ロゼさんが、そんな風にそこまで言うんです。ものすごく危ないに決まってます。――だから絶対、僕はロゼさんを助けます。何が何でも、手を引きません」

「――――」

ゆっくりとロゼさんが目を瞬かせる。驚きのあまり涙も引っ込んだ顔で、呆然と僕を見つめる。

僕は今、どんな表情を浮かべているだろうか。自分ではよくわからない。だけど――

「……ラト、おぬし……」

僕の横顔を見ているだろうハヌが、ぽつりと呟いた。予想外のものを見て、驚いている様子だった。だけどすぐに、くふ、と口元を綻ばせると、

「――よかろう、それでこそ妾の親友じゃ」

うむうむ、と嬉しそうに何度も頷いた。そして、ロゼさんへと視線を戻し、

「もう観念せい、ロルトリンゼ。こうなったラトはもう誰にも止められん。おぬしも見たであろう？　こやつはこういう顔で、あのヘラクレスと戦ったのじゃ」

ふふん、と何故かドヤ顔を浮かべるハヌ。どうやら僕は、そう言わせるだけの表情をしているらしかった。

「……ラグさん、小竜姫……あなた達は――」

そこまで言いかけて、ロゼさんは舌を止めた。またしても俯き、じっ、とテーブルの一点に視線を集中させる。

ロゼさんの沈黙はほんの数秒だったと思う。だけどこの瞬間だけは、時の流れが引き伸ばされたかのようだった。濃密な間は、そのままロゼさんの葛藤の激しさを物語っているようだった。

長い数秒が過ぎ――やがて、ロゼさんは観念したようにそっと目を伏せ、静かに震えながら、蚊の鳴くような声で囁いた。

「……ありがとう……ございます……」

瞼を閉じた際、目尻に残っていた涙の最後の一滴が、すっ、とロゼさんの頬を流れ落ちた。

それがまるで、心が氷解したしるしのように、僕には思えたのだった。

ロゼさんが落ち着くまで、少しの時間を要した。

やがて、彼女はゆっくりと顔を上げる。瞼を開き、今度こそ僕とちゃんと目を合わせた。服の袖でそっと目元を拭うと、自らを落ち着かせるためか、深呼吸を一つ。

「――お二人の気持ちは確かに受け取りました。そこまで仰るのでしたら、全てお話しいたします」

抑揚の薄い声音だった。目の周りはまだ少し赤いままだったけれど、口調はすっかり元通りのロゼさんだった。

「……いいえ、冷静に考えれば、いずれにせよ隠し通せるものではありませんでしたね」

訥々《とつとつ》と語り出す姿は、まるで凪いだ水面のように穏やかだった。

「ラグさんは、昨晩のニュースをご存知のようですから」

「――えっ⁉」

ギクリ、とロゼさんの発言が胸に突き刺さり、僕は間抜けな声をこぼしてしまった。

「私も嘘が得意ではありませんが、ラグさんも大抵のことが顔に出ています。あなたが頑ななまでに私の事情に踏み込んできたのは、昨晩のニュースが理由なのではありませんか？」

「あっ、やっ、あのそのっ、えっと……⁉」

どうにか誤魔化そうとあたふたする僕が隣のハヌに救いを求めると、彼女は、はぁ、と盛大な溜息を吐いた。

「もう手遅れじゃ、ラト。おぬし、本当に精神の鍛練が必要じゃのう……」

「ううっ……」

昨晩の『ヴォルクリング・サーカス』に関するニュースについては、既にハヌと情報共有している。僕より幼いこの子がポーカーフェイスを貫いたというのに、僕ときたら……

しょんぼりと肩を落とす僕を置いて、次の瞬間、ロゼさんはいきなり核心へと踏み込んだ。

「ご存じの通り、私は『ヴォルクリング・サーカス』の関係者です」

「――……ッ！」

わかってはいたし、知ってもいた。でも、ロゼさんの口から直接聞くその名称は、やはり僕の心臓に少なくない衝撃を与えた。思わず息を呑み、絶句してしまう。

冷静になった琥珀色の瞳が、じっ、と僕達を見定めるように細められた。

「これだけでも、私を取り巻く状況がどれほど危険かがわかっていただけると思います。ですから……私の話を聞いて、ほんの少しでも怖い、危ないと感じたのであれば、どうか気兼ねすることなく手をお引きください。私は再三申し上げている通り、ヘラクレスのコンポーネントさえあれば、何の問題もありませんから……」

未だ僕達に対して気遣わしい思いがあるのだろう。ロゼさんはこの期に及んで、まだそんなことを言った。

ほう、と隣のハヌから感心したような吐息が生まれる。まずい。今のロゼさんの物言いはちょっと危険だ。聞きようによっては挑発みたいに受け取れる。そうなると、現人神として荒ぶる風を司っていた彼女が黙っているはずもない――と心配している端から、ハヌの唇の端が吊り上がって、蒼と金の瞳に好戦的な光が煌めいた。

「面白いではないか。聞かせてみよ、ロルトリンゼ。そこまで言うのじゃ、余程恐ろしい理由があるんじゃろうな？　言うておくがラトはともかく、妾は並大抵のことでは肝を縮めたりなどせぬぞ？」

　ハヌは懐から正天霊符の扇子リモコンを取り出し、びっ、と先端をロゼさんに突き付ける。

　獲物を狙う虎よろしく獰猛な笑みを浮かべるハヌに、いつものように無機質な目を向けたロゼさんは、頷きを一つ。

　静かにその事情を語り出した。

「私の目的は――」

■

　そろそろ頃合いだった。

「さて、と」

　浮遊都市フロートライズの北区の一角、打ち捨てられた場所にシグロスは立っている。

　かつてはここに人を集め、少しでもこの区画を活性化させようとしたのだろう。

　シグロスの周囲を取り巻くのは、大小様々な建造物。丸く大きな観覧車、高くそびえるフリーフォールタワー、くねくねと身をうねらせる蛇のようなローラーコースターのレール――そう、ここは遊園地だった。

とうの昔に廃棄され、今では寂しすぎて幽霊ですら近寄らないであろう灰色の空間。この場所こそが、浮遊島フロートライズに八箇所確認されている『龍穴《ボルテックス》』の一つだった。

何の手入れもされず日に焼けた遊具は、どれも色褪せ、経年劣化によってボロボロになっている。

これだけ力のある土地に作っておきながらこの遊園地が廃れてしまったのは、経営者の能力がどうこうではなく、単純に北区そのものがうらぶれてしまったからであろう。

くは、とシグロスは嗤う。これはこれで、なかなかにそそる場所じゃないか――と。

本来であれば、ここには人々の楽しさや嬉しさといった、正の感情が満ち溢れていたはずだ。しかし今では、それらが欠けているため、この土地はただの『穴』と化している。埋めるもののない、虚ろな空白。人々を楽しませるための遊具は時の流れに身を削られ、不気味なオブジェへと変貌している。なんて滑稽な光景だろうか。

しかも、この場所が自分の目的に必要な龍穴だったというのが、これまた皮肉な話だ。

ここから、この街の絶望が始まる。実に運命的で、いいシチュエーションではないか。

「そろそろか」

頭上の太陽が中天に差し掛かろうとしている。

体内の〝ＳＥＡＬ〟で時刻を確認したシグロスは、腰を屈め、地面に掌をついた。

彼が完成させた大規模使役術式〈コープスリサイクル〉は、通常の使役術式《ハンドルアプリ》とは大きく異なる。

動力源を術者本人ではなく、大地の中を流れる龍脈とするのだ。

地面の中に龍が棲んでいるという古代からの風水思想は、今でも形を変えて受け継がれている。

曰く——龍脈の力とは、フォトン・ブラッドと同じように現実を改竄する性質を持つ。即ち龍脈とは、この惑星そのもののフォトン・ブラッドであるのだ——と。

シグロスが反則技で無理矢理完成させた〈コープスリサイクル〉は、その龍脈の力を引き出しやすい土地、龍穴から動力を得ることによって発動する。

さながら遺跡において、SBが自動生成されるメカニズムよろしく。

諸々の条件を満たし、発動させた〈コープスリサイクル〉のアイコンにありったけのコンポーネントをドラッグさせる。さすれば、新たな命と動力源を得た使役SBの軍団が、現実世界へ顕現する。フルオートで動く怪物達は自ら獲物を求め、殺戮と破壊を欲しいままにすることだろう。

無論、各々のコンポーネントにはタグが追加され、同じ暗号《エンクリプション》コードを持つ存在には危害が加えられぬよう、術式は設計されている。つまり、この術式を発動させても『ヴォルクリング・サーカス』のメンバーだけはSBの攻撃対象にならないのだ。

本来であればこの龍穴で術式を発動させるのは、昨晩シグロスが殺戮した三人の内の一人、もしくは二人になるはずだった。元々、新生『ヴォルクリング・サーカス』のメンバーはシグロスを含めてもたったの十五人。能力が足りていない者達はツーマンセルで動いているため、八箇所の龍穴で同時に〈コープスリサイクル〉を発動させるにはギリギリの人数だったのだ。しかし幸い、他の七箇所には既に人員は配置済みで、手が足りないのはこの遊園地跡だけだった。

さらに言えば、開発者であるシグロスただ一人だけは〈コープスリサイクル〉を自動稼働させることが出来る。他の者達は術式を維持し続けるためその場から動くこと叶わないが、シグロスならば制御機能すら龍脈に丸投げすることが可能だった。

故に、問題はない。

予定通り虐殺作戦は実行され、その最中《さなか》をシグロスは歩き回ることが出来る。街中へ出れば、きっとどこかに潜んでいるだろうロルトリンゼが騒動を聞きつけて現れるに違いない。

死体がたくさん転がった場所で、運命の再会だ。

嗚呼、心が躍る。

「――楽しみだなぁ……」

呟くと、唇の端から涎《よだれ》が垂れそうになった。慌てずそれを吸い取り、くは、とシグロスは嗤う。

さあ、楽しいフェスティバルの始まりだ。

怪物の軍団《コープス》と人間の死体《コープス》が入り乱れる、愉快な愉快なお祭りだ。

「喜べ悦べ、『ヴォルクリング・サーカス』がみんなの街にやって来たぞ――っと」

そう嘯いた瞬間、ようやく時が満ちた。

作戦開始の時刻である。

くひ、と堪えきれぬ歓喜を声に混ぜて、シグロスは起動音声を口にした。

それは、他の七箇所の龍穴でもほぼ同時に発せられた、死の呪文だった。

「〈コープスリサイクル〉」

●12 絶望を呼ぶ数字

「私の目的は〝復讐〟です」

ロゼさんの身の上話は、その一言から始まった。


——先日、私の父が殺されました。

——殺したのは、父の弟子でもあった、シグロスという男です。

——私は父の仇《かたき》を取るため、シグロスを殺すために、ヘラクレスの力を必要としています。

——それが、私があなた達に近付いた本当の目的です。


以上が、ロゼさんがひどく抑揚を欠いた口調で語った、『事情』の枢要《すうよう》だった。

「——私の父は『ヴォルクリング・サーカス』の創始者であり、リーダーでした。今ではシグロスに乗っ取られ、クラスタからテロリスト集団へと変わってしまいましたが」

ロゼさんの唇から白い息が漏れている——そんな幻視を見てしまうほど、その声は凍えていた。

やはりというか何というか。ニュースで言っていた通りだった。ロゼさんは『ヴォルクリング・

サーカス』の元リーダー、オーディス氏の一人娘だったのだ。

「父が死んでいたのは、近場の遺跡——ドラゴン・フォレストの敷地内でした。そのため、警察機構による捜査はされておりません。ですので、父を殺した犯人がシグロスであることを証明する手立ては、残念ながら私にはありません」

いつだったかカレルさんが語ったように、遺跡《レリクス》の内部はどんな国家をも干渉できない無法地帯だ。その内部で起こったこと全てが『自己責任』という一言で片付けられてしまう。故に、遺跡内で殺人が起こったとしても、どこの国の警察も捜査には乗り出さないのだ。

もちろん、かつてはこのルールを利用して完全犯罪が成されたこともある。世の中には、どんなものでも悪いことに利用する人がいるものなのだ。その為、今では一般の人々は、遺跡に近付いた時のみ発動する警報術式《アラートアプリ》を〝SEAL〟にプリインストールして対策している。術式に登録してある遺跡の座標に近付くと——他者によって強制的に連れ込まれようとすると——、自動的に最寄りの警察機構へ通報が行く仕組みだ。各国の警察機構も、この術式が関与している殺人、強姦、強盗などについてはきっちり捜査し、検挙もすると国際法で定められている。

しかし、ロゼさんのお父さんはハンドラーだった。つまりエクスプローラーである。当然、警報術式なんてインストールしているはずもなく、遺跡内で死んでいたということは、それが他者による殺人だろうがSBによる事故死だろうが、全て『自己責任』として処理されてしまう。

つまりは、暗殺。それがロゼさんのお父さん——オーディス・ヴォルクリング氏に降りかかった不幸の名前だった。

「ですが、私は確信しています。父を殺したのは、あの男――シグロスに間違いないと。もちろん、他のメンバーも無関係ではないでしょうが……直に手を下したのはあの男です。絶対に」

最後の一言に、強い力が籠もっていた。それもそのはず。肉親を手にかけた犯人の話をしているのだ。むしろ、これまでずっと落ち着き払っていた方がおかしい。

凄惨な過去を語るロゼさんは、とても声をかけられる雰囲気ではなかった。でも、ここまで話を聞いたのなら、僕には確認しなければならないことがある。それは――

「――じゃ、じゃあ、昨日のニュースで出ていた声明は……」

こくり、とロゼさんは首肯する。

「はい、もちろん私ではありません。シグロスが私の名を騙ったのでしょう。おそらく――いいえ、間違いなく、私をおびき寄せるために」

戦慄を禁じ得ない話に、けれど僕は胸の裡で深く安堵する。

――よかった。やっぱり、昨日のニュースはデマだったんだ……

きっぱりと断言するロゼさんの様子から察するに、シグロスという男は相当な悪党らしい。そんな人物ならばきっと、息をするように平然と嘘を吐くだろう。テロの声明文でロゼさんの名前を騙るぐらい、きっと何とも思わないはずだ。

だから、僕は胸が軽くなっていく思いだった。本当によかった。ロゼさんを信じると決意して、本当によかった――と。

僕が密かに安心している一方、琥珀の瞳の奥に冷たいダイヤモンドダストの輝きを秘めて、ロゼさんは続ける。

「奴が父を殺した理由はわかっています。父が開発していた術式――〈コープスリサイクル〉です」

確かに聞き覚えのない術式名だった。と言っても、僕とて全術式の名称を〝ＳＥＡＬ〟のデータベースに網羅しているわけではないので、知らないものがあるのは当然なのだけど。

まだ世に発表されていないオリジナル術式のスペックを、ロゼさんは詳しく説明してくれる。

「もうご存じだとは思いますが、〈コープスリサイクル〉は私の出身地、リザルクの街を壊滅へと追い込んだ術式です。その性能はニュースを見ての通り――複数、それも大量のＳＢを同時に使役し、暴れさせるというものです」

もしかしたら、とは思っていた。遺跡以外の場所でＳＢが具現化する――そんなことが可能なのはハンドラーぐらいなものだ、と。

でも、まさか、本当にそうだったなんて――

犠牲者は三千人を超えていると、ニュースには載っていた。リザルクの街に出現したＳＢの数は千体以上だったとも。

街一つが、丸ごと壊滅させられたのだ。

術式一つで。

それだけの規模の破壊と殺戮をもたらす術式を、僕は他に知らない。否、もしかしたらハヌが本気で最大級の術式を発動させれば、同等かそれ以上の威力を発揮するのかもしれないけど。

だけど、こと残忍さにおいて、〈コープスリサイクル〉は他の追随を許さない術式だと思う。

何故なら、三千人の犠牲者は術式そのものによって消滅したのではなく、千体以上のSBによって虐殺されたのだから。

「父は〈コープスリサイクル〉を完成させる前にシグロスに殺されました。おそらく彼らが使用している術式は、シグロスの手によって無理矢理完成させられた〝偽物《イミテーション》〟です。見ただけでわかります。あんなもの、父が目指していた理想とは程遠い出来損ないですから」

ロゼさんは言う。本物の〈コープスリサイクル〉は、もっと高機能の術式になるはずであったと。

「〝軍団《コープス》〟と名にある通り、本来の〈コープスリサイクル〉は、使役されたSBの大軍を指揮するのが本領でした。しかし、彼らの術式はただのオートハンドル。コマンド入力も受け付けず、ただタグによって敵味方を識別するのみの劣化版。言うなれば、危険な猛獣を解き放つだけの術式です。大量虐殺には向いているかもしれませんが、およそ戦場で役に立つ代物ではありません」

僕は脳裏に思い浮かべてみる。〈コープスリサイクル〉という術式によって具現化するSBの〝軍団〟。しかしそのSB達は、遺跡にポップするそれらと同じように、目についた獲物へ向かって無秩序に襲いかかるだけ。戦力の集中であるとか、相互連携による効率化であるとか、そういったことは一切考慮されない。当然、たまたま近くに別のクラスタないしパーティーがいた場合、〝軍団〟は彼らにだって見境なく襲いかかる。結果、その場でエクスプローラー同士の抗争が偶発的に始まってしまうことだってあるだろう。

確かに、色々な意味で危険すぎて使い物にならない。ロゼさんの言う通り、使えて精々が虐殺という、最悪の術式だった。

「父はその欠点を解消するため、さらなる研究が必要と考えていました。それ故、開発の中止をクラスタのメンバーに宣言したのです。何分、〈コープスリサイクル〉の完成は『ヴォルクリング・サーカス』にとっても悲願でしたから。それが一応でも形が出来上がってしまえば、メンバーは皆それに期待してしまいます。父の判断は、未完成の術式を迂闊に世に出さないためのものだったのですが……」

冷静な声が、しかし尻窄みになって消えていく。

ロゼさんの言葉の続きは、容易に推測できた。

術式の開発中止――その宣言が契機となって、オーディス氏はシグロスという人物に殺されてしまったのだろう、と。

黙り込み、俯いてしまったロゼさんに、僕は申し訳ないと思いつつ質問を口にする。

「あの……ちょっと聞いてもいいですか……？」

「はい、なんでしょうか」

おずおずと片手を上げながら声をかけた途端、再起動したみたいにロゼさんの面が上げられる。

躊躇しても仕方がないので、僕は思いきって先程から疑問に思っていたことを尋ねてみた。

「その……さっき、術式を無理矢理完成させた、と言ってましたけど、それってどういう……？」

開発途中の術式を、研究を引き継ぎ最後まで完成させる。それ自体は別に不思議でも何でもない。

けれど、その前についた〝無理矢理〟という副詞が気になってしまったのだ。

ロゼさんは、ああ、という顔をして――そうは言ってもほんの僅かな変化なのだけど――、逆にこんな質問を返してきた。

「――ラグさんと小竜姫は、〝神器〟というものをご存じですか?」

「神器……?」

突如出てきた奇妙な単語に、僕は隣のハヌと顔を見合わせた。金目銀目をキョトンとさせたハヌは、ふるふると首を横に振り、知らぬ、聞いたことがない、とジェスチャーで表現する。

一方、僕はと言うと、

「えっと……き、聞いたことはありますけど……でも、それってただの都市伝説じゃ……?」

巷によくある話である。どこそこの湖にはSBではない本物の幻想種・海竜が棲息しているとか。北方の山脈の深奥には全身毛むくじゃらの精霊がいるとか。合わせ鏡の間に立つと何枚目かの鏡像は自分が死ぬときの顔になっているとか。岩に刺さった聖剣を抜くと王様になれるとか。

要は作り話である。与太話というよりは御伽噺に属するもので、信じているのは小さな子供か、現実逃避が好きな人ぐらいだ。

なお、僕が聞いたところの神器とは、

「――確か、名前の通り神様の力が込められたもので、十二個全部集めると何でも願いが叶うとか、っていう……」

「そうです。その神器です」

あっさりとロゼさんは首肯した。

「へ？」

思わず変な声が出てしまったのは、我ながら他人事のように言ってしまうけど、無理からぬことだと思う。だって、何の脈絡もなくいきなり神器である。それとさっきの質問との間に何の関係があるのか、さっぱりわからない。

突拍子もない話をしているというのに、ロゼさんは熱っぽさの欠片も見せず淡々と言う。

「シグロスはその神器の一つを持っています。神器を持つ人間、それを通称〝神器保有者《セイクリッド・キャリア》〟と呼ぶのですが、彼はその十二人いる内の一人なのです」

「……はい？」

話が逸れたというより、いきなり別の次元へ転移してしまったような気がした。おかしいな、いつの間にロゼさんの身の上話から御伽噺へと話題が移ってしまったのだろうか？

二人して何とも言えない微妙な顔を並べる僕とハヌに、しかしロゼさんは頓着することなく、

「シグロスが持つ神器の特性は――」

「い、いやいや！　ちょ、ちょっと待って下さい、待って下さいっ⁉」

そのまま話を続けようとするので、慌てて両手を振って待ったをかけた。いや、本当にちょっと待って欲しい。まだ頭の整理が全然追い付いていないのだ。

僕は混乱しそうになる頭を片手で押さえ、もう一方の手でロゼさんを制しつつ、思考を整える。

「――え、あの、ご、ごめんなさい、でも、ちょっといいですか？　その、当たり前みたいに神器が存在するって前提で話が進んでるんですけど……あ、あれって御伽噺っていうか、神話っていう

か——つ、作り話ですよね？　実際には存在してないもの、ですよね……？」

「いいえ、存在します」

しれっとロゼさんは断言した。

僕は頭の中が真っ白になる。

「神器は都市伝説でも御伽噺でもありません。現実に、実際に、実在するものです」

「…………」

そこにいるのが、ロゼさんの姿をしたエイリアンのように思えてきた。

この人は何の話をしているのだろうか。本気なのか冗談なのか、まるで判断がつかない。

いや、でも——常識で考えれば、状況的にここでふざける理由はないはず。

——ということは、ロゼさんは本気で言っている、ということになる。神器なるものが、この世に存在すると。

「……ほ、本当に……？」

「本当です」

思わず念押しで聞いてしまった僕に、ロゼさんは辛抱強く肯定した。

この時の僕の気分を、どう言葉にすればいいだろうか。

多分、桃から生まれた人間が実在するとか、海の底にお姫様が住む宮殿が実在するとか、吸血鬼や動く死体が実在するとか、そんなことを言われた時の気分に似ていると思う。

「よいではないか、ラト。ことの是非はさておき、今はロルトリンゼの話を最後まで聞くのが肝要であろう」

眉に唾をつけようかと考えていた僕に、隣のハヌがそう口を差し挟む。確かにその通りだったので、僕は引き下がり、居住まいを正した。

ロゼさんは頷きを一つし、僕が折った話の腰を立て直す。

「もう一度言います。神器は作り話ではなく、実在します。――と言っても、物質的なものではありませんが」

物質的な存在ではない。それはつまり、

「神器は〝概念〟です。確たる形を持たず、人から人へ伝わっていく特殊能力――それが〝神器〟の正体です。目に見える物として存在していないが故、今のラグさんのように、普通の人々の間では『都市伝説』として語られているのです」

――概念、である。まさか、という表現だった。生まれて初めてその単語を耳にしたような、そんな錯覚さえ僕は覚える。

今ひとつ掴みきれてない僕は、つい質問を口にしてしまった。

「……というと、〝SEAL〟に書き込まれているデータ、みたいなものとか……?」

ロゼさんは小さく首を横に振った。

「いいえ、データでもありませんし、術式でもありません。残念ながらコレは、実際に所有してみなければ理解できない感覚だと思われます。ですが、神器という〝概念〟は確かに存在し、人の中に宿るのです」

「な、なるほど……？」

わかるような、わからないような、微妙な感じだった。が、それをさておいても、今のロゼさんの言い方には小さな違和感を覚えた。

実際に持ってみなければわからない感覚を、どうしてロゼさんは理解しているのか？

おそらく、その疑念が顔に出てしまったのだろう。ロゼさんは僕の表情を見て取ると、普通にこう言った。

「私も〝神器保有者《セイクリッド・キャリア》〟ですので、神器の存在は感覚でわかるのです」

昨日の晩ご飯はドリアでした、みたいな軽い言い方だった。

あっさりし過ぎていて、驚くタイミングがまるでわからなかった。

「……あ……えっと、はい。そ、そうなんですね……？」

ロゼさんの調子に合わせて、僕もついさらっと流してしまう。ここまで来ると、もう驚くとか呆れるとかを通り越して、それはそういうものなんだ、という風に飲み込むことしか出来なかった。

以前ハヌが現人神だとわかった時は、我ながら派手に驚いてしまったものだけど、神器というものがよくわからないだけに、今回はリアクションするとっかかりが掴めなかったのかもしれない。

熱の低い反応をする僕と、黙って話を聞く体勢のハヌに、ロゼさんは遠回りしていた話の本筋をようやく元に戻す。

「神器は十二種類、それぞれに異なった特性があります。簡単に言ってしまえば、私の神器は〝超力《エクセル》〟。シグロスの神器は――〝融合《ユニオン》〟になります」

ここでやっと、僕の質問に対する答えへと繋がった。

「シグロスの神器は、その名の通り〝融合〟の概念——即ちどんな物をも融合させる力を持ちます。彼はその力を用いて、エンチャンターがよく使用する龍脈からエネルギーを吸い出す術式〈ジオアブソーブ〉と、開発途中の〈コープスリサイクル〉とを融合させ、力尽くで完成形へとこじつけたのです」

エンチャンターというのは、付与術式を得意とするエクスプローラーのタイプを指す。付与術式というのは、僕がよく使用する支援術式と似て非なるものだ。

支援術式は原則、対人に使用される。身体強化を始め、その殆どが自身ないし他人——また、その身につけているものを含めて——を対象として発動する。

一方、付与術式は物体を対象とする。例えばそれは武器であったり、防具であったり、壁や床であったり。

支援術式と付与術式の違いをわかりやすく比較すると、次のようになる。

支援術式〈ストレングス〉は対象の人物の力を強化し、攻撃力を増加させる。もし対象の人物が武器を持ち替えたとしても、これは持続する。

付与術式〈ファイアコーティング〉は武器に炎を纏わせ、熱量による威力増加の効果を与える。が、これはあくまで武器そのものに生じる効果なので、別の物に持ち替えたりするとリセットされてしまう。

このように、支援術式と付与術式との間には明確な違いが存在するのだ。

　また付与術式には、他にも地面や壁にセットして敵がそこに触れると——踏むと——発動するトラップ型の術式などもある。大地からエネルギーを取り出して活用する術式も、おそらくそちらに含まれるだろう。

「本来であれば、使役術式と付与術式を結合させ、一つの術式とするのは至難です。ですが、神器の力はそれすらも容易にします。もちろん、極端な言い方をすれば二種類の術式をただくっつけただけですので、計算し尽くされた仕様になっていないのは、当然と言えば当然なのですが——それでもおそらく、『ヴォルクリング・サーカス』のメンバー達はまだ気付いていないでしょう。今の〈コープスリサイクル〉の持つ欠点に」

　術者一人ではまかなえないエネルギーを、大地に求めることによって大量のＳＢを具現化する術式〈コープスリサイクル〉。それは詰まるところ、使役術式の初歩である〈リサイクル〉と、付与術式の基本である〈ジオアブソーブ〉とを神器の力で融合させただけの、不格好なパッチワークだった。

　だからこそロゼさんは〝偽物《イミテーション》〟という言葉を使ったのだろう。最初からきちんと設計して建てた二階建てと、一階建ての家を二つ重ねるのとでは、クォリティーがまるで違う。故に現在〈コープスリサイクル〉と呼ばれている術式は、繊細な制御や緻密な運用が出来ず、全ての使役ＳＢをフルオートで動かすしかない。

「使役ＳＢにコマンドが出せない——それはつまり、術者自身を防衛する方法がないということです。いくら使役ＳＢが自動で動き、力の供給源が龍脈であろうとも、最低限の制御は必要です。また龍脈の力は『龍穴《ボルテックス》』と呼ばれる特別な土地でなければ、術式の発動に必要なエネルギーを吸い上げられません。この為、〈コープスリサイクル〉を発動中のハンドラーは二重の意味で動けなくなるのです」

それが、劣化版〈コープスリサイクル〉が抱える弱点。起点である術者が無防備な上、そこを潰せば術式もまた無効化される――もはや弱点と呼ぶには、あまりにもお粗末な欠陥だった。

「――ですが、そこに気付かせない……いいえ、たとえ気付いたとしても後戻りできないように仕向けたのが、シグロスです。あの男は、父を殺してすぐ〈コープスリサイクル〉を今の形に仕上げ、メンバーと共に街を襲いました。しかし、リザルクの街を破壊するメリットなど、どう考えてもありません。目的があるとしたら――奴は他のメンバーに取り返しのつかないことをさせるためだけに、三千人もの犠牲者を出したのです」

「……!?」

思わず息を呑んでしまった。隣のハヌからは、ぎり、と歯軋りの音が聞こえたような気がする。

僕の常識では到底信じられない話だった。それだけの――たったそれだけの理由で、大勢の人を殺そうと思える思考回路が、全く理解できない。

「もしくは、その時点で既に身を隠していた私を炙り出そうと考えたのかもしれません。信じられないでしょうが、奴は――シグロスはそういう男です。狡猾で、残忍で、執拗で、偏執で……およそ余人に理解できる人間ではないのです」

ロゼさんの話を聞いている内に、僕はまだ見ぬシグロスという人物のイメージが、人の形ではなくドロドロとした黒い塊になっていくのを感じた。

だって、そうだ。考えていることとやっていることの釣り合いがまるでとれていない。損得の計算や、慈悲や遠慮というものが微塵も感じられない。

それは言い換えれば、自然災害にも等しい存在だ。無慈悲で、残酷で、圧倒的で——しかし、そこに理由はない。ただそう〝在る〟というだけの、力の塊。

自分の思い通りに物事を動かしたいから、ロゼさんのお父さんを、リザルクの街の人々を、そしておそらくは、これからも大勢を殺していく自意識の怪物。

悪魔——その名前が僕の脳裏を過ぎった。

不意にロゼさんは声を低め、冷気のように言葉を吐く。

「私の本懐は、シグロスをこの手で殺し、父の仇をとることです。この件について、私は綺麗事を並べようとは思いません。これまで亡くなった人々の為とも、これからも出るかもしれない犠牲者の為とも、口が裂けても言えません。私は全く、私怨のみで奴を殺したいと思っているのですから」

そこで一拍の間を置くと、ロゼさんは目を細め、僕とハヌとを相互に見た。

「ラグさん、小竜姫——ここまで聞いてもまだ、私を助けたい、力になりたいとお考えですか……？　はっきりと警告しておきますが、シグロスは危険な男です。それでなくとも〝神器保有者《セイクリッド・キャリア》〟は皆、強大な力の持ち主です。これ以上関わるのでしたら、あなた方の身の安全は保証できかねます……それでも、お二人は本当に〝私〟と行動を共に——」

するつもりですか？　と確認しようとしたのだろう。だけどその前に、

「くどいぞ、ロルトリンゼ。二度も同じことを言わすでない」

ずばり、ハヌがロゼさんの台詞を遮断した。僕もそれに乗っかかる。

「そうですよ、ロゼさん。何と言われようが、僕達の意思は変わりません」

横目でハヌを一瞥すると、ちょうどあちらも同じことを考えていたらしく、綺麗な金銀妖瞳とばっちり目が合った。

僕も笑ったし、ハヌも笑った。お互いに頷き合い、いっせーので二人同時にロゼさんへ顔を向け、声を重ねる。


「「何があろうと、絶対に仲間を見捨てないこと」」


「それが、僕達『BVJ』の、唯一無二にして絶対不可侵のルールですから」

「…………」

もはやロゼさんの瞳には、驚きを通り越して、呆れの感情すら宿っているようだった。

こんな変な生き物は初めて見た――そんな目だったように思える。

「……あなた達は、本当に――」

ロゼさんが呆けたように何か呟きかけた時だった。

ぱっ、と僕の顔の前にディープパープルのアイコンが浮かび上がり、チカチカと点滅し始めた。

同時、僕にしか聞こえない着信音が耳の中で鳴り響く。

「――えっ？」

ネイバーからのダイレクトコールだ。

僕の顔近くに表示されている直径二十セントルほどの着信アイコンは、共有ARとして周囲にいる人にも見えるようになっている。だから音は聞こえなくとも、ハヌにもロゼさんにも僕が着信を受けていることがわかる仕組みだ。

予想だにしてなかったタイミングでの着信に、僕は慌てて、

「あ、ご、ごめんなさい、ちょっと待っ」

どうしたものかと思いながらアイコンの下に表示されている名前――これは僕にしか見えない――を確認した瞬間、束の間、強く胸を打たれたかのごとく息が詰まった。

ヴィクトリア・ファン・フレデリクス。

「――ヴィ、ヴィリーさん……!?」

いつかのように意識が飛ぶほどではなかったけれど、やっぱり緊張で心臓が弾けてしまいそうになる。驚きの声は我知らず飛び出して、しかもそれが通話をオンにするジェスチャーとして認識されてしまった。

ヴィリーさんとの通話が繋がる。

途端、着信アイコンが展開して、中央にヴィリーさんのバストアップがリアルタイムで映し出された。通信が接続された瞬間、ヴィリーさんが薔薇《ばら》の蕾《つぼみ》が咲くような笑顔を浮かべ、

『あ、ラグ君？　突然ごめんなさい。ちょっとお時間いいかしら？』

「――へっ⁉　あ、は、はい！　だ、だだ大丈夫です！」

反射的に背筋を伸ばしてしまった。

当然ながらヴィリーさんの顔は僕だけにしか見えないし、声も僕だけにしか届かない。ハヌとロゼさんからは、僕が通話アプリのアイコンに向かって一人芝居をしているように見えただろう。

とはいえ、僕がヴィリーさんの名前を口走ってしまったので、隣のハヌは既に膨れっ面モードに入っていた。うう、何だか居心地が悪い……

『もしかして、小竜姫も一緒なのかしら？　よければ彼女もこの話に混ざって欲しいのだけれど』

トレードマークと言っても過言ではない金色のポニーテールを揺らして、ヴィリーさんは実にありがたいことを言ってくれた。

「は、はい」

これぞ渡りに船だ。僕はハヌに向かって掌を差し出し、

「ハヌ、ヴィリーさんがハヌとも話がしたいって」

「ほ？」

キョトンとしたハヌが、半ば無意識にだろう、お手をする猫みたいに僕の手を取る。〝SEAL〟のネイバー同士の通信に他の人を交えたい時は、きちんとするならアカウントの登録、それが面倒ならこのように直接接触することで可能となる。

「…………」

さっきまでの空気が完全に壊されてしまったからだろう、ロゼさんが何とも言えない様子で――まぁ、ぱっと見は変わらないのだけど――こっちを眺めていた。何だか、誰が悪いというわけでもないのだけど、ひどく申し訳ない気分になる。話がキリの悪いところでぶった切られてしまったので、後でちゃんと謝らないと――

「おお、ヴィリーか。なるほど、このように見えるのじゃな」

通話アイコンに映っているヴィリーさんの姿を見て、ハヌが幼い子供みたいに目をキラキラさせて顔を近付ける。通話が共有化されたので、彼女にもヴィリーさんが見えるようになったのだ。

通話アプリのアイコンはディスプレイであると同時に、あちらに僕らの様子を送るカメラにもなっている。つまりアイコンを覗き込むということは、あちらからもまた覗き込まれるに等しいわけで。

くす、とヴィリーさんが小さく笑った。

『ちょっと小竜姫、近いわよ。あなたの顔が大きすぎてラグ君が見えないわ』

「お？　おお？　こ、こうかの？」

まだ通信の仕組みがよくわかっていないハヌは、ヴィリーさんの指摘を受けて直感で距離を調整しようとする。もぞもぞと動き、最終的には僕の膝の上にお尻を載せて、首に腕を回し――って、あれ？　え、なんで？――ぷにぷにしたほっぺたが、ぴとっと僕の頬にくっつけられる。

気が付けば、ハヌが僕に抱き付き、何故か二人して顔と顔を横並びにする形になっていた。

いやあの、ここまで密着する必要はないのだけど……

またもヴィリーさんは、うふ、と笑い、

『相変わらず仲が良いわね、二人とも』

「そんなことは当たり前じゃ。それより何用じゃ、ヴィリー。妾達は今、大事な話の最中《さいちゅう》じゃ。用件があるなら手短にせい」

ふん、と鼻を鳴らしながらもまんざらでもない様子のハヌは、ぴっ、と正天霊符の扇子リモコンを映像のヴィリーさんに向ける。ハヌが声を出す都度、頰をくっつけ合っている僕の方にまで振動が来て、耳で聞く声と肌で感じる波とが混じり合ってしまい、微妙に聞き取りにくい。あと、ハヌの体温がすごくほかほかしている。

『そうね、実際あまり暢気《のんき》でいられるような話でもないから、真面目に話しましょうか』

そう前置きをしてから表情を改め、ヴィリーさんは本題に入った。

『最近ニュースに出ている『ヴォルクリング・サーカス』は知っているかしら？——その顔は知っているようね。なら話は早いわ。実は私達、都市長や他のエクスプローラーに声をかけて回っているの。あれだけの規模のテロを起こした集団なのだし、いざ現れたとなったら組織的な対応をとらないといけないわ。それに、奴らはドラゴン・フォレスト近くの換金センターを襲って、大量のコンポーネントを手に入れているらしいの。このままでは大勢の犠牲者が出てしまうわ。さっきまで住民の避難経路、避難場所を都市の警備隊と打ち合わせていたのだけど——そういえば、とあなた達のことを思い出してね。ラグ君、小竜姫。これは都市長にも話を通している正式な要請なのだけど——もしもの場合は、あなた達の力も貸して欲しいの。是非、協力してくれないかしら？』

多分、僕は今、蛇に睨まれたカエルみたいな顔をしていると思う。カチンコチンに強張った曖昧な笑顔のまま、青ざめているに違いない。血の気が引く音と体温の急激な低下は、触れ合っているハヌに過不足なく伝わっていることだろう。

間が悪いにも程があった。今ちょうど目の前にその『ヴォルクリング・サーカス』の関係者がいるんです、なんてとても言えるわけがない。その上、本当の首謀者の名前や行動原理までわかっています、なんて言った日には。

——いや、本当なら言うべきなのだろう。その時が来たら、冗談事では済まない事態が起こる。少しでも情報共有した方が絶対にいいはずだ。

でも、そうしたら——ロゼさんはどうなる？

拘束、尋問、責任転嫁——嫌な予想ばかりが先に来る。ヴィリーさんのことだから、彼女の騎士道にかけて理不尽な行為だけはしないでくれるだろうけれど、でも。

つい先刻、静かに血を吐くように吐露された彼女の悲願は、どうなってしまうのか。その手で父の仇を取りたいと言った、ロゼさんの想いは。

「——ふむ……そやつらのことならば知っておる。あのような卑劣漢どもなど、頼まれずとも妾達の前に現れた折には塵《ちり》も残さず天に還してやるわ」

僕の肌から察してくれたのだろう、ハヌが扇子リモコンを開いて口元を隠し、いつもの涼しい目線でそう取り成してくれた。

僕の中に生じた迷いは、まだ消えていない。衝動的に、ヴィリーさんに何もかもぶちまけてしまいたい――そんな自分もいる。

けれど、

「わ、わかりました。是非もありませんっ。その時がきたら、いつでも連絡を下さい。す、すぐに駆け付けますから！」

気が付いたら、勢い込んでそう口走っていた。ぎこちない笑顔で、不自然な大声で。

だって、そうだ。さっき自分で言ったばかりではないか。

何があろうと、絶対に仲間を見捨てない――それが僕達の唯一絶対のルールなのだ。

僕達は、ロゼさんを裏切らない。ロゼさんはもう、僕達の仲間なのだから。

向日葵の花が咲くように、ヴィリーさんが笑った。

『ありがとう、二人とも。すごく嬉しいわ。それじゃ、緊急事態になったら街中に警報が鳴り響くから――』

と、ヴィリーさんが言った瞬間、いかにも人の焦燥感を煽るように設計された音が響き渡った。

「――！」

音は僕自身の〝SEAL〟からも、店内のスピーカーからも、そして壁を通した外からも聞こえているようだった。

次いで、視界の端に『緊急避難警報。至急、最寄りの避難所へ避難してください』というメッセージがポップアップする。

この耳障りな音はどうやらヴィリーさんにも聞こえたらしく、彼女は、ぽん、と手を打って、

『そうそう、ちょうどこんな音ね。都市全域にハイマルチキャストで配布するから、いつどこにいても……』

そこで言い止して、ぴたり、と時が止まったみたいに凍りついた。

僕も固まった。

ハヌも止まっている。

ロゼさんはそもそも動いていなかった。

それでもなお、不安心を掻き立てるような音響は鳴り止まない。

刹那、ヴィリーさんが真横に斬撃のような鋭い声を飛ばす。

『――カレルレン！』

『確認中です』

通信にカレルさんの声が割り込んできた。気付けば既にヴィリーさんの名前の下に『カレルレン・オルステッド』という表示が追加されている。

『――確認とれました。誤報ではありません。街中にSBが出現しているようです。まだ確定できませんが、ほぼ間違いなく『ヴォルクリング・サーカス』が動いたと見るべきでしょう』

カレルさんの冷静沈着さは、ロゼさんの仮面とは似て非なるものだと思う。仮面と言うほど硬くもなく、けれどカーテンと呼ぶには隙がなさ過ぎる。この時の緊急事態を告げる声もまた、平坦ではなく、危険がそこまで近付いてきていることをありありと感じさせられる響きを持っていた。

「――まさか、来たのですか？」

不意にロゼさんが椅子を蹴って立ち上がった。琥珀色の目を見張って、僕を見つめている。

この緊急避難警報は当然ロゼさんの〝SEAL〟にも届いている。メッセージには「とにかく避難所へ行け」としか書かれてないけど、少し考えれば何事かなんて容易に察せられるはずだ。

通話アイコンのヴィリーさんが短く息を吸い、止めて、

『――ラグ君、小竜姫、聞いての通りよ。言ったさきからだけど、ちょうど来たみたいだわ。あなた達の力を貸してちょうだい』

この期に及んで否やは言えない。僕もハヌも顔を寄せ合ったまま、揃って頷きを返す。

横合いからカレルさんの報告。

『場所の特定きました。現在確認できている〝発生地域〟は六つ――いえ、七――八つ。フロートライズの東西南北に散らばっていて、現在法則性を検証中です。それぞれの地域で配備されていた自警団と現場にいたエクスプローラー達による避難誘導、救助が始まってます。SBの総数、目視で約――三千――いえ五千。ですが襲われた換金センターのコンポーネントの数から考えると――』

見る見る間に変化していく情勢を、それでもカレルさんは狼狽えることなく言葉にしていく。

そして絶望的な数字をナイフのようにあっさり、僕達の胸へ突き刺した。

『――後、二十万以上は出て来るはずです』

「に、じゅ……⁉」

絶句するしかなかった。地方都市リザルクを滅ぼした際の数は、約千体だったと聞いている。もちろん、リザルクとフロートライズとでは大きさも人口もまるで違うし、規模に見合っていると言

えば見合っているのだけど——

事前に情報を掴んでいたヴィリーさんは目を閉じ、とうとうこの時が来てしまったか、という風に眉根に皺を寄せた。けれど、瞼を伏せていたのはほんの一瞬。次に目を開いたときには、真紅の双眸から覚悟の輝きが迸っている。

『——やるしかないわ。やるしかないのよ』

まるで自分に言い聞かすように、剣嬢と呼び称される女性は言った。

『ラグ君、小竜姫、二人とも覚悟を決めてちょうだい。これから始まるのは、テロリストの制圧なんて生易しいものじゃないわ。これは——』

ヴィリーさんはその言葉を口にする。

今まさに、この浮遊都市が陥らんとする状況を、たった一言で。

「これは——戦争よ」

続く

激闘の観覧者

これは、〝勇者ベオウルフ〟と呼ばれる少年の第一歩――その激闘の記録である。

■SIDE：ヴィクトリア・ファン・フレデリクス

ルナティック・バベル第二〇〇層――セキュリティルーム。


誰もが言葉を失い、立ち尽くしていた。

どうしようもなく、ただ見ていた。

目の前で繰り広げられる虐殺の光景を。

何人ものエクスプローラーが、為す術もなく殺されていく様を。

そして。

今まさに、巨大な剣で斬り殺されようとしている少女――小竜姫が生きて還れぬこともまた、この場にいる全員が確信していた。

皆、無力だった。総じて色を失い、眼前の惨状を眺めていることしか出来なかった。中には、将来の攻略へ役立てるため、データ収集をしている冷静な人間もいたかもしれない。

褐色の巨躯を誇るゲートキーパー――ヘラクレスが剣を振りかぶった瞬間、幾許《いくばく》かの良心を残していた何名かは、思わず顔を逸らした。

異変が起こったのは、その瞬間だった。

その時、ヴィリーは視界の端で、微かに瞬く紫紺の光を見た気がした。

「――団長！」

カレルレンの声が耳を劈いた瞬間、周囲の大気が急激に動くのを感じた。

「――ッ⁉」

瞬時に防御姿勢がとれたのは、彼女が剣嬢たる由縁か。

急加速による大気の破裂――後にそうわかった事象も、この時はまだ何が起こったのかまるで理解できなかった。ヴィリーに知覚できたのは、その現象の発生源が、すぐ傍にいた小柄な少年だったということ。

濃い紫色の輝きが、突如として発生した真っ白な水蒸気から飛び出し、空を裂いて飛翔した。

それはさながら、矢のごとく、銃弾のごとく、稲妻のごとく。

紫紺のフォトン・ブラッドを持つ少年は、全身の〝ＳＥＡＬ〟から稲光にも似た輝きを放ち、残光の尾を引く一個の流星と化した。

音速を超えた動きで発生した衝撃波が、遅れて破裂した風船のごとく爆発する。

『――⁉』

一斉に悲鳴が上がり、周囲にいたヴィリーとカレルレン以外の全員が爆風に吹き飛ばされた。

咄嗟に足を踏ん張って衝撃に耐えたヴィリーは、その深紅の瞳で何とか少年の動きを追う。

観客の頭上、歪なアーチを描きながら流れる帚星《ほうきぼし》の行き着く先は、考えるまでもなく一つ。

瞬く間にセキュリティルームの青白いバリアーを突き抜け、吸い込まれるように小柄な少女——小竜姫の下へ。

ヘラクレスの巨剣が振り下ろされるのと、少年が小竜姫の前に立つのは、ほぼ同時だった。

次の瞬間、目の前に落雷が直撃したかのごとき大音響が轟いた。

『!?』

それは大きすぎる金属の擦過音《さっか》だった。ヘラクレスの剣と少年の二刀が正面から激突したのだ。

ヘラクレスと少年を中心にして音と衝撃が爆発し、束の間、両者の力が拮抗した。その結果——ヘラクレスの巨体が、ふわり、と浮かび上がった。

ヘラクレスは、少年ごと小竜姫を斬ることが出来なかったのだ。

強烈過ぎる斬撃の反動がゲートキーパー自身に戻り、その巨躯が重力から解き放たれたように浮揚する。そのまま斜め後方へ放物線を描いて吹っ飛んでいく。

一方、巨大な怪物を力尽くで弾き飛ばした少年はというと——何故かその場で宙返りをして、ビタン、とカエルのような間抜けな格好で地面に叩き付けられていた。

ややあって、身を仰け反らせながら空中を飛んだヘラクレスが、セキュリティルームの壁際あたりに墜落する。これまた耳を聾する轟音が鳴り響き、ルナティック・バベルそのものが震えているかのような振動がこの場にいる全員を襲った。

『うおおおおおお——っ!?』

『きゃあああああ——!?』

あちこちで悲鳴が上がり、中にはバランスを崩して倒れる者まで現れる。それほどの揺れだった。

そんな中、しかしヴィリーは一切頓着することなく、セキュリティルームに飛び込んでいった少年の姿だけを見つめていた。

唖然──そんな顔をする他なかった。

「──……」

なんだ、アレは。

一体、何が起きたのだ。

何かあるとは思っていた。あの少年が何かしら持っているという読みは、ほぼ確信に近かった。

しかし──今のは想定外だ。

信じられない速度、あり得ない力。

あんな怪物と正面から対峙して、しかも、それを撥《は》ね飛ばす程の実力があるとは、全く予想していなかった。

それも、この自分に何も感じさせずに。

彼は今、ここで何をしたのだ。何をどうしたら、あんな真似が出来るというのだ。

「……支援術式……？」

すぐ傍で聞き慣れた声が、胡乱げにそう呟くのが聞こえた。振り返るまでもなく、彼女の腹心、カレルレンである。

「──見えたの、カレルレン？」

「ええ……自信はありませんが、一瞬だけ。あれは支援術式のアイコンのように見えました」

そういえば彼の渾名《あだな》は〝ぼっちハンサー〟だったか。エンハンサーである彼が支援術式を使用するのは当然のことだが――

「……支援術式を使って、今みたいな機動が可能なの？」

「わかりません。あの加速度、それに膂力――複数の支援術式を同時に使用しない限り、あんな芸当は出来ないはず。しかし、誰も彼に支援術式を使用していませんし、一人では時間的に不可能なはずですが……」

カレルレンの声が尻窄みに消えていったのは、セキュリティルーム内の〈エア・レンズ〉が少年と小竜姫の会話を拾い始めたからである。

『――ヌっ……！』

『ラトぉ……！』

無様な格好でひっくり返った少年――ラトが起き上がり、その胸に小竜姫が飛び込んでいく。

――かのように見えたが、

『このばかものがぁああああああ――――――――――――――ツッツ！！！』

凄まじい怒声と共に少女の右手が閃き、ラトの頬を平手打ちにした。

革の鞭を思い切り叩き付けたような、聞いているこちらが思わず肩を竦めてしまう程の音が、セキュリティルームの壁を越えて高らかに鳴り響いた。音を聞いただけで、相当痛いのがわかる。

『――――――…………』

あまりの痛ましさに、先程の爆発とヘラクレスが吹っ飛んだ際の地震で騒いでいた観客も、一瞬、水を打ったように静まり返った。

そして、沈黙の間を縫うような絶妙なタイミングで、誰かが小声でこう言った。

「……え、ええー……？　マジで……？」

その弱弱しい突っ込みが皮切りとなって、再び場は騒然となる。

「――な、なんだなんだ⁉　さっきから何なんだよ⁉」「おいおいマジかよ飛び込んでったぞアイツ！」「死ぬぞ、あいつ絶対死ぬぞ！」「馬ッ鹿野郎！　犠牲が増えるだけじゃねえか！」「でも見ろよ、あのゲートキーパーをぶっ飛ばしたぜ⁉」「ナニモンだ⁉　あんなすげえ奴この辺にいたか⁉」「誰だ！　誰か知らねえのかよ⁉」

喧々囂々《けんけんごうごう》と声が飛び交う中、

「――え？　っていうかアイツ、〝ぼっちハンサー〟じゃね……？」

その台詞が再び全員を沈黙させた。

皆、顔は知らずとも〝ぼっちハンサー〟という通り名は聞いたことがあったらしい。また、第一九七層のゲートキーパー〝海竜〟との戦いを見た者も混じっていたのだろう。

「——そういや見たことあるぞ、あの紫の。前に小竜姫と一緒にいた奴じゃねぇか？」「え、〝ぼっちハンサー〟って、あの〝ぼっちハンサー〟？」「マジかよ……ガチで死亡確定じゃねぇか……」「終わった……」「最悪……」「つーかアイツ何やってんだ！　自殺志願か！」「で、でもさ、誰もあの子と一緒にエクスプロールしたことないんでしょ？」「ンだよ、それがどうしたってんだよ！」「じ、実はメチャクチャ強いかもしんないじゃん！　さっきのすごかったし！」「バカか！　そんだけ強けりゃとっくにどっかのトップ集団にスカウトされてるに決まってんだろが！」

生きて還れるはずもない戦場に、無謀にも突っ込んでいった馬鹿の正体が判明したところで、現状の何が変わるというのか。バケツ一杯の泥水に真水を一滴垂らしたところで、泥水は泥水だ。飲めるわけもない。

先刻よりも増して大騒ぎする観客の中、ヴィリーは黙ったまま、深紅の視線をセキュリティルームの出入り口へと向けている。

頭上に浮かぶARボードの映像では、ラトと小竜姫が何事かを言い合っている。が、周囲の喧噪が大きすぎて、彼らが何を話しているのかまではわからない。〈エア・レンズ〉は確かにマイクで音を拾い、それをスピーカーに流しているのだが。

数日ぶりの再会——だったにもかかわらず、いきなり平手打ちを食らわせた小竜姫は、その後も何度もラトを叩いていた。しかしやがて、絶体絶命の危機から救ってもらったことに気付いたのだろう。感極まったのか、ラトの胸の中へ飛び込み、しがみついていた。

「……有り得るわよね、カレルレン」

「――？　何が、ですか。団長」

我ながら馬鹿げたことを口にしようとしている――その自覚が、ヴィリーにはあった。自分自身ですら、その可能性を万に一つぐらいにしか考えていない。だというのに、ヴィリーは言わずにはいられなかった。自然と口元が半笑いになって、彼女は己の腹心に向かって囁く。

「……あの二人が生きて戻ってくる可能性よ。あの子の力はまだ未知数――そう言ったのは他でもない貴方でしょ？　カレルレン」

「それは……確かに、そう言いましたが……」

振り返らずとも、声だけで彼が鼻白んでいるのがわかった。

ヴィリーとカレルレン、二人の間で交わされた会話の中で、かつて彼はこう言ったことがある。

『映像を見る限りでは、この少年の力は未知数です。もしかすると、何か持っているかもしれませんね』――と。

しかしカレルレンは、落ち着いた声音でヴィリーの極論に反駁する。

「――団長、それは彼が〝神器保有者《セイクリッド・キャリア》〟であればの話です。しかし、貴方も見たでしょう。先程彼が飛び出して行った際、何か感じましたか？　残念ながら、私は何も感じませんでしたが」

カレルレンの言いたいこともわかる。確かにあの少年が大気を爆発させて飛翔していった時、ヴィリーは何も感知出来なかった。彼がもし〝神器保有者《セイクリッド・キャリア》〟ならば、あれほどの力を発揮しておきながら神器を微塵も使用していないとは考えにくい。だからこそカレルレンは『生還の可能性はゼロだ』と言いたいのだろうが――

「──だからこそよ」

ヴィリーの見解は逆だった。だからこそ、ヴィリーは可能性を見出していたのだ。

「あの子が〝神器保有者《セイクリッド・キャリア》〟でないなら、今のは何？　貴方、神器の力抜きであんなデカブツを真っ正面から吹っ飛ばすなんて芸当、出来る？」

「…………」

沈黙がカレルレンの答えだった。あの冷徹犀利な彼が返答に窮した──その事実がさらに、ヴィリーの抱く期待を助長させる。

我ながら、冷静に考えれば起こり得るはずもないことを、ヴィリーは不思議な確信と共に嘯く。

「可能性はゼロじゃないわ。あの子が本物なら、もしかすると……」

映像の中、小竜姫と抱き合っていたラトが立ち上がり、ヘラクレスへと振り返った。足元に転がっていた武器を拾い上げ、ちょうど起き上がろうとしているゲートキーパーに切っ先を向ける。

「……おい……やる気だぞ、アイツ……」

誰かが囁くように言うと、それが徐々に伝播して皆が声のトーンを落としていった。本気か、でもやるしかねぇだろ、ああもうダメだ──そんな声が連鎖して生まれては、空気に溶けて消えていく。やがて、誰もが水底に沈んだかのように口を閉ざし、しん、と静寂が訪れた。

ここに来て、もはや論ずることなど何もない。全ては時間の問題だ。幾許かの時が流れれば、自ずと答えは出る。

即ち──生か、死か。

観客が固唾《かたず》を呑んで見守る中、避けられぬ死を目前にしているはずの少年が、武器を手にして高らかにこう叫んだ。

『さぁ来い！　三分以内に片付けてやる！』

スピーカーから飛び出したその言葉は、果たして本気の宣告だったのか、ただのハッタリだったのか、それとも負け惜しみだったのか。

誰もが少年の正気を疑い、驚愕の目線を向け――戦いの火蓋が切られた。

短くて長い三分間が、今始まる。

■ＳＩＤＥ：カレルレン・オルステッド

一方的な虐殺ショーになると思われた戦いは、しかし、誰もが予想だにしなかった展開を見せた。

体に不釣り合いな漆黒の長巻を右手に、純白の脇差しを左手に握った少年――ラトが床を蹴って駆け出す。次の瞬間、小柄な体の端々からコイン大のディープパープルのアイコンが浮かび上がり、星空のように煌めいた。そして、

『――ッンダ、ありゃあ!?』

『放送局』の司会役が凍りついていた喉を震わせ、マイクに驚きの声を吹き込んだ。

それもそのはず。ＡＲ映像の中で突然、黒髪の少年が八人に分裂したのだ。

さらには、ほぼ同時に紫紺のワイヤーフレームで形作られた小さな鳥が七羽も現れ、てんでバラバラに空中を飛び回り始める。

今日《こんにち》、支援術式の細かな仕様を憶えている者は少ない。誰もが詳しくなる前に支援術式のデメリットを知り、その存在をなかったことにしてしまうからだ。

故に目の前で何が起こっているのか、それを正確に把握している人間は少なかった。そして『蒼き紅炎の騎士団』のカレルレン・オルステッドは、その数少ない一人であった。

囮作成の支援術式〈リキッドパペット〉、同じく遠見の支援術式〈イーグルアイ〉。それぞれは単体で見れば何てことない支援術式だ。しかし今のように一斉に発動するのを見たのは、流石のカレルレンも初めてだった。

『ぶ、分身したぁ⁉　いち、にー、さん――……は、八人に増えやがったぞ⁉　ど、どうなってんだ⁉』

ヘラクレスによる『スーパーノヴァ』の一方的な虐殺が始まってからは、実況するテンションを保てずマイクを下していた司会だったが、今は驚きのあまりか、直前までのことを忘れたように声を張り上げている。驚愕しているのは、もちろん彼だけではない。むしろ疑問を口にしているだけ、司会は胆力がある方だ。他の者は揃って言葉を失い、ただ瞠目しているだけだった。

『ＷＷＷＷＯＯＯＯＯＯＯＯＯＯ――！』

駆け出したエンハンサーの少年同様、ヘラクレスもまた〝敵〟と認識した相手に向かって歩き出していた。一歩踏み出す毎に、重低音が鳴り響く。

そこへ殺到していく八人のラトの姿は、まさしく巨象に群がる蟻《あり》のごとしだ。

『WOOO……?』

ヘラクレスの眼前まで固まって駆けてきた八人の少年が、ゲートキーパーの間合いの寸前で散開する。ヘラクレスの頭が間抜けに揺れ、奴の視線が右往左往した。

弾けたザクロのように散ったラト——もはやこの時点でどれが本物かわからない——の一人が急に機動速度を上げ、不可視の階段を昇るように空中を走り出す。

空中歩行の支援術式〈シリーウォーク〉。トレジャーハンター系のエクスプローラーの間で愛用されている術式だ。先程飛び出していったのも、あの術式によってであろう。

何もない空間を駆け上がりながら六メルトルはあるだろう巨体の背後へ回り込み、

『づぁあああああああっ！』

ヘラクレスの後頭部に猛然と両手の武器を振り下ろす。

ギィン！　と鋼の音が響き、しかし渾身の一撃は弾き返された。

衝撃に腕が痺れたのだろう。カメラに映るラトの顔が苦渋に歪む。

『WOOO！』

頭部を攻撃されたことによって接近に気付いたヘラクレスが、羽虫を払うように大剣を振る。

瞬間、またもラト少年の右肩あたりで支援術式らしきアイコンの瞬きが生まれ——彼は〈シリーウォーク〉で空中を蹴って横っ飛び。何もないところに薄紫の力場が発生し、そこを壁と見立てて飛び跳ねた。実に俊敏な動きで掠っただけでも死にそうな斬撃を避けると、更に速度を上げ瞬く間にヘラクレスから離れていく。

攻撃したこと、回避行動をとったことから察するに、あれが本物のラトであろう。カレルレンはそう見当を付ける。

『WWWWWWOOOOOO!!』

ヒット・アンド・アウェイの見本のように逃げていったラトには目もくれず、ヘラクレスは周囲に群がってきた七人の少年――おそらくは〈リキッドパペット〉による囮《デコイ》――への攻撃を始めた。カレルレンの推察は的中し、こちらは一切の防御、回避行動をとらず無造作に大剣の斬撃を受ける。しかし〈リキッドパペット〉は温水で作られた偽物だ。猛烈な風切り音と共に襲い掛かる刃が、ゼリーを切ったようにすり抜けては空振りに終わる。

『WWWWWWOOOOOO!!』

どいつを何度切っても手応えがない――にもかかわらず、ヘラクレスは咆哮を上げたまま攻撃の手を緩めようとはしない。狂ったように剣を振り続ける。

その時、高らかな宣言が響いた。

『――黒帝鋼玄、モードチェンジ！　モード〈大断刀《だいだんとう》〉！』

何らかの起動音声。少年の清冽《せいれつ》なる声がキーワードを叫んだ瞬間、彼が両手で掲げ持った漆黒の長巻――おそらくそれこそが『黒帝鋼玄』――が目に見えて大きく振動した。

フォトン・ブラッドの供給を受けた長柄武器が、その輪郭に淡い紫紺の光を灯す。

全長二メルトルはある黒帝鋼玄の周辺の空間から、漆黒の金属部品がいくつも出現した。それらは磁石で引き寄せられるように黒帝鋼玄へ近付き、自動的にその身を組み立てていく。

ギンヌンガガップ・プロトコルによる強化パーツの着脱機能——別段、珍しいものでもない。技術上、仕込むのが手間になるため割高になるが、高級武具にはつきものの機能だ。

とはいえ、ここまでピーキーな代物にはなかなかお目にかかれるまい。

「——……！」

カレルレンは我知らず生唾を嚥下し、喉を鳴らす。一メルトルほどあった柄は半ばで分離し、独特な反りを持つ刀身には分厚いパーツが幾重にも覆い被さり、完全な別物と化していた。組み合った強化パーツを、虚空から現れた無骨なボルトやナットが固定していく。

出来上がったものは、一言でたとえるなら『巨人のナイフ』になるだろうか。一メルトルほどあった刀身の長さは二倍に伸び、その厚みは三倍以上にも増えている。鍔《つば》にも大きさに合わせて強化パーツが組み込まれ、もはやその姿は〝刀〟というより〝鉈《なた》〟であった。

全長三メルトルにも及ぶ斬馬剣《ざんばけん》——スケールだけ見れば、ヘラクレスが握る巨剣にも匹敵する。岩をも一撃で叩き切れそうな、それは金属の塊だった。

ラト曰く、その名も〈大断刀〉。

カレルレンは、場違いにも笑いが込み上げてくるのを感じた。

少年があれを手にした経緯は知らないが、これだけは断言できる。あの武器を作った武具作製士《クラフター》は、使用者のことなどこれっぽっちも考えていなかったに違いない。ぱっと見は体裁を整えた長巻に、マウント出来る搭載可能ギリギリの超重厚刀身を強化パーツとして割り当て、一撃の威力を最大限にまで高めた。これによって武器の重量は桁違いに増え、その斬撃は何物をも切り裂く怪物へと昇華した。職人冥利《みょうり》に尽きる。しかし客に「これは趣味の延長——否、芸術である」と説明してもまず納得するまい。故にこうアピールする。

この剣は、ドラゴン系ＳＢの皇帝類《カイゼル》すら一撃で倒せます——と。

愚劣の極みである。本末転倒もいいところだ。

調子に乗ってこんなものを作った奴も大概だが、こんなものを購入した奴はそれ以上の阿呆《あほう》だ。

そして、その阿呆は目の前にいる。

こうなっては、アレをどう使いこなすか注目しないわけにはいかなかった。

再びラトの右手あたりに支援術式のアイコンが三つ生まれ、弾け飛ぶ。ディープパープルのフォトン・ブラッドが彼の〝ＳＥＡＬ〟を活性化させ、皮膚上に幾何学模様を浮かび上がらせる。

『はぁあああああああぁっ！』

対比的に子供が大人用の剣を持っているようにしか見えない構えから、ラトが宙を蹴って駆け出した。またしても先刻より速度が上がっている。

ここまでくれば、彼が身体強化の支援術式を重ね掛けして、段階的に自己の能力を底上げているのがわかった。しかし、言葉で言うのは簡単だが、実行するのは並大抵ではない。

身体強化の支援術式は、当然ながら肉体および〝ＳＥＡＬ〟へと直接作用する。普段の倍以上の力を発揮する肉体を操作する上では、無論、感覚のズレがネックになってくる。普通の人間ならば、強化係数を四倍にした時点でまずまともに歩くことすら出来なくなるのだ。

だが、あの少年はもう何回、支援術式を使った？　未成熟な体であんな巨大な剣を持ち上げているぐらいだ、既に強化係数は数十倍に達しているだろう。

なのに、足をもつれさせることなく走っている。

今彼が実行していることがどれほど凄まじいことなのか、それを理解している人間がこの場にどれだけいるだろうか。背筋を駆け上がる戦慄に、カレルレンは一人言葉を失う。

水で出来た囮にかまけているヘラクレスの背面に、〈大断刀〉を振り上げたラトが一挙に迫る。

大上段からの袈裟懸《けさが》けが砲弾のごとき勢いでヘラクレスの背中を直撃し――ギィン！　と金属の軋む音がして〈大断刀〉が静止する。

刃は、確かに褐色の装甲に立っていた。ほんの僅かながら、その身に喰い込んではいる。

ただし、髪の毛一本程度の傷しか刻まれていないだろうが。

『WWWWWOOOOOOOOOO！』

二度目の奇襲も平然と受け止めたヘラクレスが、その場でくるりと回転する。振り返りざま、剣を横薙ぎにした。

巨体からは想像もつかなかった高速の水平斬りに、ラトは反応しきれなかった。避ける間もないと判断したのだろう。〈大断刀〉を縦に構え、真っ向から受け止める体勢をとる。

激突した。

結果は――まるでベースボールのようだった。バットで打たれたボールのごとく、ラトの体が遠く離れたセキュリティルームの壁へ叩き込まれた。

打たれた速度、叩き付けられた壁の硬度、どう計算しても普通なら木端微塵に弾け飛んでいる。だが驚くべき――もはや驚きが過ぎて感覚が麻痺してきているが――ことに、少年は人の形を保っていた。とはいえ相当なダメージを受けたのだろう。ラトは〈シリーウォーク〉を解除して床に降り立ち、その場に大量の血反吐を撒き散らした。

そこに、恐る恐る近付く人影があった。顔を見た瞬間、誰何の必要はないと知れる。他でもない。現状の元凶と言っても過言ではない男――ダイン・サムソロだ。

『――お、おいお前！　な、なにしてんだ！　死ぬぞ！』

ダインのひととなりを知るカレルレンにしてみれば、あの男の言うことなど最後まで聞く必要もなかった。どうせ愚にもつかない、余計な言葉を浴びせ掛けるに違いない。

ぶるぶると瘧《おこり》のように体を震わせているダインは、回復術式で傷を癒しているラトを指差し、罵声を吐き出した。

『バ、バカかお前は！　死ぬぞ！　か、勝てるわけがないだろ！　意味ねえだろ、こんなとこまで来やがって！　何考えてんだ！　こ、これだから〝ぼっちハンサー〟はよぉ！』

所々声が裏返るほど、その精神は恐怖に蚕食《さんしょく》されていた。それほどまでに怯えているのなら、隅で大人しくしていればいいものを。言う必要もない陰気な言葉をわざわざ喚きに来るとは。

これまでラトとヘラクレスとの戦いに圧倒され、無言で見ていた連中も、今は顔を顰め、別の意味で閉口していた。

スクリーンに映るダインが、先程までの自分達と重なって見えたからだろう。

何をしている、勝てるわけがない、意味がない、死ぬだけだ、馬鹿だ、何を考えている――これらは全て、ダインよりも先に観客達が口にしていた言葉だ。

ダインの姿はそれらを一身に集め、鏡に映したようなものだった。自分は戦うどころか立ち止まって何もせず、しかし口だけは好き勝手に動かす。それがどれほど醜悪で滑稽なことか。観客達は見せつけられてしまったのだ。不意に、

「――お前が言うな！」

という怒声が上がった。その途端、火が点いたようにダインへのブーイングが始まる。

「そうだ腰抜け！」「てめぇこそ何考えてやがんだ！」「戦えコラァ！」「どの面下げてほざいてやがる！」「この低脳が！」「死ね！」

――などといった、聞くに堪えない罵詈雑言が吹き荒れた。

これもまた醜い行為だ、とカレルレンは内心で辛辣《しんらつ》に吐き捨てる。ダインに罵声を浴びせている人間もまた、鏡を見ることすら出来ない道化だ。全ては反射して、自分自身に返ってきているというのに、気付きもしない。

自分は臆病な卑劣漢であることを、カレルレンは自覚している。冷静な判断においては、この場でヘラクレスとの戦いに突貫していくことは自殺とほぼ同義であり、静観が正しい選択だ。かと言って、こうして見ていることが正しいのかというと、それもまた否である。ここにいる全員が選択

している行為とは詰まるところ、先程のラトが言ったように――〝見殺し〟に過ぎないのだから。

自分はその場に佇み、何もせず、ただ彼らが殺されていくのを見ているだけ。

少なくともカレルレンは自己の行動をそう認識していた。よって、ダインや観客の悪罵誹謗《あくばひぼう》に対しては『益体もない』と思いつつ、彼らへ悪感情を抱くことはなかった。黙っているだけで、自分も同類なのだと知っていたが故に。

そして、この中で唯一同類でない人間――ラトが動く。傷が癒えたのか、体を起こし、再び〈大断刀〉を持ち上げた。

彼もまた、ダインの無意味な罵声に耳を貸さなかった。意外なほど冷たい、氷のような一瞥をくれただけで、すぐに目を離す。

『〈ボルトステーク〉〈ボルトステーク〉〈ボルトステーク〉……』

完璧な無視。ダインに一切の返答をせず、ラトは早口で攻撃術式の起動音声を繰り返す。

〈エア・レンズ〉の拾ったその音声がスピーカーから流れ出た瞬間、全員が度肝を抜かれた。皆が一斉に息を呑む音が響く。

攻撃術式の名前を唱えているというのに、術式が発動していない。術式が起動していることを示すアイコンが、肩や二の腕あたりに浮かび上がるだけ。だというのに、少年はなおも続けて攻撃術式を起動させていく。それだけではない。その最中、いくつかの支援術式のアイコンがほぼ同時に、生まれては消え、生まれては消えていく。

目の当たりにしている現象を理解した瞬間、再び得も言えぬ衝撃がカレルレンの脊髄《せきずい》を貫いた。

「――!?」

術式制御。それも複数。攻撃術式を〝SEAL〟に装填しながらも、いくつかの支援術式をまとめて重ね掛けしている――!?

『な――なんだありゃ……!? あれ、何やってんだ……!?』

司会がマイクを通して、しかし素の声で問う。自分が実況役であることを完全に失念しているようだった。カレルレンにはその気持ちが痛いほどよくわかる。もはや意味が分からない。さっきまで星屑のように見えていた光はこういうことだったのかと納得しつつ、驚愕の嵐が頭の中を吹き荒れる。

この時、カレルレンの思考はめまぐるしく回転していた。知識を総動員して、目にしたものを次々と検証していく。

通常、一つの〝SEAL〟が実行できる術式は一つだけだ。息を吸っている間は吐くことが出来ないぐらい、常識的なことである。世の中には鼻で息を吸いながら口から吐くことが可能な人間がいるそうだが、それはもちろん例外だ。

この場合なら、その『例外』とは〝ダブルタスク〟と呼ばれる特殊技能になるだろう。二つの術式を同時に制御するという、凄まじく器用な人間が存在することをカレルレンは知っている。

だが、しかし。

あのラグディスハルトという少年がやっていることは、明らかにそれ以上だった。一度に表示されているアイコンの数はどう見ても十個以上。しかも、片や攻撃術式は発動させずに起動させるだけ、片や支援術式は三つほどを同時に、しかも連続で発動。アイコンから見るに、使用しているのは〈ストレングス〉に〈ラピッド〉、〈プロテクション〉に〈フォースブースト〉か。〈フォースブースト〉を使う毎、空中に表示されているアイコンの直径が増していっている。

ここまで来ると驚きや称賛の気持ち以上に、不気味さや得体の知れなさが大きくなってくる。手品や魔術などと言ったたとえも適切だと思えない。

あれはもはや、変態の所行だ。

「――――！」

不意にカレルレンは思い至った。

そうか、最初にセキュリティールームへ突っ込んでいった時のとんでもない動きは、コレだったのだ。馬鹿げた数の支援術式を一斉に発動させ、強化係数を一気に限界まで高めたに違いない。だからあんな速度を出した挙げ句、ヘラクレスを弾き飛ばすことが出来たのだ。

『〈ボルトステーク〉〈ボルトステーク〉〈ボルトステーク〉』

術力が強化されているとはいえ、あの場は術力制限フィールド。ラトの術力がどれほど強くなっているかはわからないが、それでもアイコンの大きさは最大三十セントルほどで止まってしまう。

合計六個の〈ボルトステーク〉のアイコンを両肩、両腕、腰の両脇に貼り付けたラトが、ぐっと身を沈める。

愚かにも、自分が無視されたことを理解したダインが何事か抗議の声を上げようとした。その瞬間だった。

少年の足元が爆発した。

先程のよりも小規模だが、急加速による大気の破裂である。ダインは間抜けにも衝撃の直撃を喰らい、その場にひっくり返った。

『〈ボルトステーク〉〈ボルトステーク〉〈ボルトステーク〉〈ボルトステーク〉――！』

疾風迅雷。それを体現した動きだった。

高速で駆け出したラトの体からまたしても紫紺の光が瞬き、速度が上昇。

アイコンが瞬き、速度が上昇。

アイコンが瞬き、速度が上昇。

『おおおおおおおおおおおッ！』

次の瞬間、何が起こったのか。

それを視認するのは、この場にいる人間には到底不可能だった。

ただ結果だけが見えた。

『――WWWWWOOOOOO!?』

眩い閃光が迸り、稲妻のように炸裂した〈大断刀〉の一撃が、ヘラクレスの右足を粉々に打ち砕いていた。

■SIDE：ロルトリンゼ・ヴォルクリング

クラスタ『ヴォルクリング・サーカス』はハンドラーの集団であると同時に、術式開発者の集まりでもあった。

術式開発に必要なのは、専用のソフトウェアは言わずもがな、深い知識と優れた感性。

コードを直感し、アルゴリズムを感覚する才能。コンポーネントやモジュールをパズルのように組み立て、新しい物を生み出す創造性。そして、森羅万象《しんらばんしょう》を把握する確かな洞察力。

そう。術式開発においては、まず分析がものを言う。識《し》らないものは生み出せない。故に識る。

術式の開発者が優れた分析ソフトを所有しているのは、職務上の必然であった。

ハンドラーとしても術式開発者としても名高い、オーディス・ヴォルクリング。その一人娘であるロゼことロルトリンゼ・ヴォルクリングがその映像を目にした時、彼女は生まれて初めて自身の境遇に感謝の念を抱いた。

一般人には、この戦いの結末を詳細に把握することは出来まい。少なくとも、他の専門家が解析したデータをコレクティブ・シンクロニシティ・ネットに流出させるまでは。

ネットで手に入れた『放送局』の映像は普通にスローモードにしても、動きが速すぎて決着の瞬間に何が起こっているのか判然としない。通常の再生速度では一瞬で終わってしまうため、当時現場で見ていた連中は何故ヘラクレスが活動停止《シャットダウン》されたのか、まったく理解できなかったであろう。

ロゼは分析ソフトを使用して映像内の時間を極限までスローに落とし、自身の〝SEAL〟を介して映像と音声とを解析させた。

映像を、わけがわからなくなる数秒前から再生する。

『UUUUURRRRRROOOOOO!!』

雷光を帯びた大剣の一撃。それによって破壊されたヘラクレスの足が、しかし時計を逆回しにしたかのごとく再生していく。驚異的な回復力だ。だが、ヘラクレスの凄さはそれだけではない。

『WOOOO!』

回復するとは言え、自慢の肉体を傷つけられたのだ。怒れる英雄が足元の少年――ベオウルフを叩き斬らんと剣を振り払う。

床を擦って跳ね上がる軌道の刃に、なんとベオウルフは蹴りのように足の裏を突き出した。そこに展開する防御術式〈スキュータム〉。それも一つだけではない。数えたところ、薄紫の術式シールドは十五枚が重なって展開していた。術式を十五個同時に制御するのもさることながら、それを足裏から発動させる異常さ。額や背中、上半身の何処かにアイコンを表示させる例はいくらでも聞いたことがあるが、下半身から術式を発動させる人間など前代未聞である。

ベオウルフはそのまま、術式シールドを以てヘラクレスの剣に食らいついた。跳ね上がる剣閃を踏み台に、二十メルトル頭上の天井へと跳躍する。

放たれた矢のごとき速度で上昇したベオウルフは、空中で身を翻させ、天井へ着地。膝を深く曲げ、衝突の勢いを殺す。その間、まるで張り付いたかのように天井から離れない。

ベオウルフの唇が高速で動いている。体のあちこちに攻撃術式のアイコン――爆発する炎のピクトグラム――が浮かび上がっていく。ロゼは口元の動きを解析して、音声化させた。

『――〈フレイボム〉〈フレイボム〉〈フレイボム〉〈フレイボム〉〈フレイボム〉〈フレイボム〉！』

〈フレイボム〉。かつてレギオン『閃裂輝光兵団《センレツキコウヘイダン》』を率いた英雄セイジェクシエルが開発したという爆破の術式――連鎖爆発による威力倍増という特性を持ち、ルナティック・バベル第一〇〇層に現れたゲートキーパー〝アイギス〟を撃破する決め手となった攻撃術式だ。

体中に〈フレイボム〉のアイコンを浮かび上がらせたベオウルフが、天井を蹴って自らを銃弾のごとく撃ち出した。落雷よろしくヘラクレスの頭上を強襲した少年は、巨大すぎる大剣を構えたまま身を丸めて回転。風車のように高速で旋回する漆黒の刃がヘラクレスの頭頂に叩き落とされ、
爆裂。

直径一メルトルほどの圧縮爆発。十個の〈フレイボム〉が同時起爆し、理論上千二十四倍の威力がヘラクレスの頭部へ炸裂した。

爆風によってベオウルフ自身も吹き飛び、彼我の距離が大きく離れる。

体を捻ってなんとか着地した彼は、爆煙が晴れた後の光景を見て、どんな感想を抱いただろうか。

ヘラクレスは、頭どころか胸の半ばまでもが吹き飛んで消えていた。普通のSB――否、たとえゲートキーパーであろうと耐久力を全て失っていても不思議ではない、むしろそうあって然るべき状態だった。

だというのに、それでも再生が始まった。液状化した金属がうねり、延伸して欠損した箇所を埋めていく。失われたはずのヘラクレスの胸部と頭部が、瞬く間に再形成されていった。

絶望したに違いない。ベオウルフも、外野で戦いを見ていた者達も。その場にいなくても、ロゼには彼らの溜息が聞こえるようだった。

しかしながら、希望は様々なものの陰に隠れて最後に出てくるくせに、絶望は呼ばれてもないのに仲良く手を繋いでしゃしゃり出てくるものだ。

『POWER　UP』

この音声を初めて耳にした時は、たとえ記録映像だと知っていても、ロゼは暗澹《あんたん》たる気分を覚えたものである。

『SPEED　UP』

しかし同時に、狂喜乱舞したい気持ちも湧き上がって来た。

『DEFENSE　UP』

古代術式を使うゲートキーパー。あまりにも簡易すぎて誰にでもすぐ作成できてしまいそうな術式ではあるが、単純なだけに効果は絶大だ。

『ARMS　EXPANSION』

結果としては、おそらくリミッター解除に近い。強すぎる力による自壊を防ぐため、セイフティとして抑制されていたものが解放されたのだ。

力も、速度も、装甲も。そして封じられていた四本の腕も。

『UUUURRRRWWWWWOOOOOOOOOOO!!』

全てをさらけ出した姿にはもはやヘラクレスより、闘いの化身〝阿修羅〟の名がふさわしく思えた。右の三本腕に剣、槍、斧。左の三本腕にスパイクシールド、棍棒、ブラスナックル。右は切り裂き貫くもの。左は突き刺し潰すもの。

まさに〝殲滅モード《ターミネーター》〟とでも呼ぶべき、恐ろしい形態だった。

欲しい、とロゼは思った。

この力が欲しい、と。

このゲートキーパーの力さえあれば、きっと勝てる。

自分がヘラクレスを使役し、この〝殲滅モード〟を起動させたならば。

必ずや、あの男――シグロス・シュバインベルグを。

この手で殺すことが。

『――でやぁあああああああッ！』

ベオウルフの雄叫びで、ロゼはいつの間にか没していた思考から目を覚ました。

――いけない。今は解析をしている最中だった。余計なことは考えるな。そう自分に言い聞かせ、ロゼは改めて戦闘に集中する。

一体何が彼をそうさせるのか、ベオウルフは諦めることなく阿修羅化したヘラクレスへと立ち向かっていった。さっきまでの剣一本とは違う。あらゆる方向から、あらゆる武器の攻撃が飛んでくる。彼はそれを全て、通常は有り得ない場所から発生させた防御術式〈スキュータム〉で時に受け止め、時に受け流し、間合いを詰めていく。

否、心が折れるどころか、ベオウルフはむしろ戦意を高めていた。〈シリーウォーク〉で宙を駆け回りながら、全身に攻撃術式のアイコンを灯す。まるで自身が爆竹になったかのごとく、距離を詰めては術式を発動させる。

計算も何もない、攻撃術式の連発。風の刃に、爆破に、雷撃。無秩序に撒き散らされた術式がヘラクレスを襲い、攻撃の手を鈍らせる。

そうして生じた隙に、手にした大剣〈大断刀〉の斬撃を見舞う。だが、強化された装甲は先程までと違い、頑強に刃を跳ね返してしまう。

今度はヘラクレスの反撃。右の三本腕から剣、槍、斧がベオウルフへと降り注ぐ。彼は咄嗟に攻撃術式〈フレイボム〉を連鎖発動。爆発の衝撃によってヘラクレスの刃を全て弾き返した。

言ってしまえばこの瞬間、両者が膠着《こうちゃく》状態に陥ったことが露呈した。

真の力を解放したヘラクレスに、ベオウルフの攻撃は通じず。かといってベオウルフにも、ヘラクレスの武器は届かない。互いに決定打を欠く状態が、ここから一分半も続いた。

その間、ヘラクレスが囮の〈リキッドパペット〉への攻撃に腐心する。その隙にベオウルフが〈大断刀〉で斬りつける。攻撃を弾かれ、反撃を打たれる。それを巧みに避け、あるいは防御し、ベオウルフが間合いの外に逃げる――以上のことが何度も繰り返された。

しかし、SBは疲れを知らないかもしれないが、ベオウルフはどれだけ肉体を強化しようとも、元はただの人間だ。ましてや常に全力で動き回っているのだ。いずれ疲れが出て動きが鈍るのは、考えるまでもない当然の帰結だった。

転機は、唐突にやって来た。

見ている側からすれば約二分。スロー再生で見ているロゼからでも十数分。だがベオウルフ本人にとっては、何時間も戦い続けていたような気分だったであろう。

徐々に精彩を欠きつつあった彼が、突然、戦場の真ん中で足を止めた。それが意図的でない証拠に、彼は武器を構えもせず、棒立ちになる。

おそらく一瞬だけ、意識を失ってしまったのだろう。

そこを見逃すほど、ヘラクレスのアルゴリズムも愚かではなかった。

『ＵＵＵＵＷＷＷＷＷＷＯＯＯＯＯＯＯＯＯ!!』

これぞ好機。そう言わんばかりの咆吼を上げると、三本の右腕を振り上げ、猛然と叩き込む。

無防備なベオウルフがそのまま斬り殺される――寸前、意識を取り戻した彼が咄嗟に〈大断刀〉を掲げ、防御態勢をとった。〈スキュータム〉も複数展開し、見事にヘラクレスの剣と槍と斧を受け止める。

が、そこまでだった。攻撃を押し止めたはいいが、撥ね除ける力はもうないように見えた。

ベオウルフは全身を震わせながら、押し潰されまいと必死に耐える。

その時だ。〈エア・レンズ〉のマイクに、微かな声が収録されていることにロゼは気付いた。

ＣＳＮ《コレクティブ・シンクロニシティ・ネット》で調べて判明した。この時、戦場であるセキュリティルームの外にいた観客が、声を合わせてベオウルフを応援していたのだ。

ベオウルフの戦う姿が、彼らの心に火を点けたのかもしれない。そして、それに呼応してか、じっと戦闘を見守っていた小竜姫までもが、ベオウルフに声援をかけ始める。

『ラトぉ――――――――――ッッ!!』

観客と彼女の声が、戦いに集中しているベオウルフの耳に届いているのか否か。それは映像を解析しているロゼにもわからない。しかし、

『負けるなラトぉ――――――――ッッ!!』

少なくともその鼓舞の直後、ベオウルフに決定的な変化が訪れた。


『がぁああああああああああああああああああああああああああッッッ！！！』


これまでとはまるで質の違う、野獣にも似た雄叫びが少年の口から迸った。

全身の〝ＳＥＡＬ〟が激しく励起し、強烈な輝きを放つ。

まともな状態ではないのは、一目瞭然だった。

〝ＳＥＡＬ〟の回路を示す輝紋。そこから放たれる光の強さが、どう見ても尋常ではなかった。また、本来なら輝紋が浮かび上がらない箇所にまで、光の線が浸食していた。

ベオウルフの双眸から、紫紺の捻れた光が閃く。

支援術式のアイコンが三つ、同時に現れた。身体強化の〈ストレングス〉、〈ラピッド〉、〈プロテクション〉。これまでの使用回数から、おそらく強化係数の最高値である千二十四倍にまで達した

はず。

ヘラクレスの三本腕に押し潰されそうになっていたベオウルフが、ジワジワと押し返していく。

『――ッらぁっ！』

気合一閃。〈大断刀〉が振り払われ、ヘラクレスの剣が、槍が、斧が、一気に撥ね返された。

しかし間髪入れず、ヘラクレスは左の棘盾、棍棒、刃拳を叩き込む。どうあってもベオウルフを叩き潰す――その意志が感じられた。

だがそれすらも、〈大断刀〉の一薙ぎで弾き返される。

ベオウルフの両眼に灯った深い紫の光が、流星のごとく尾を引いて流れた。

余程の膂力《りょりょく》で打ち返されたのだろう。結果、ヘラクレスの六本の腕は全て跳ね上げられ、奴の胴体はガラ空きになった。

そこへ、

『〈ドリルブレイク〉！』

喉元に食らいつく餓狼の勢いで、ベオウルフが剣術式《ソードアプリ》を音声起動《コール》。

ディープパープルの光が〈大断刀〉の刀身に寄り集まり、一本の螺旋衝角《ドリル》が形成された。ベオウルフの背中から紫の煌めきが噴出し、体を前方へ加速させる。

撃ち出された。

高速回転する衝角がヘラクレスの土手っ腹に突き刺さる。

旋回して穿つ力に、ゲートキーパーの強化装甲が抗って火花を散らす。

やはり貫けない。この剣術式だけでは威力が足りない。それは見ているロゼにもわかった。

次の瞬間、ベオウルフの眼がカッと見開き、稲妻のごとき閃光を放った。

『〈ドリルブレイク〉！』

まさかの剣術式の重複発動。

寸分の狂いもなく、まだ現在進行形で回転している〈ドリルブレイク〉に、まったく同じ力を重ねる。ピッタリと歯車が噛み合った二重螺旋は、更に強い力を発揮してヘラクレスの腹を抉る。

ベオウルフの輝紋からバリバリと電弧《アーク》放電《ほうでん》のような光が溢れる。もはや彼の〝SEAL〟が暴走状態にあるのは明らかだった。

しかし、まだ足りない。ヘラクレスの装甲はビクともしない。

弾ける紫色の輝きの最中、ベオウルフの表情が文字通り『鬼』と化した。鼻柱に獰猛な皺を寄せ、牙を剥くように口角を吊り上げ、まなじりを決する。

必ず殺す。

顔がそう言っていた。

『〈ドリルブレイク〉！』

まるで血反吐を吐くように、彼は剣術式をブレさせることなく正確に連呼した。

『〈ドリルブレイク〉！　〈ドリルブレイク〉！　〈ドリルブレイク〉！　〈ドリルブレイク〉！

〈ドリルブレイク〉ッ！　〈ドリルブレイク〉ッ！　〈ドリルブレイク〉ッ！　〈ドリルブレイク〉ッ！　〈ドリルブレイク〉ッ！　〈ドリルブレイク〉ッ！　〈ドリルブレイク〉ッッ！　〈ドリルブレ

イク〉ッッ！』

術式が重ねられる都度、紫紺の螺旋は大きさを増し、回転数を上げていった。

合わせてヘラクレスの腹部から散る火花の量も増えていき、装甲も僅かずつだがたわんでいった。

やがて、堅牢無比の装甲にも限界が訪れる。

硬い罅割れの音が響き、とうとう〈ドリルブレイク〉の先端が穴を穿った。これまで抗っていた反動のように、〈大断刀〉の刀身が一気にヘラクレスの内部へと吸い込まれていく。

長大な刀身の半ばまで埋めたところで、ベオウルフは突如〈ドリルブレイク〉を解除した。

最初、ロゼはこの行為の意味をすぐに理解できなかった。何故。やっと装甲を貫いたのに、どうして攻撃の手を緩めるのか。しかし、結論から言えばロゼの方が甘かった。

ベオウルフはヘラクレスを完全に殲滅する腹積もりだったのである。

『〈フレイボム〉』

彼の十八番なのだろう。戦闘が始まってから何度このフレーズを聞いたか知れない。

――ぞくり、とロゼの背筋に悪寒が走った。

理解してしまったのだ。ベオウルフが、何をしようとしているのかを。

『〈フレイボム〉〈フレイボム〉〈フレイボム〉〈フレイボム〉〈フレイボム〉〈フレイボム〉――』

どこか焦点を失った虚ろな目で、しかし少年は術式の起動音声を正確に繰り返す。体のあちこちにアイコンを浮かべ、そこから攻撃座標を指定するための光線が伸びる。その全てがヘラクレスの腹に空いた穴へと集中していた。

『〈フレイボム〉〈フレイボム〉〈フレイボム〉――』

アイコンが生まれては光線が一本。爆弾と導火線をセットするように。着実に増えていく。

彼の〝SEAL〟は今もなお激しく明滅して、至るところで電弧放電に似た乱れが生じている。

だというのに、

『〈フレイボム〉〈フレイボム〉〈フレイボム〉〈フレイボム〉――』

何かが抜け落ちたような静かな顔。先刻までの荒々しさはもうない。しかし、だからといって殺気が消失したわけでもない。

透き通った殺意。

そうとしか呼べないものが、ベオウルフを満たしているようにロゼには思えた。

彼の唇の動きが、さらに加速していく。

『――〈フレイボム〉〈フレイボム〉〈フレイボム〉〈フレイボム〉〈フレイボム〉〈フレイボム〉〈フレイボム〉〈フレイボム〉〈フレイボム〉〈フレイボム〉〈フレイボム〉〈フレイボム〉〈フレイボム〉〈フレイボム〉〈フレイボム〉〈フレイボム〉〈フレイボムフレイボムフレイボムフレイボムフレイボムフレイボムフレイボムフレイボムフレイボムフレイボムフレイボムフレイボムフフフフフフレレレレレイイイイイイボボボボボボボムムムムムム――』

壊れた機械のようにひたすら術式を音声起動していく中、彼の鼻の穴から、つう、と一筋の血が流れ出た。紫紺のそれはあっさり唇を乗り越えて顎の先まで到達し、一粒の雫となって滴り落ちた。

ぱっ、と白い床にディープパープルの花が咲く。

その時にはもう、ベオウルフの全身はアイコンだらけになっていた。こんな姿をした人間を見るのは、ロゼはもちろん、誰もが生まれて初めてになるだろう。

もしかすると、それは歴史的な光景だったのかもしれない。人類史上、これだけの数の術式を同時に起動させた人間は、間違いなく存在しなかったのだから。

見ているだけで吐き気を催すほど多くの術式を制御しているベオウルフ。その全てのアイコンから伸びる光の線。束となって集中するのはヘラクレスの腹部にある空洞。

『〈フレイボム〉』

ダメ押しとばかりに最後の攻撃術式がセットされ、
ベオウルフが嗤《わら》った。

一種の狂気に取り憑《つ》かれた人間にしか浮かべられない、不思議な笑みだった。

怪物だ、と思った。


『くたばれ』


ロゼが慎重に、そして念入りに調べたところ、この時ベオウルフが放った〈フレイボム〉の総数はちょうど六十を数えた。

威力など計算する気も起きなかった。

術式によるものでなければ、世界そのものが滅びていたかもしれない。

ヘラクレスは一瞬にして爆散。

すぐ近くにいたベオウルフ自身も余波を受けて高速で吹っ飛んだ。セキュリティルームの壁に激突して跳ね返り、壊れた人形のように床に転がる。

いや、比喩ではなく、その姿は本当に壊れた人形でしかなかった。手足を含めた体のあちこちが、抉れたように消失《な》くなっていた。

驚いたことにヘラクレスが消滅した空間に、そのまま巨大な青白いコンポーネントが出現した。

あれだけの爆発を受けてなお、コンポーネントそのものは無事だったらしい。頑丈だとか耐久力がすごいとか、そういう話ではなかった。

物理法則を超越してそこに在る——ロゼはそう感じた。

だからこそ余計に、あのコンポーネントに惹かれた。

玩具のように床に転がっているベオウルフに、小竜姫が何事か泣き喚きながら駆け寄っていく。

しかし、既にロゼの関心はヘラクレスのコンポーネントへ移っていて、もはやベオウルフにも小竜姫にも一切興味を引かれなかった。

大きな、大きなコンポーネント。

他とは比べものにならない、強大な力。

特別な空間のゲートキーパー・ヘラクレス。

——これさえあれば……！

琥珀色の瞳に、強い光が宿る。

その双眸が見つめる先にあるものは、希望か、それとも――

無意識に、ロゼは呟きを漏らしていた。

「――見ていてください、お父さん。あなたの仇は、私が必ず取ります……！」

今はもう亡い父への誓い。

それを胸に刻み、ロルトリンゼ・ヴォルクリングは立ち上がった。

目的地は決まっている。

遺跡〝ルナティック・バベル〟を擁する浮遊島。

空中都市・フロートライズ。

■SIDE：ハヌムーン・ヴァイキリル

ラトの動きが速すぎて、一体何が起こっているのかハヌムーンにはさっぱりわからなかった。

色違いの視線の先では、巨大なヘラクレスの周辺を七人のラトがうろちょろしていて、おそらくは本物であろう一人が目にも止まらないスピードで動き続けている。時折、鋭い金属の擦過音が響いたり、光が瞬いて攻撃術式が弾けたりするが、ヘラクレスは何の痛痒《つうよう》も感じていないようだった。

何がどうなっているかは理解できなかったが、それでもハヌムーンは、離れた場所から戦いをじっと見つめていた。

ただひたすらに。

身動きどころか、瞬きすらせずに。

自分には、彼の戦いを見届ける義務がある。ただの一瞬たりとも見逃したりはしない。

その信念の下、固唾を呑んで、己の為に戦っている少年の姿を見つめていた。

そうしていると、やがて外――セキュリティルームの出入り口付近に群がっている者達から、声が届き始めた。

頑張れ。

負けるな。

どうやらそういった旨の言葉を叫んでいるようだった。

それらの応援がラトの耳まで届いているかどうかはわからない。

しかし、不意に彼が立ち止まり、そこをヘラクレスに狙われた瞬間、ハヌムーンの中でも熱い何かが弾け、気付けば声を張り上げていた。

すぅ、と息を吸って、

「ラトぉ――――――――――――――――――ッッ!!」

ヘラクレスの三本腕に握られた武器と、真っ向から鬩《せめ》ぎ合っている背中に。

届け。
声よ届け。
頑張れ。

「負けるなラトぉ――――――――――――ッッ!!」

勝って欲しい。
生きて戻ってきて欲しい。
ありったけの思いを込めて叫んだ。
その瞬間だった。
キィィィン、とひどく甲高い音が響きだし――
ほんの一瞬、ラトの体が紫色の竜巻になったかと思った刹那――

光が爆発した。

あまりの眩しさに思わず目を閉じた。
体が震えていると思ったら、どうやらそれは『音』によるものだった。あまりにも大きすぎて、音を音として認識できず、ただの振動としか感じられなかったのだ。

やがて音が徐々に収まり、それに合わせて光が消えた頃、恐る恐る瞼を開くと――

何もなかった。

「――!?」

ヘラクレスの姿はもちろん、ラトの姿まで。ついさっき、今の今まで、そこにいたのに。

「……ラト……!?」

ハヌムーンは慌てて首を巡らし、少年の姿を探した。見当たらない。が、視界の端に奇妙なものが入った。濃い紫色のジャケットを着た何かが、ハヌムーンから十五メルトル程離れた壁際に転がっている。

直感ではもう、それがラトであることには気付いていた。気付いていたが、頭がそれを拒否した。

「――――」

どう見ても人の形をしていなかった。腕と足が一本ずつなくなっている。残っている腕だって、肘から先が消えている。シルエットだけ見れば、それはただの太い棒だった。

「――ら、と……?」

震える声で問い掛けてしまう。わかっていた。もうわかっていたのに。

体中から血の気が抜けていくような感覚。氷柱のような冷たい感触が体の芯を駆け巡る。骨の髄から震えが来た。吐き気にも似た恐怖が喉元まで迫り上がってくる。

時間を置いて、ようやく頭が理解した。

アレがラトなのだと。

「――ラトぉ！」

喉から絶叫が迸り、ハヌムーンは駆け出した。走るとカラコロと音が鳴る下駄が邪魔になった。迷わず脱ぎ捨てた。

裸足で床を駆け抜け――近付けば近付くほど、少年の惨状がよく見えてくる。

心の臓が止まりそうになる。頭が痛い。吐き気がたまらない。メチャクチャになった感情の行き場がない。今にも支離滅裂なことを叫んで暴れたくなる。

どう走ったかなんてまるで覚えていなかった。ずっとラトしか見ていなかった。どうにか傍まで駆け付け、膝を突き、顔を寄せる。

ラトは目を閉じて仰向けに転がっていた。

息は――あった。しかし、こんな状態ではいつ死ぬかもわからない。助ける方法もわからない。どうしようもなかった。

衝動的に思い付いた言葉を全部口にしていた。いけないと思いつつ、少年の体を揺すっていた。

「ラト！　大丈夫か！　ラトぉ！　聞こえるかラト！　妾じゃ！　ハヌじゃ！　目を覚ませラト！　ラトぉ！」

「……………！」

ピクリともしない。ラトは無反応だった。紫の血だらけになった顔で、静かに眠っているようにも見えた。

息を呑む。駄目だ、このままでは本当に死んでしまう。とにかく目を覚まさせなければならない。

医療に詳しくないハヌムーンはそう考えた。故に、何度も大きな声で呼び掛ける。

「ラト、しっかりしろラト！　ダメじゃ、死ぬなラト！　大丈夫と言ったではないか……！　まだ三分経っておらんぞ！　おぬしはまだ世界最強の剣士のはずじゃ！　目を覚ませラト！　妾と……妾と一緒に戻るんじゃろ⁉」

気が付けば涙が止めどなく流れていた。鼻が詰まって声も変になっていた。しかし今のハヌムーンにとって、そんなことはどうでもよかった。

「まだじゃ！　ここで終わるなど認めぬぞ！　仲直りもまだしておらんのじゃ！　おぬしと妾はやり直すんじゃ！　トモダチに、シンユウに戻るんじゃ……！　じゃから死んではならぬ！　死んでは……！」

喉が詰まり、もう言葉が出てこなくなった。

「――――～っ！」

堪らなくなって、ハヌムーンは気絶しているラトの首に腕を回し、抱き付いた。

まだ暖かい少年の顔に頬を寄せ、泣きながら譫言《うわごと》のように耳元に囁く。

「嫌じゃラト……いなくならんでくれ……妾を一人にせんでくれ……聞いて欲しいことがあるのじゃ……謝りたいことがあるのじゃ……おぬしの声が聞きたい……また妾をハヌと呼んでたもれ……この名前はおぬしのものじゃ……おぬしだけのものなのじゃ……！」

複数の足音がラトとハヌムーンに近付いてきた。ヘラクレスが撃破されたことでセキュリティルームのバリアーが解除され、外の連中が入ってきたのだ。

ハヌムーンは気付かなかったが、先頭を切ったのはヴィリーとカレルレンだった。二人は他の者達へ矢継ぎ早に指示を飛ばし、怪我人の救護、遺体の収納、ダインの確保などを一気に進めた。

ハヌムーンの周囲にやってきた者達が、救護活動に入りながら口々に喚き出す。

「大丈夫か⁉」「おい『放送局』の奴らントコから担架取ってこい！」「つうか専用鍵使えるレベルのヒーラーいねぇのか⁉　それか医療用ポート聞いてないか⁉　マジやべえぞ！」「今はとにかく普通に治療するしかないでしょうが！　ほら包帯！」

ハヌムーンには彼らの言っていることのほとんどが理解できなかった。それらを理解する労力よりも、ラトの体温を感じることに意識を割く方がよほど重要に思えた。そうこうしている内に、ラトを運び出すための邪魔になるからという理由で、抱き付いているのを無理矢理引き剥がされた。

「――嫌じゃ、離せ！　離せ！　ラト！　ラト！　ラトぉ！」

ハヌムーンは力の限り抵抗したが、所詮は子供の力。あっさり引き離されてしまった。なおも大声で喚こうとしたハヌムーンの耳元に、彼女をラトから離れさせた人物がこう囁く。

「大丈夫よ、安心しなさい、小竜姫」

聞き覚えのある女の声だった。振り向くと、やはりそこには見知った顔があった。

金色の髪、深紅の眼――剣嬢ヴィリー。彼女はハヌムーンの両脇から腕を抜き、代わりに両肩に手を載せ、背後から優しく諭す。

「彼ならいますぐ病院へ連れて行って、最高の治療を施すわ。絶対に死なせない。この剣嬢が誓うわ。彼を……ラグ君を絶対に死なせたりはしない、と」

ヴィリーの視線が、今まさに担架へ載せられているラトに向けられる。釣られて、ハヌムーンもそちらへ目を向けた。

ほとんど独り言のようなヴィリーの言葉が耳に入る。

「……そうよ、死なせるわけにはいかないわ。彼は本物の勇者よ。あれほどの人材を失ったら、間違いなく世界の損失よ。そんなこと絶対に赦されないわ」

正直、何を言っているのか上手く理解できなかった。しかし、言っている意味こそよくわからなかったが、ラトの命を救わんとする気概だけは確かに伝わってきた。

担架に載せられたラトがセキュリティルームから運び出されていく。二人のエクスプローラーが移動しながら少年の治療にあたっていた。

「……ラト……」

ヴィリーはああ言ったが、やはり不安なものは不安だった。とはいえ、自分自身には何も出来ない。近くに行ってもきっと邪魔になるだけだろう。

無力感。

——何が神だ。大切なシンユウも救うこともできない力に、どれほどの意味があるというのか。

ハヌムーンは俯き、自身の掌をじっと見つめ、思う。この手には、まったく価値がない。

——やはり妾に出来るのは、所詮、壊すことだけ……殺すことだけ、なのか……

のし掛かってくる自己嫌悪に打ちのめされていると、突然、背後のヴィリーがこう言った。

「——心配もいいけれど、それより、あなたはラグ君との仲直りの方法を考えた方がいいんじゃないかしら？」

「――なっ……!?」

驚いた。慌てて体を離し、身構える。

――何故知っている!?

そう怒鳴ろうとして、舌が凍り付いた。

余計な情報を与えるのは得策ではない。いやむしろ、こうやって言葉巧みにこちらを懐柔しようとしているのではないか。この街で、ラト以外は全て敵だ。ダインらと一緒に行動してみて、それを思い知った。もう易々《やすやす》と口車に乗るわけには――

警戒の目付きで睨んでいると、不意にヴィリーがピンと右の人差し指を立てて、彼女自身の唇に触れさせた。剣嬢は片目を瞑《つむ》って、悪戯っぽい囁き声で、

「……よかったら、とっておきの仲直りのやり方を教えてあげましょうか？　これならラグ君との仲直りは間違いなしよ。――どう？」

「…………」

とんでもなく魅力的な提案をされてしまった。ハヌムーンは意地でも視線だけは逸らさず、しかしたっぷり二十秒は悩みに悩み抜いた。しかしやがて、

「………………話だけなら、聞いてやらぬでも、ない」

「そう、いい子ね」

うふ、とヴィリーが笑う。

こうして見事、ハヌムーンは剣嬢に懐柔されてしまった。
これが後に、ラトが気絶した『ほっぺにキス』事件を引き起こすことになったのは、言うまでもない。

――了

あとがき

「えええーっ⁉　ここで終わり⁉　お、おおお、おまけなんていいから、はよ続きを！」

という皆様の声が聞こえてきそうですね。

お読みいただきありがとうございます、国広仙戯です。

さあ、ここから盛り上がっていくぞ――的なところで続いてしまったわけですが、それもこれもＷｅｂ版における第二章こと『ヴォルクリング・サーカス編』が長すぎたのが原因です。

前巻のあとがきでも語りましたが、当時、書籍版一巻にあたる第一章を書き終えた私は、たとえこの作品が新人賞を逃したとしても書き続けることを決意しました。しかしながら、第一章は我ながら上手くハマりすぎました。二人の出会いから物語が始まり、紆余曲折《うよきょくせつ》を経て、熱く激しいラストバトルを展開し、最後にはヒロインのキスで終幕……完膚《かんぷ》なきまでにストーリーが完結してしまっていたのです。しかもラストのヘラクレス戦はえらく盛り上がりましたし、続きを書くのなら、同じかそれ以上の展開を用意しなければなりません。その為に新キャラのロゼを投入し、風呂敷を広げ、狭い遺跡内ではなく広い外界で話を展開させることにしました。さらに当時はこうも考えていたのです。

『新人賞への投稿には枚数制限があるが、Ｗｅｂ小説にはそれがない！』

つまり、もう残りページを気にしないで好きに書いていいのだ――と。これまで制限して書いていた反動でしょうか。あれよあれよと話が膨らみ、気が付けば三十七万文字を超える長編になっていました。これをそのまま一冊の本にしようとすると、どこからどう見ても鈍器にしかなりません。また、お値段がとんでもないことになってしまいます。そのあたりを担当編集様と相談した結果、リワールド・フロンティア第二章は二巻と三巻に分冊されることになりました。そういったわけですので、Ｗｅｂで既読の方も書籍から読み始めた方も、どうかご理解いただければ幸いです。

さて、一巻巻末の次回予告にもあった通り、神器だの戦争だのと大風呂敷を広げてしまったリワールド・フロンティア。次巻からは本格的にバトル展開へ突入です。むしろノンストップで戦います。リワフロはよく「アニメ化したらすごく映えそう！」というご感想をいただくのですが、そんなお声に見合うシーンが目白押しです。むしろ映像化不可能なぐらいです。ご期待下さい。

今回も謝辞を申し上げます。担当編集のＳ様、今回もたくさんの我が儘を聞いていただきありがとうございます。年末にお目にかかった際は、大阪土産を新幹線の中に忘れてくるというドジをかましてしまい申し訳ありません。次こそは必ずお渡ししますので……！　イラストを担当してくださった東西様、今回も素晴らしいキャラデザ、挿絵をありがとうございます。二巻の表紙のイメージカラーが一致していた時はとても嬉しかったです。イラストにこめられた〝熱い魂〟に負けぬよう、私も気合を入れて物語を作っていく所存です。

そして最後に、本書を手にとって下さったあなた様に、心からの感謝を。

ジェットコースターはまだ始まったばかり。
ここからが急降下。
ラト達の辿り着く先を、どうかお楽しみに。

国広　仙戯

祝 リワールド・フロンティア 韓国版 出版!

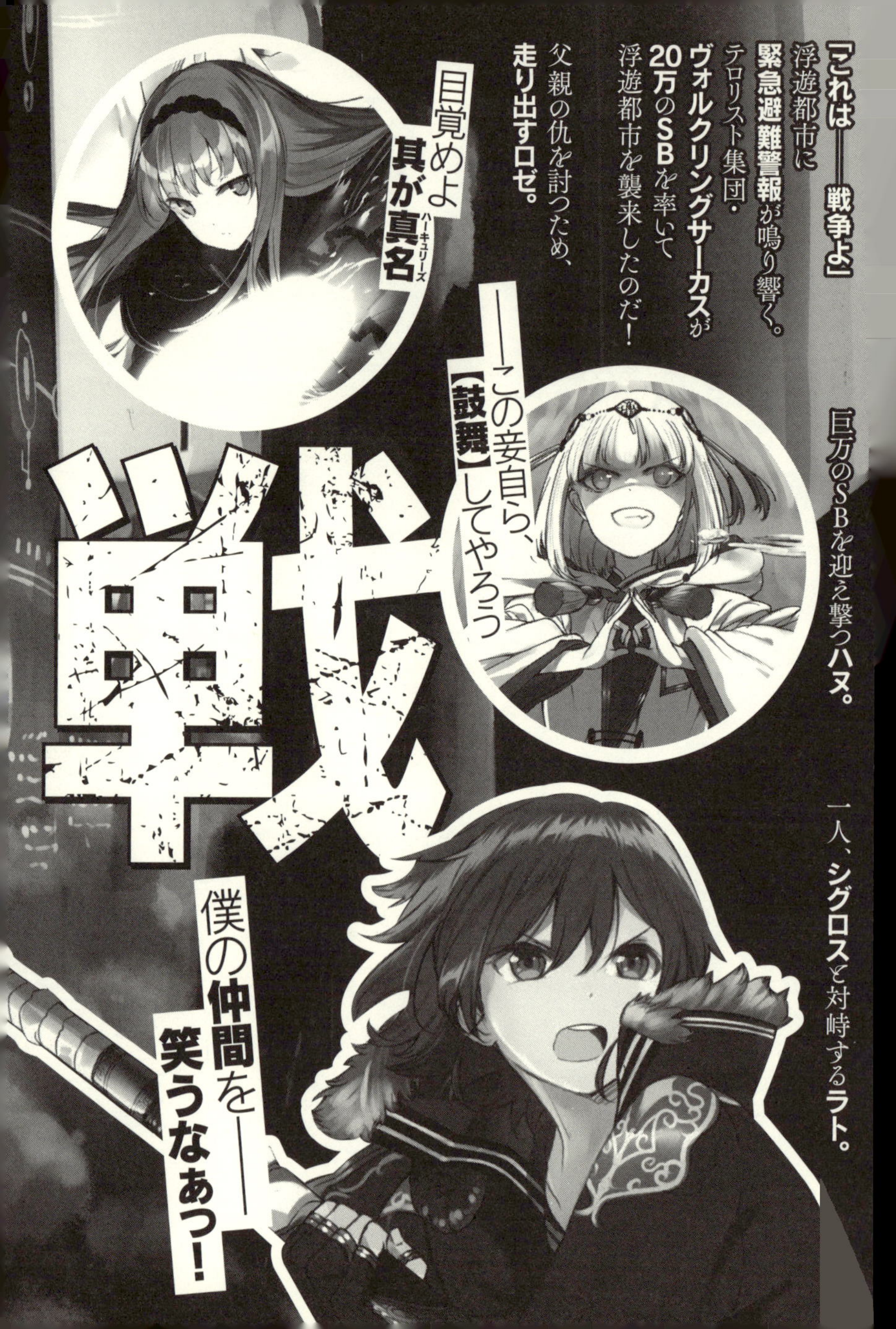

「これは――戦争よ」
浮遊都市に
緊急避難警報が鳴り響く。
テロリスト集団・
ヴォルクリングサーカスが
20万のSBを率いて
浮遊都市を襲来したのだ！
父親の仇を討つため、
走り出すロゼ。
目覚めよ
其が真名《ハーキュリーズ》
――この妾自ら、
【鼓舞】してやろう
巨万のSBを迎え撃つハヌ。
一人、シグロスと対峙するラト。
戦
僕の仲間を――
笑うなぁっ！

——楽に死ねると思わないことね
問題は無いな。俺もそろそろ体を動かしたかったところだ
都市を守るため、奔走するヴィリーとカレル。そして、歪な笑みを浮かべるシグロス。
悪いことをするとな、正しさ以外なら何でも手に入るんだよ
決
物語史上、最大の危機《コープスパーティー》に
彼らの運命は？
次回、激動のバトル決戦！
熱き戦いを見逃すな！
リワールド・フロンティア
Reworld Frontier
3
―最弱にして最強の支援術式使い《エンハンサー》―
国広仙戯 Sengi Kunihiro
illust.東西 Tozai
ラト、次回は妾と別行動じゃ
えっ、またぼっち……!?
2017年発売予定!!

リワールド・フロンティア2
—最弱にして最強の支援術式使い《エンハンサー》—

2017年5月1日　第1刷発行

著　者　国広仙戯

発行者　本田武市

発行所　TOブックス
〒150-0045
東京都渋谷区神泉町18-8　松濤ハイツ2F
TEL 03-6452-5678（編集）
0120-933-772（営業フリーダイヤル）
FAX 03-6452-5680
ホームページ　http://www.tobooks.jp
メール　info@tobooks.jp

印刷·製本　中央精版印刷株式会社

ISBN978-4-86472-567-5